Dan Gronie

ESTALOR

Rückkehr der Höllenschlange

AF187149

Dan Gronie

ESTALOR

Rückkehr der Höllenschlange

ROMAN

Impressum

Alle Rechte liegen beim Autor. Die Verbreitung in
jeglicher Form und Technik, auch auszugsweise,
nur mit schriftlicher Genehmigung des Autors.

Bibliografische Information der Deutschen Nationalbibliothek:
Die Deutsche Nationalbibliothek verzeichnet diese Publikation in
der Deutschen Nationalbibliografie; detaillierte bibliografische
Daten sind im Internet über
http://dnb.d-nb.de abrufbar.

Titel: Estalor - Rückkehr der Höllenschlange
Copyright © 2012 by Dan Gronie

1. Auflage
Taschenbuchausgabe September 2017

Gestaltung des Umschlags: Annette Eickert
Bilderquelle: http://123rf.com
Urheberrecht: Saphatthachat Sunchoote

Herstellung und Verlag:
BoD - Books on Demand, Norderstedt

ISBN-13: 978-3-7448-9851-5

Dieses Buch ist mit großer Liebe
einem ganz besonderen Menschen
in meinem Leben gewidmet,
meiner Frau Ursula.

Sie macht mein Leben
in so vieler Hinsicht lebenswert.

Ursula, ich danke dir für alles.

Inhalt

Prolog

Auf dem Planeten Estalor stand der Vollmond in einem weiten Wolkenloch und warf ein gespenstisches Licht auf das Königreich Orchanta. Der Winter kündigte sich an diesem Herbstabend ganz überraschend an. Ein eiskalter Ostwind, der vom Selmanischen Meer kam und auf die Küste traf, trieb düstere Wolken ins Landesinnere.

Der weißbärtiger Zauberer brach an diesem Abend von der Hauptstadt Briard auf – sein Ziel war die kleine Siedlung Methys. Er verwendete einen Wegzauber, um seine Reise zu beschleunigen. Die Landschaft bewegte sich wie im Flug an ihm vorbei. Überraschend verlangsamte sich der Wegzauber, bis er schließlich endete. Der Zauberer blickte sich um und rieb sich den Schnee aus dem Gesicht. Scheinbar hatte das aufkommende Schneetreiben, den Wegzauber enden lassen. Er versuchte sich zu orientieren und griff nach einem Holzstab, der an einer Schnalle an seinem Gürtel hing. Er schloss kurz die Augen und ließ den rundlich hölzernen Knauf des Stabes wieder los. Es machte keinen Sinn, bei diesem scheußlichen Wetter erneut einen Wegzauber zu riskieren.

Besorgt blickte er über die schneebedeckte Landschaft, während der Wind mit seinen schulterlangen, grauen Haaren spielte. Der Tag war nicht mehr fern, an dem das Grauen wieder seine Welt betreten würde. Aus diesem Grund hatte er die Reise angetreten. Er wollte eine Zauberin in Methys aufsuchen und sie um Hilfe bitten.

Als er den Weg zu Fuß fortsetzte, nahm der Wind zu und zerrte an seinem weißen Gewand. Es schien fast so, als hätte eine fremde Macht dem Wind befohlen, ihn aufzuhalten. Er hob die rechte Hand, und kurz darauf leuchtete die Handfläche grell auf. Mit einem Zauber wollte er dem Wind Einhalt gebieten. Er war der mächtigste Zauberer von Orchanta – doch die Macht, die ihm entgegenwirkte, war ebenso mächtig wie seine. In der Ferne sah er ein flackerndes Licht. Das konnte unmöglich Methys sein, da war sich der weißbärtige Zauberer sicher. Denn die kleine Siedlung Methys lag direkt am Fluss Iarseién. Einen Fluss sah er aber nicht. Den Berg, den er in der Ferne erkennen konnte, war zu groß, als dass es sich um den heiligen Berg handeln konnte, der sich hinter Methys erhob. Er merkte, wie angespannt er war, als er auf das Licht zuging.

Wo war er? Wollte ihn jemand mit diesem Licht in eine Falle locken? Wartete am Ende des Weges ein Feind, um ihn zu töten? Er würde es bald erfahren.

Nach einer Weile traf er auf einen Weg und folgte ihm. Es war eine stille Gegend, denn niemand begegnete ihm. Natürlich, es war ja auch Nacht, und die Zeiten hatten sich geändert.

»Verdammt«, fluchte der Zauberer, als er dem Licht näher kam und sich eine kleine Ortschaft mit einem weißen Turm aus der Dunkelheit herausschälte. »Das ist Aradil. Ich bin zu weit nach Osten abgekommen. Wie konnte das nur geschehen?«, grübelte er.

In den meisten Häusern von Aradil brannte um diese Zeit kein Licht mehr. Nur aus einem Haus drang noch ein Gewirr von Stimmen tönend aus den lukenhaften Öffnungen heraus, die wohl Fenster darstellen sollten.

Der weißbärtige Zauberer hob den Zauberstab und berührte mit der Spitze sein Gesicht. Er schloss für einen kurzen Moment die Augen, und als er den Zauberstab wieder an die Schnalle an seinem Gürtel gehangen hatte, wurde aus dem faltigen, alten Mann ein junger Bursche in einem weißen Gewand. Er wusste nicht, was ihn hier in der Wirtsstube erwarten würde und wollte unerkannt bleiben.

Er öffnete die mit Holzwürmern befallene Tür und betrat die gerammelt volle Wirtsstube. Nicht nur jeder Sitzplatz war besetzt, auch an der Theke war kein Platz mehr zu bekommen. Plötzlich sah der Zauberer, wie ein untersetzter Mann den Platz an der Theke verließ. Der Zauberer drängte sich durch das Gewühl und blieb stumm an der Theke vor dem Wirt stehen, der sich verlegen an seinem spitzen Kinn kratzte.

»Seid Willkommen in meiner bescheidenen Wirtsstube, Herr.«

Der Wirt verneigte sich so tief, dass der Zauberer befürchtete, der Wirt würde jeden Augenblick kopfüber auf die Theke fallen.

»Möchtet Ihr etwas trinken?«, fragte der Wirt.

»Einen Mosch, bitte«, sagte der Zauberer. Ich hätte mir besser etwas anderes bestellt, als dieses berauschende Getränk, ging es ihm durch den Kopf.

»Kommt sofort«, sagte der Wirt und verschwand.

Der Zauberer blickte nach rechts zum knackenden Kaminfeuer und rümpfte die Nase, als er den Mief in der Wirtsstube wahrnahm, der sich mit dem natürlichen Duft lodernder Holzarten mischte.

»So, hier ist der Mosch, Herr«, sagte der Wirt

und stellte den Krug auf die Theke.

»Danke«, sagte der Zauberer.

Der Wirt nickte mit einem breiten Lächeln.

»Hier ist aber viel los«, sprach der Zauberer den Wirt an.

»Ja«, nickte der Wirt freudig, »heute wurde eine Vermählung gefeiert, und die meisten Gäste sind bis jetzt geblieben.«

»Sie sind nicht von hier«, stellte der Wirt fest.

»Nein, ich bin auf der Durchreise und will nach Methys«, sagte der Zauberer.

»Ach, so«, sagte der Wirt beiläufig. »Brauchen Sie noch ein Zimmer?« Der Wirt witterte ein gutes Geschäft.

»Ist denn noch ein Zimmer frei?«

»Ja, eines habe ich noch.«

»Gut, das nehme ich.«

Der Wirt lächelte zufrieden.

»Haben Sie Hunger?«, fragte der Wirt schnell.

»Nein, danke«, winkte der Zauberer ab.

»He, Wirt, bring uns noch 'ne Runde Mosch«, rief ein junger Mann.

Der Wirt machte sich sofort auf den Weg.

»Sauwetter!« Der Zauberer wandte sich nach links der auffällig kräftigen Stimme zu und sah, wie ein paar Wandfackeln ein flackerndes Licht auf erwartungsvolle, schmale Augen warfen.

»Ja«, sagte der Zauberer, »ein eisiger Ostwind treibt eine Schneefront über das ganze Königreich.«

Der stämmige Mann rückte den Hocker zurecht und erwiderte: »Ein Höllenwetter, sag ich da nur.«

»Ja«, sagte der Zauberer und dachte, dass der Fremde damit wohl richtig liegen könnte.

»Mein Name ist Ian«, stellte er sich vor. »Und wer bist du?«

Es gab einen kleinen Tumult in der Wirtsstube, als ein Betrunkener taumelnd gegen einen Tisch stieß.

Nachdem sich der Aufruhr gelegt hatte, sagte Ian an den Zauberer gewandt: »Eine ungewöhnliche Kleidung für einen jungen Mann.«

Der Zauberer hob die Schultern und war froh, dass Ian wohl vergessen hatte, dass er ihn nach seinem Namen gefragt hatte.

»Das ziehe ich immer an, wenn ich auf Reisen gehe«, erklärte der Zauberer.

»Ach, ja.« Ian legte die Stirn in Falten.

Der Zauberer griff schweigend nach dem Krug und trank einen Schluck.

»Wenn du mich fragst«, sprach Ian den Zauberer an, »ist das kein gewöhnliches Wetter für diese Jahreszeit.«

»Kann schon sein.« Der Zauberer überlegte, und mit seiner rechten Hand fuhr er geistesabwesend durch die Luft, so als würde er einen langen Bart berühren.

Ian musterte ihn scharf.

»Hattest wohl früher einmal einen Bart getragen?«, fragte er lauernd.

»Wer? Ich?« Der Zauberer tat überrascht. »Wie kommst du denn darauf?«, frage er.

»Nur so«, winkte Ian ab.

Der Zauberer blickte in schmale, blaue Augen, die auf eine Antwort warteten.

»Ich wollte mir mal einen Bart wachsen lassen«, fing der Zauberer an, »aber dann hab ich es mir doch anderes überlegt.«

»Ich komme aus Aharon«, lenkte Ian auf ein anderes Thema.

»Ah, ein Aharer bist du also. Aharon liegt von hier aus aber weit im Norden«, stellte der Zauberer fest.

»Ich bin nicht dort geboren«, entgegnete Ian. »Aber so weit ist es von hier bis Aharon nun auch wieder nicht«, fuhr er fort. »Ich bin extra für die Hochzeit angereist.«

»Familie?«, fragte der Zauberer.

»Schwester«, antwortete Ian kurz.

Ein Schweigen trat zwischen dem Zauberer und Ian ein, als der Zauberer nach seinem Krug griff.

»Ahip!«, sagte Ian und hielt seinen Krug hoch.

»Ahip!«, erwiderte der Zauberer und stieß mit Ian an.

»Wie ist denn nun dein Name?«, fragte Ian.

Der Zauberer stutzte.

»Kann ich euch noch etwas bringen?«, fragte der Wirt an den Zauberer und an Ian gewandt.

Der Wirt blickte kurz in die blauen Augen von Ian, bevor er sich schnell dem Zauberer zuwandte und ungeduldig auf eine Antwort wartete. Es schien dem Zauberer so, als würde Ian absichtlich mit der Bestellung warten, um den Wirt zu verunsichern. Nachdem Ian seinen Wunsch geäußert hatte, bestellte auch der Zauberer einen Mosch. Der Wirt verschwand in Windeseile, so als ob er unheimliche Angst vor Ian hätte.

Der Zauberer konnte den Wirt verstehen. Wer wusste denn schon, was in den Köpfen solcher zwielichtigen Gestalten wie Ian vorging?

»Mir schien es so, als ob der Wirt Angst vor dir gehabt hätte«, wandte sich der Zauberer an Ian und lenkte von Ians Frage nach seinem Namen ab.

»Ja«, zuckte Ian gleichgültig mit den Schultern

und fasste an den Griff seines Breitschwertes, das am Waffengürtel hing. »Kann schon sein«, gab er schmunzelnd zu. Seine dicken Armmuskeln spannten sich dabei.

Erst jetzt fiel dem Zauberer auf, dass Ian ein Schwert bei sich trug.

»Waffen auf einer Hochzeit?« Der Zauberer deutete überrascht auf Ians Schwert.

»Es sind unruhige Zeiten«, fing Ian an, »und glaube mir, **Zauberer**, die Zeiten werden nicht besser werden.«

Der Zauberer stutzte. Warum hatte Ian ihn Zauberer genannt? Mit keinem einzigen Wort hatte er Ian preisgegeben, dass er ein Zauberer war. Wer war dieser Ian? Mit Sicherheit gehörte er nicht zu der Hochzeitsgesellschaft.

»Und ich sagte dir ja, **Zauberer**, dass dies kein gewöhnliches Wetter für diese Jahreszeit ist. Ich glaube vielmehr, dass dieses Sauwetter einen magischen Ursprung hat.« Ians lauernder Blick traf den Zauberer wie ein spitzer Dolch.

Der Wirt kam mit zwei großen, bis zum Rand gefüllten, Krügen zurück. Mit zitternder Hand stellte er den Krug vor Ian ab, so dass das Getränk überschwappte. Ian sah den Wirt schweigend an. In Ians kantigem Gesicht verzog sich kein Muskel.

»Danke, Wirt«, sagte der Zauberer, als der Wirt ihm den Krug überreichte.

»Ahip!«, sagte Ian und hob den Krug.

»Ahip!«, erwiderte der Zauberer und stieß mit ungutem Gefühl mit Ian an.

»Dort hinten in der Ecke ist ein Tisch frei geworden. Komm, Zauberer, dort kann man unser Gespräch nicht so leicht belauschen«, sagte Ian und stand auf.

15

Der Zauberer blickte zu Ian auf, der mindestens einen Kopf größer war als er.

»Wie kommst du darauf, dass ich ein Zauberer sein könnte?«, fragte der Zauberer, als sie am Tisch saßen.

»Mein Bauchgefühl.«

»Dein Bauchgefühl?«

»Ja.«

Der Zauberer schwieg und fühlte, dass Ian ihn anlog. Die Blicke wechselten zwischen dem Zauberer und Ian.

»Cyriel hat es mir gesagt«, sagte Ian kantig.

»Die Zauberin?«, fragte der Zauberer überrascht.

»Ja«, nickte Ian.

»Sie ist in Aharon?«, fragte der Zauberer nachdenklich.

»Ja«, erwiderte Ian gleichgültig. »Ich kenne Cyriel schon sehr lange«, fing Ian an und machte eine Atempause. »Sie hat mir gesagt, dass ich nach Aradil gehen sollte, um einem verirrten Zauberer zu helfen.«

»Welcher Zauberer würde sich schon verirren?«, sagte der Zauberer gequält lächelnd.

»Sag du es mir!«, forderte Ian ihn auf.

Wieder trat ein kurzes Schweigen zwischen den beiden ein.

»Ahip!«, sagte Ian schließlich und hob den Krug. »Lassen wir die Spielchen, Zauberer, und sagen uns die Wahrheit!«

Der Zauberer zögerte kurz, bevor er den Krug hob und sagte: »Ahip, Ian!«

Der Zauberer und Ian tranken genüsslich den Mosch.

»Ich trage ein Schwert, weil ich ein Söldner bin«, sagte Ian, als er sah, wie der Zauberer sein

Schwert musterte.

»Du bist also ein Söldner?«

»Ja.«

»Und Cyriel, die Zauberin, ist eine gute Freundin von dir?«

»Ja.«

»Wie gut?«, fragte der Zauberer misstrauisch.

»Sie ist eine sehr gute Freundin von mir, **Zauberer**«, zischte Ian, »aber sie ist nicht meine Gefährtin, wenn du darauf anspielen willst.«

Der Zauberer schwieg für einen Augenblick, bevor er schließlich fragte: »Und wer sagt mir, dass du mir die Wahrheit sagst und nicht hinter einem Zauberer her bist, um ihn zu töten?«

Ian sah den Zauberer verärgert an.

Für einen Moment sah es so aus, als würde Ian nach seinem Breitschwert greifen.

»Ich bin ein Söldner«, sagte Ian mit kräftiger Stimme, und seine Muskeln spannten sich, »kein **Mörder**«, betonte er scharf.

Der Zauberer schwieg.

»Ich hasse sie ... Dämonen. Sie widern mich an. Na, ja, deswegen bin ich hier«, brummte Ian. »Es geht um Estalor«, erklärte er schließlich und fuhr mit klangvoller Stimme fort: »Die Dämonen wollen eine Höllenpforte nach Estalor öffnen, wie du sicherlich schon weißt.« Ian atmete schwer. »Noch ist nichts unternommen worden, um das zu verhindern.« Ians Miene wurde zunehmend ernst. »Du bist auf dem Weg nach Methys, um dich mit Adena zu treffen«, Ian beugte sich vor, »und du hast dich verlaufen, Zauberer, gib es endlich zu«, sagte Ian mit spöttischer Stimme.

Der Zauberer blickte stumm und sagte dann: »Nein.«

»Nein, was?«, brummte Ian.

»Ich habe mich nicht verlaufen«, sagte der Zauberer deutlich, »es muss Magie gewesen sein, die mich von meinem Weg abgebracht hat. Anders kann ich mir das nicht erklären.«

»Sicherlich«, lächelte Ian den Zauberer an, »war Magie dafür verantwortlich.«

Der Zauberer nahm seinen Zauberstab zur Hand und sagte: »Ich bin gleich wieder zurück, Ian. Für meine Rückverwandlung brauche ich ein ruhigeres Plätzchen«, dann verließ er die Wirtsstube.

Draußen schlug ihm ein eisiger Wind ins Gesicht. Er sah sich um. Als er niemanden sah, berührte er mit der Spitze des Zauberstabs sein Gesicht. Er schloss für einen kurzen Moment die Augen, und als er den Zauberstab wieder an die Schnalle an seinem Gürtel gehangen hatte, wurde aus dem jungen Mann der weißbärtige Zauberer.

Kurz darauf betrat der weißbärtige Zauberer die Wirtsstube, und als er wieder den Tisch erreichte, blickte er in Ians erstaunte Miene.

»Da bin ich wieder«, sagte der Zauberer mit einem Schmunzeln und nahm Platz.

Er bemerkte, die Verlegenheit in Ians Miene. Der geschwätzige Ian starrte ihn für einen Moment sprachlos an. Wusste Ian etwa, wen er vor sich hatte?

»Seid Ihr es wirklich?« Ian betrachtete das faltige Gesicht und dann das weiße Gewand des Zauberers. »Ja, Ihr seid es. Ich habe Euch schon mal in Briard mit dem König zusammen gesehen. Oh«, sagte er, »dass ich einen Zauberer treffen sollte, wusste ich ja von Cyriel, aber dass Ihr es sein würdet, das hatte sie mir nicht gesagt.«

Der weißbärtige Zauberer schwieg.

»Es ist mir eine Ehre, Euch ...«, fing Ian an.

Der Zauberer winkte ab.

»Lass das *Ihr* und *Euch*, Ian, und sag mir, was du von mir willst!«, forderte der weißbärtige Zauberer ihn auf.

Der Wirt trat an den Tisch.

»Kann ich ...«

Er stutzte.

»Wo ist der jungen Mann?«, fragte der Wirt. »Er hat noch nicht bezahlt, und ein Zimmer hat er auch bestellt.«

»Mein Neffe musste gehen«, versuchte der Zauberer den Wirt zu beruhigen. »Ich werde seine Getränke und das Zimmer bezahlen.«

Der Wirt lächelte zufrieden.

»Gerne, Herr«, sprach der Wirt. »Kann ich noch etwas bringen?« Der Wirt warf einen scheuen Blick zu Ian.

»Noch zwei Krüge, Wirt«, erwiderte Ian.

»Ahip!«, sagte Ian und hob den Krug.

»Ahip!«, erwiderte der Zauberer und trank den Krug aus.

Als der Wirt verschwunden war, fuhr Ian fort: »Ich soll Euch ... dir dieses silberne Medaillon geben.« Ian griff in die Tasche seiner ledernen Weste und legte das Medaillon auf den Tisch. »Cyriel hat es mit einem Zauber belegt. Sie sagte zu mir, du würdest schon wissen, was damit zu tun ist.«

»Ja, das tue ich, Ian«, sagte der weißbärtige Zauberer deutlich. »Ich danke dir, Ian. Mit diesem Medaillon wird der Wegzauber gelingen. Nun kann mich keine Magie mehr von Methys fernhalten.«

»Also, wirst du dich jetzt nicht mehr verlaufen, Zauberer?«, grinste Ian breit.

»Ich habe mich nicht verlaufen, Ian. Magie hat ...«, der Zauberer schwieg, als der Wirt mit zwei Krügen an den Tisch trat. »Verschütte dieses Mal nicht wieder die Hälfte«, ermahnte Ian den Wirt.

Der Wirt zitterte, als er die Krüge auf den Tisch stellte.

»Warum bist du so hart zu dem Wirt?«, fragte der Zauberer.

Ian hob die Schultern. »Weiß nicht«, sagte er. »Vermutlich, weil er ein Feigling ist.«

Der Zauberer schwieg.

»Ich hasse Männer, die sich nicht wehren.«

»Er hat Angst vor deinem Schwert.«

Ian nickte. »Vermutlich hat er das«, sagte er zufrieden und stieß mit dem Zauberer an.

»Wenn es den Dämonen gelingen sollte, Estalor zu betreten«, sagte Ian mit anschwellendem Ton, »können wir mit Feiglingen wie diesem nichts anfangen.« Ian deutete auf den Wirt.

»Ja, das stimmt, aber es kann nicht jeder ein Krieger sein«, entgegnete der Zauberer. »Was ist deine Aufgabe, Ian?«

»Ich beschütze das Volk vor Eindringlingen.«

»Aha«, fing der Zauberer an, »und das Volk ist er.« Der Zauberer deutete auf den Wirt.

Ian schwieg.

»Ja«, unterbrach Ian das Schweigen, »vermutlich tat ich ihm Unrecht«, gab er verlegen zu.

Ian trank bedächtig seinen Krug aus. »Bekommst du auch noch einen Krug?«, fragte er.

»Nein, danke, Ian. Ich habe genug getrunken«, antwortete der Zauberer. »Ich werde nach oben in mein Zimmer gehen und ein wenig schlafen.«

»Du willst schlafen?«, fragte Ian verstört.

»Ja, auch Zauberer brauchen ein wenig Ruhe.«

»Es hat mich gefreut, deine Bekanntschaft zu machen, Ian.«

»Mich hat es auch gefreut, dich zu treffen, Zauberer.«

»Wann gehst du wieder nach Aharon?«

»Morgen.«

»Richte Cyriel Grüße von mir aus.«

»Das werde ich tun.«

»Ist die Braut wirklich deine Schwester?«, fragte der Zauberer. Neugier schwang in seiner Stimme mit.

»Nein«, schüttelte Ian den Kopf.

Der Zauberer nahm das Medaillon und steckte es in die Tasche seines Umhangs. Langsam erhob er sich von seinem Platz.

Auch Ian erhob sich und verabschiedete sich von dem Zauberer mit einer leichten Verbeugung.

Ian blickte in die ängstlichen Augen des Wirts, der plötzlich neben ihm stand.

»Bring mir noch einen Krug, Wirt«, sagte Ian. »Bitte!«, ergänzte er.

»Ja, gerne, Herr«, sagte der Wirt und verschwand mit verstörtem Blick.

Der Zauberer lächelte Ian zufrieden an und ging nach oben auf sein Zimmer.

* * *

Die Nacht war kurz, und der Zauberer hatte nur wenig Schlaf finden können. Es hatte aufgehört zu schneien, doch immer noch wehte ein eisiger Ostwind. Mit großen Schritten eilte er zum Ortsrand, dort wollte er den Wegzauber einsetzen.

Der Zauberer dachte an das Medaillon, das er von Ian bekommen hatte. Irgendjemand wollte nicht, dass er Methys erreichte. Also wurde der Wegzauber beeinflusst. Wie sonst hätte er in Aradil stranden können? Um nach Aradil zu kommen, hätte er den Fluss Shi-Sha-Ahi überqueren oder das nördlich gelegene Gebirge bei Schattenland passieren müssen. Wie also ist er nach Aradil gelangt? Dafür gab es nur eine Erklärung – Magie.

Der Zauberer wandte sich um und sah zu dem gewaltigen Berg, der sich hinter Aradil erhob. An den schroffen Felsen blieb kaum Schnee liegen, aber der Gipfel war schneebedeckt. Ein letztes Mal ließ der Zauberer seinen Blick in die Ferne gleiten, dann nahm er das Medaillon aus der Tasche und wandte sich in südliche Richtung.

Der weißbärtige Zauberer griff nach dem Zauberstab und berührte mit der Spitze das silberne Medaillon, das er in der linken Hand hielt. Als er einen Zauber aussprach und der rundlich hölzerne Knauf des Zauberstabs anfing zu glühen, schmolz das Medaillon in seiner Hand. Kurze Zeit später bewegte sich die Landschaft wie im Flug an ihm vorbei. Der Wegzauber wollte gar nicht mehr enden. Es schien ihm so, als ob er sich von Siedlung zu Siedlung, von Berg zu Berg, von Fluss zu Fluss bewegen würde.

Was wäre, wenn das Medaillon eine Falle wäre? Was wäre, wenn Ian das Medaillon nicht von Cyriel bekommen hätte? Wie dumm er doch gewesen war, als er Ian sein Vertrauen schenkte – einem Söldner – jemand der für Gold und Edelsteine alles tat. Er hätte sich niemals hierauf einlassen sollen. Er hätte das Medaillon niemals annehmen dürfen. Der Zauberer verfluchte seine Entscheidung.

Ein greller Blitz schlug vor den Füßen des Zauberers ein, und der Wegzauber endete schlagartig. Wo hatte ihn dieser Zauber hingebracht? Wie weit war er von Methys entfernt? Der Zauberer versuchte sich zu orientieren, blickte nach rechts in nördliche Richtung und sah mit Erleichterung den heiligen Berg, unverkennbar mit seiner schmalen Spitze. Er wandte sich wieder nach Süden, und jetzt konnte er in der Ferne Methys ausmachen. Die Siedlung lag direkt am Fluss Iarseién, der am heiligen Berg entsprang.

»Ich habe mein Ziel erreicht«, stellte der Zauberer erleichtert fest und flüsterte reumütig: »Verzeih mir, Ian, dass ich für einen Augenblick an deine Loyalität gezweifelt habe.«

Der Zauberer wartete bis es dunkel wurde. Erst dann machte er sich auf den Weg zu Adena.

Für die Dauer eines Wimpernschlags glaubte der Zauberer, eine Bewegung in der Seitengasse gesehen zu haben. Er blieb kurz stehen, bevor er weiterging und eilends um die nächste Ecke bog. Am Ende der Gasse lag das Haus von Adena. Aus dem Kamin stieg Rauch empor. Sie schien also zu Hause zu sein.

Der Zauberer klopfte an. Wenig später öffnete sich die Tür. Der Zauberer stand stumm da, als Adena ihn freudig anlächelte.

»Kommt herein, Zauberer«, begrüßte sie ihn. »Ich habe Euch bereits erwartet.«

»Ich wünschte, wir würden uns unter anderen Umständen sehen«, sagte der Zauberer bedrückt und schloss sie sanft in die Arme.

Der Zauberer hatte sehr viel vertrauliches mit Adena zu besprechen. Er legte einen Schutzzauber um ihr Haus, damit sie nicht belauscht werden konnten.

∗ ∗ ∗

Es war ein klarer, ungewöhnlich warmer Morgen. Die Sonne schien, doch anstatt fröhlich den Tag zu beginnen, stand Adena mit deprimierter Miene vor dem Zauberer, um sich von ihm zu verabschieden. Der Zauberer warf einen kurzen Blick über Adenas Schulter, durch die offene Tür, hinein ins Haus. Dann blickte er Adena fest in die Augen, die traurig auf ihn wirkten. Ihr sonst so fröhliches Lächeln war verschwunden.

»Es ist soweit«, sagte der Zauberer schwermütig.

»Warum?«, fragte Adena leise.

Der Zauberer schwieg. Sein Herz schlug schnell.

»Ich liebe Sydah. Ich liebe ihn von ganzem Herzen. Ich will bei ihm sein, ihn sehen, ihn spüren, aber ich sehe ein, dass ich das Opfer bringen muss, wenn das Königreich Orchanta gerettet werden soll«, flüsterte Adena, und eine Träne rann ihr die Wange hinab.

Dem Zauberer brach es das Herz. Er kannte Adena eine sehr lange Zeit. In all den unendlich vielen Jahren hatte sie sich nicht verändert, während er doch allmählich gealtert war. Er wollte Adena schon immer nach ihren Geheimnissen fragen, die sie stets umgaben. Nun schien es ihm aber der falsche Augenblick zu sein, um Antworten von ihr zu verlangen.

»Was soll ich ...«, fing der Zauberer an.

»Es muss so sein«, schniefte sie und wischte ihre Träne weg. »Jetzt kann ich mein Versprechen Sydah gegenüber wohl nicht mehr einlösen.« Adena hatte den Kopf leicht zur Seite geneigt, während

24

der Zauberer sie ansah.

»Versprechen?«, fragte der Zauberer mit trockener Kehle. »Welches Versprechen?«

»Dass ich bei ihm bleiben werde.« Adena wandte sich wieder dem Zauberer zu. »Für immer.«

Der Zauberer wünschte sich, dass er diese Frage nicht gestellt hätte. Er wirkte mit einem Mal verunsichert. Hatte er das Richtige getan? Hätte er einen anderen Weg wählen sollen?

Sein Blick wanderte Hilfe suchend an Adena vorbei. Adena nickte ihm lächelnd zu. Es war wohl eine Geste der Zustimmung.

»Und denk daran, Adena, wenn die Zeit gekommen ist, musst du Sydah den goldenen Dolch geben«, sagte der Zauberer.

Adena nickte.

»Ich kann ihm den Dolch doch auch ...«, der Zauberer unterbrach sie: »Noch nicht!«, seine Stimme war nicht hart, dennoch mit einer Strenge erfüllt. »Alles zu seiner Zeit, Adena. Und noch ist die Zeit nicht gekommen.«

Der Zauberer trat ihr entgegen und schloss sie sanft in die Arme, bevor er sich auf den Rückweg nach Briard machte.

Als der Zauberer den Wegzauber anwandte, hatte er das Gefühl, als würde ihm jemand den Boden unter den Füßen wegreißen. Mit allem hatte er gerechnet, nur nicht mit der tiefen Traurigkeit, die sein Herz zu zerreißen drohte. Sie nistete sich tief in ihm ein und drohte ihn zu zerstören.

Hatte er ein zu großes Opfer verlangt?

Ja, sagte ihm sein Gewissen.

Nein, sagte ihm sein Verstand.

Ja, sagte ihm schließlich sein Herz.

Finstere Zeiten

1 Ein stürmischer, wolkenverhangener Frühlingstag entfaltete sich an diesem Morgen. Es sah nach Regen aus. Die Gischt schlug donnernd gegen die fünfzig Meter hohe Steilküste der Tamarinschlucht, die mit unzähligen Höhlen durchsetzt war. Dabei rauschte das Wasser durch die Höhlengänge und ließ den Boden erbeben.

Sydah war mit seiner Schwester Yil zur Küste geritten, um das Spektakel zu erleben. Schweigend saßen sie an der Klippe und blickten hinab zum Selmanischen Meer. Die nächste Riesenwelle rollte auf die Küste zu.

Yil atmete schwer. »Die Zeiten haben sich geändert, mein Bruder. Es ist nicht mehr so friedlich in unserem Land, wie es einmal war«, sagte sie bedrückt. »Finstere Kreaturen streifen umher. Das Orakel von ...«

»Kein Orakel vermag zu sehen, was in Zukunft wirklich geschehen wird, Yil«, unterbrach Sydah. »Wir haben die Möglichkeit auf das Kommende Einfluss zu nehmen.«

»Ja, aber nur, wenn du weißt, was kommen wird, hast du die Möglichkeit etwas nach deinen Wünschen zu ändern, Sydah.«

Yil griff nach einem kleinen Stein und warf ihn im hohen Bogen über die Klippe.

Sydah seufzte. »In der letzten Zeit hatte Adena öfters Visionen, in denen sie sah, wie eine finstere Zeit über das erste Königreich kommen wird!

Adena ...« Sydah schwieg abrupt und sah zu, wie die tosenden Wellen mit einem riesigen Baumstamm spielten, der wahrscheinlich vom Fluss Iarseién ins Meer getragen wurde. Die Aussicht von hier oben war gleichermaßen faszinierend wie erschreckend.

»Ich bin voller Zuversicht, dass unser König uns beschützen wird«, sagte Yil.

»Das Königreich Orchanta ist noch jung, und es ist groß.«

»Ja, ich weiß, Bruder.«

»Es erstreckt sich vom Selmanischen Meer bis zum Niemandsland.« Sydah sah seiner Schwester in die Augen. »Es ist ein großes Land, und der König hat nicht genügend Soldaten, um alle Städte und Dörfer vor Eindringlingen zu schützen.«

»Lass den Kopf nicht hängen, Bruder!« Yils Mundwinkel verzogen sich zu einem kleinen Lächeln. Als sie die Hand auf seine Schulter legte und ihn gerade auffordern wollte zu gehen, sagte Sydah angespannt: »Sieh dort, Yil, unten im Meer! Was ist das?«

»Was meinst du?«, fragte Yil. »Ich sehe nur Treibholz und einen Baumstamm.«

»Jetzt ist es weg.« Sydah blickte suchend auf das Meer.

»Du wolltest mir eben etwas von Adena erzählen, Bruder.«

Das Meer erbebte wieder, als eine gewaltige Welle mit ohrenbetäubendem Lärm gegen die Klippe rauschte. Das Wasser brauste die Klippe hoch, bis fast zum Rand.

Sydah atmete schwer. »Adena sagte zu mir, dass ich zu den Ruinen von Ethyr reiten soll, um einen Elb-Holz-Stab zu suchen, mit dem die finstere Zeit abgewendet werden kann«, kam es zögernd aus ihm heraus, »und in Ethyr wird sich dann mein Schicksal erfüllen.«

Sydah bemerkte, wie Yils schmale, grüne Augen ihn scharf musterten. »Wann hat sie das gesagt?«, fragte sie fordernd.

»Vor vier Nächten«, antwortete Sydah schnell ohne seine Schwester dabei anzusehen. »Ich wollte es dir schon eher erzählen ...« Sydah schwieg wieder.

»Ja, ich höre, Bruder!«, forderte Yil ihn auf weiterzureden. »Ich spüre, dass du etwas vorhast, dass mich nicht begeistern wird, Syd.«

Sydah sah seine Schwester mit der Entschlossenheit eines Schwertkämpfers an, der seinem Feind Auge in Auge gegenüberstand. Er legte die Hand auf den Schwertgriff, und seine Stimme klang fest: »Ich werde morgen aufbrechen, Yil, und ich schwöre bei meines Vaters Schwert Gron, ich werde meine Aufgabe erfüllen! Das habe ich Adena versprochen.«

»Ich weiß, Bruder, wenn du einmal einen Entschluss gefasst hast, werde ich dich nur schwer wieder umstimmen können.«

»Ich werde gehen, Schwester!«

»Das habe ich mir gedacht.«

Dunkle Wolken zogen von Süden her auf. Ein tiefes Grollen war in der Ferne zu hören, das ein Unwetter ankündigte.

»Und du willst allein nach Ethyr?«, fragte Yil. »Ohne mich?«, fügte sie hinzu und wartete geduldig auf die Antwort.

Sydah zögerte.

»Zu zweit reist es sich besser«, sagte Yil. »Jetzt sag bloß nicht, es sei zu gefährlich. Du weißt, ich liebe Abenteuer über alles.«

Vor Freude über den Entschluss seiner Schwester spiegelte sich ein strahlendes Funkeln in Sydahs Augen wider. Doch kurz darauf erblasste es, und sein schmales Gesicht zeigte einen besorgten Ausdruck.

»Ach, komm Bruder. Schau mich nicht so an! Ich bin alt genug, um zu entscheiden, was ich tun und was ich lassen soll.«

»Ja, das schon, Yil, aber ich weiß nicht, was mich in Ethyr erwarten wird.«

»Das ist gut so, denn sonst wäre es ja auch kein Abenteuer, Syd«, sagte Yil mit einem Lächeln.

Ein gewaltiger Blitz zuckte über das Firmament und schlug weit draußen im Meer ein. Ein lauter Donner folgte und erdrückte das Rauschen der Wellen.

Nach einem kurzen nachdenklichen Innehalten deutete Sydah auf das Meer. »Sieh, Yil, ein Leuchtfisch!« Sydahs Stimme schwoll an, als der Fisch an der Wasseroberfläche auftauchte.

»So einen großen Leuchtfisch habe ich noch nie gesehen«, staunte Yil. »Er ist wunderschön«, schwärmte sie. »Dort ist noch einer.«

»Ja«, sagte Sydah, »ich sehe ihn. Dort ist ein ganzer Schwarm!«

Für den Bruchteil eines kurzen Augenblicks, als der große Leuchtfisch wieder ins Wasser abtauchte, hatte Sydah den Eindruck, der Fisch habe sich in Luft aufgelöst. Yil hatte offenbar nichts bemerkt. Doch etwas veränderte sich im Meer. Sydah richtete sich auf, und seine Nackenhaare hatten sich aufgestellt.

»Was hast du, Bruder?«

Gefahr lag in der Luft. Sydah konnte es fühlen. Eine schwarze, brodelnde Masse, zähflüssig wie geschmolzenes Vulkangestein, breitete sich mit einem Mal unter dem Schwarm aus.

»Was ist denn das?«, fuhr Yil erschrocken auf.

Sydah zuckte mit den Achseln und sagte: »Das weiß nur der Himmel ...«

»... oder die Hölle«, sagte Yil. »Ich spüre eine dämonische Macht.«

»Spürst du sie auch, Bruder?«, fragte Yil besorgt.

»Nein«, sagte Sydah. »Diese Gabe besitze ich nicht, aber mein Sinn für Gefahren hat mich gewarnt.«

»Dämonen!«, hauchte Yil. »Sie sind hier!«

Die schwarze Masse verfestigte sich und die tosenden Wellen umspülten sie. Yil klammerte sich an ihren Bruder, während die schwarze Masse ein finsteres Geschöpf hervorbrachte, das Sydah und Yil das Blut in den Adern gefrieren ließ. Im aufgewühlten Meer trieb eine grüne Seeschlange mit Schuppen, die aussahen wie Dolchspitzen.

»Myr, die Höllenschlange.« Sydahs Stimme war kaum zu hören. »Von ihr hat mir Adena auch erzählt, Yil!«

»Sie wird töten, Bruder.«

»Ich weiß, Yil«, sagte Sydah. »Ich weiß.«

Yil ließ ihren Bruder los. »Wäre ich doch nur dort unten auf einem Boot«, sprach sie nun mit fester Stimme. »Ich würde ihr mit meinem Schwert den Kopf abschlagen.« Hass funkelte in ihren Augen, während sie auf ihr sichelförmiges Schwert deutete.

Sydah legte die Stirn in Falten und wunderte sich über seine Schwester, die eigentlich nicht so aufbrausend sondern eher ruhig und beherrscht war.

»Ich rieche Blut, Bruder«, sagte Yil plötzlich.

»Ich spüre den Tod.« Ihr Kopf senkte sich. »Etwas Schreckliches wird geschehen.«

Sydah fluchte laut, als die Höllenschlange, bekannt aus einer uralten Sage, im Meer wieder geboren wurde. Ihm drehte sich der Magen um, als er daran dachte, welch schlimme Taten von ihr erzählt wurden.

»Sie wird jemanden umbringen«, sagte er bedrückt, »und wir können nichts dagegen tun.«

Als sich Myr ganz aus der schwarzen Masse herausgeschält hatte, sah Sydah, wie Yils Miene einen gequälten Ausdruck annahm.

»Yil«, sprach er sie an, doch sie reagierte nicht.

Hatte die Höllenschlange seine Schwester in ihren Bann gezogen?

»Was ist los mit dir?«, versuchte er es wieder.

»Sie spricht zu mir«, hauchte Yil.

»Sieh mich an, Yil!«, befahl Sydah, der befürchtete, dass Myr ihr etwas antun könnte.

»Ich kann ihre zischenden Worte hören«, sagte Yil, während sie starr in Richtung Meer blickte. Dort schlängelte sich die Höllenschlange im Wasser und blickte in Yils Richtung.

Sydah griff Yil an der Schulter und zog sie zu sich heran.

»Lass los, Yil«, sagte er energisch. »Löse dich von ihrem Bann, Yil«, schrie er verzweifelt.

Sydah atmete erleichtert aus, als Yil ihn ansah und die Starre in ihren Augen verschwunden war.

»Es geht mir gut, Bruder«, sagte sie.

»Was hat Myr zu dir gesagt?«

»Ich bin geboren, um zu töten und zu erobern, das ist meine Bestimmung«, antwortete Yil erschöpft.

Der erste Leuchtfisch schwamm davon. Doch er wirkte wie eine hilflose Beute, in einem Glasbehälter voller Wasser. Ohne große Anstrengung wand sich der Schlangenkörper im aufgewühlten Meer und jagte hinter dem Leuchtfisch her. Schnell hatte Myr ihre Beute eingeholt, und ihr Körper umschlang den Fisch. Die dolchartigen Schuppen drangen in das zuckende Fleisch und blaues Leuchtfischblut quoll aus unzähligen Wunden hervor. Der Kopf der Höllenschlange bewegte sich rasch, und mit ihren Giftzähnen riss sie den Leuchtfisch entzwei.

»Wie furchtbar«, sagte Yil.

Die grüne Schlange ließ von dem toten Leuchtfisch ab und schwamm dem Fischschwarm hinterher. Mit der Unbarmherzigkeit einer seelenlosen Tötungsmaschine zerfetzte die dämonische Schlange die gefangenen Fische, einen nach dem anderen.

Sydah und Yil beobachteten bestürzt das Schauspiel. Mit einem Mal hauchte Yil: »Adena!«

Sydah erschrak und blickte in die fassungslose Miene seiner Schwester.

»Was hast du gesagt?«, kam es von Sydah. Ein kalter Schauer lief über seinen Körper hinweg, während er sich wieder dem Meer zuwandte und auf die toten Fischkörper blickte, die von einer blauen Blutwolke umgeben waren.

»Dort unten im Wasser zwischen den toten Fischen. Es tut mir ja so leid für dich, Syd«, sagte Yil mit belegter Stimme.

Sydah musste sich sehr anstrengen, um Adenas lebloses Hülle zwischen den toten Fischen zu erahnen. Er hatte nicht solch messerscharfen Augen wie seine Schwester. Das war nämlich neben ihrer Fähigkeit dämonische Mächte wahrzunehmen ihre zweite große Gabe. Sydahs Augen wurden feucht.

»Adena«, hauchte er in gequältem Ton. »Nein, das darf nicht sein.«

»Komm her, Syd! Wir können Adena nicht mehr helfen«, sagte Yil und nahm ihren Bruder in den Arm. »Wir werden die Höllenschlange nicht davonkommen lassen, Bruder«, sagte sie. »Zusammen werden wir sie jagen und zur Strecke bringen, das schwöre ich dir mit meinem Blut!«

Sydah wollte eigentlich gehen, jedoch konnte er den Blick nicht von Adena abwenden, so grauenhaft der Anblick auch war. Die Überreste der Leuchtfische sanken langsam als blutige Masse auf den Meeresgrund. Jede Hilfe für Adena kam zu spät, das war ihm mit schrecklicher Bewusstheit klar, dennoch irgendetwas hielt ihn wie in einem Bann gefangen. Dann tauchte aus der Tiefe des Meeres der Schlangenkopf auf. Sydah hatte das Gefühl das Monster wollte ihn und seine Schwester verspotten. Die Höllenschlange ließ ein lautes, bösartiges Zischen ertönen, das das Rauschen der heranrollenden Wellen übertraf. Bevor die Schlange endlich davon schwamm, machte sie sich noch über Adenas leblose Hülle her.

»Ich werde dich jagen!«, schrie Sydah ihr hinterher. »Wenn es nötig ist, bis ans Ende der Welt ... bis in die tiefsten Winkeln der Hölle, werde ich vordringen, und ich werde dir deinen widerlichen Kopf abschlagen!«

Sydah blickte starr geradeaus, während die Höllenschlange in den Tiefen des aufgewühlten Selmanischen Meeres verschwand.

»Was hat Adena noch zu dir gesagt, Syd?« Yil war so aufgebracht über die furchtbare Tat, dass sie über den Schmerz, den Sydah in diesem Moment empfand, wohl nicht nachdachte. Sydah nahm ihr die

Frage keinesfalls übel, jedoch schwieg er. »Syd, was hat Adena noch zu dir gesagt?«, wiederholte sie ihre Frage.

Ein heftiger Wind kam auf und peitschte Yil die Haare ins Gesicht. Sie schloss die Knopfleiste ihres Ledermantels, der im Wind flatterte. Plötzlich riss sie den Kopf nach oben und lauschte. Ihre grünen Augen suchten den finsteren Himmel ab. Ein Vogelschwarm flog kreischend über sie hinweg, auf der Flucht vor dem herannahenden Sturm.

Sydah zögerte abermals. »Sie hat mir noch von einem mächtigen Dämon erzählt ...«

Yil wandte sich wieder ihrem Bruder zu. »Was hat sie gesagt?« Yil ließ nicht locker.

»Der Dämon hat vor etwa hundert Jahren eine Höllenpforte nach Estalor geöffnet und einen Plan geschmiedet, um unseren Planeten zu erobern«, erklärte Sydah.

Yil stand vor ihrem Bruder wie ein Fels in der Brandung. Selbst der heftige Wind konnte nicht bewirken, dass sie sich auch nur einen Zentimeter bewegte. »Ich habe von Kundschaftern gehört, dass in manchen Gegenden eigenartige Kreaturen gesichtet wurden. Und du kennst ja die Geschichte von der Siedlung Kirnet«, sagte Yil. »Niemand hat je erfahren, warum alle Kirnet verlassen haben.«

»Verlassen?«, sagte Sydah. »Das ist wohl nicht der richtige Ausdruck. Niemand hat je einen von ihnen mehr gesehen!«

»Komm, Bruder, lass uns nach Hause reiten!«

»Ja«, nickte er betrübt, und die Bilder der grausigen Bluttat geisterten ihm durch den Kopf. »Ich werde mich dann für die Reise nach Ethyr vorbereiten, so wie es Adena für mich vorbestimmt hat!«

»Und ich werde dich begleiten, Syd, mein Bruder!«

Yil band sich einen langen Zopf, bevor sie auf den Barst stieg. Sie streichelte dem Tier über das schneeweiße, glatte Fell und über den grünen, schuppigen Nacken. Dann begrüßte Yil es mit den Worten: »Aschah Hal, Ada!« Sie blickte kurz zu ihrem Bruder und sagte dann zu Ada: »Heute ist ein schlimmer Tag, Ada. Lass uns schnell nach Hause reiten.«

Sydah bestieg Sturmwind, der den rundlichen Kopf hob. Der kraftvolle Barst wartete auf seine Befehle.

»Adena war eine ganz besondere Zauberin«, sagte Yil. Traurigkeit lag in ihrer Stimme. »Ich kann es immer noch nicht glauben, dass es sie nicht mehr geben soll.«

Sydah senkte den Kopf. »Ja, das war sie. Und sie war eine ganz besondere Frau, Yil«, sagte er. »Los, Sturmwind!« Sydah spornte den Barst an, und sie ritten durch die Tamarinschlucht in Richtung Methys, gefolgt von Sturm und Donner.

* * *

Ein kleines, grünes Wesen kam hinter einem Fels zum Vorschein und bewegte die fünf langen, dünnen Finger seiner kleinen Hand. »Tstststs. Was für eigenartige, hässliche Gestalten treiben sich hier in dieser Gegend herum? Das ist mein Tal – mein Zuhause«, krächzte es. Die schwarzen Augen der kleinen Gestalt hafteten sich an Sydahs Schwert fest. »Sssssss«, zischte es wie eine Schlange. »Ich folge ihnen, ja, das werde ich tun«, sagte es und setzte sich in Bewegung. »Hässlich, hässlich

sind sie, die beiden, aber das ist mir egal! Das
Schwert sieht sehr wertvoll aus. Ja, ich werde es
stehlen, das werde ich.«

Tarin

2 Sydah entzündete zwei Öllampen und holte einen Steinkrug aus der Vorratskammer. Er goss in ihrem flackernden Lichtschein Mosch in einen Becher und nahm einen kleinen Schluck zu sich. So sehr er das Getränk liebte und üblicherweise beim Nachdenken mehr davon trank als auf Festlichkeiten, heute sagte es ihm überhaupt nicht zu. Ein gespanntes Pergament auf einem Holzrahmen, ein Pinsel und Farbe halfen ihm seinen Kummer zu unterdrücken. Er war nicht nur ein exzellenter Schwertkämpfer, sondern auch ein begnadeter Künstler. Sydah liebte die Malerei ebenso wie einen guten Kampf. Er lehnte sich im Stuhl zurück und schloss für einen Moment die Augen. Er dachte an Adenas zärtliche Umarmungen, an ihre liebevollen Küsse und ihr süßes Lächeln, dann riss ihn ein gewaltiger Donner aus seinen Gedanken, und ihm wurde schmerzlich bewusst, dass er niemals mehr ihre samtweiche Haut fühlen, ihre zärtlichen Küsse spüren und ihr Lächeln sehen würde – es waren nur noch Erinnerungen, die ihm von seiner Geliebten blieben, und diese Erinnerungen wollte er ein Leben lang hüten.

Vor seiner Hütte wütete das Unwetter mit all seiner Härte. Der Sturm jammerte und heulte wie ein neugeborenes Kind. Sydahs Springbockherde drängte sich hinter dem Gatter dicht zusammen, um sich gegenseitig zu wärmen. Das dicke Fell schützte sie vor der Kälte, die der Wind aus Richtung

Meer herbeitrug.

Sydah nahm den Pinsel zur Hand, um seine vielen Gedanken zu verdrängen – die Reise nach Ethyr wollte er im Morgengrauen antreten.

»Ausgezeichnet«, raunte Sydah. Mit seinen leuchtend blauen Augen begutachtete er das Resultat seiner Arbeit, dann sagte er in einem kritischen Ton: »Hier fehlt noch etwas Farbe, und hier muss ich wohl doch noch etwas ausbessern.« Er legte den großen Pinsel beiseite und nahm einen kleinen Pinsel zur Hand, um damit die Feinheiten zu gestalten.

Es klopfte an der Tür. »Syd, bist du da?«, vernahm Sydah die Stimme seiner Schwester.

»Komm herein! Es ist offen«, rief er.

»Ein scheußliches Wetter«, begrüßte Yil ihren Bruder. »Du malst?«

»Ja, das hilft mir beim Nachdenken ...«, sagte Sydah, »... und beim Vergessen«, ergänzte er.

»Was führt dich so spät und bei diesem Wetter noch zu mir?«, fragte Sydah.

Yil schlug die Kapuze zurück und legte ihren nassen Umhang ab.

»Ich wollte sehen, wie es dir geht.«

»Es geht mir besser«, sagte Sydah.

»Deine Stimme sagt mir etwas anderes, Bruder.«

»Willst du einen Becher Mosch?«, fragte er.

»Gerne.« Yil nahm einen leeren Becher vom Regal. Sydah holte den Steinkrug und füllte den Becher auf.

»Ahip!«, sagte Yil.

»Auf uns, Yil.«

Sie tranken, und Yil bewunderte dabei Sydahs neues Kunstwerk.

»Versorgt Uta deine Herde, während du fort

bist?«, fragte sie.

»Ja«, antwortete Sydah, »und er kümmert sich um meine Hütte.«

»Ein schönes Bild«, sagte sie schließlich.

»Findest du?«

»Ja. Mir gefällt es sehr gut.« Yil trank den Becher aus. »Die Farbmischungen wirken so lebendig – es gefällt mir wirklich sehr.«

»Dann werde ich es dir schenken, wenn es fertig ist.«

»Danke, Syd.« Yil zeigte ein freudiges Lächeln.

Der Regen klatschte unaufhörlich gegen die kleinen Fensterscheiben.

»Das wird ja immer ungemütlicher«, sagte Yil.

»Du hättest zu Hause bleiben sollen«, erwiderte Sydah. »Wenn sich das Wetter nicht bessert, kannst du hier übernachten.«

»Danke, Syd«, sagte Yil, »aber ich werde nachher nach Hause gehen. Adena hätte dieses Bild bestimmt auch gefallen.« Sydah schwieg, als er Yil ansah, die sich im gleichen Moment verlegen auf die Lippen biss. »Verzeih mir, Bruder, dass ich etwas unüberlegtes gesagt habe.«

»Ich werde Adena für immer in meinem Herzen tragen.« Sydah schloss kurz die Augen. »Ich sollte später trauern – alleine.«

Yil senkte den Blick.

Sydah sah betrübt zur rechten Wand. Dort stand ein hohes Regal voller Gefäße in verschiedensten Größen, gefüllt mit flüssigen und festen Substanzen, Farben und Farbmischungen, die Sydah für das Malen benötigte. Alle waren kostbar – manche selten und einige unbezahlbar.

»Was war das?« Sydah hatte aus dem Augenwinkel einen Schatten am Fenster gesehen. Als er es öffnete schlug ihm der Regen ins Gesicht.

»Was hast du, Bruder?«

»Ich dachte, ich hätte jemanden gesehen«, sagte Sydah. »Hmm. Ich bin sicher, da war jemand.«

»Wer sollte sich denn bei diesem Höllenwetter draußen vor dem Fenster herumtreiben?«

Sydah atmete die frisch hereinströmende Luft tief ein, bevor er das Fenster schloss. Er strich das nasse Haar zurück und wandte sich wieder der Malerei zu.

»Ich bewundere deine Ruhe, Syd«, sagte Yil, als sie ihren Becher wieder auffüllte.

»Es ist nicht so, wie es scheint, Yil«, sagte Sydah mit ernster Stimme, »die Malerei verschafft mir ein wenig Abstand von dem Geschehenen und von den Gedanken an die Zukunft.«

Ein Moment verging. Dann verkündete Yil in die Stille hinein: »Cyriel wird die Nachfolgerin von Adena werden, vermute ich. Der Rat wird bald darüber abstimmen.«

»Ich denke, Cyriel ist eine gute Wahl. Sie ist eine würdige Nachfolgerin«, nickte Sydah.

»Du hast Adena sehr geliebt, nicht wahr, Bruder?«, sagte Yil und sah in Sydahs traurige Augen. »Du kannst mir nichts vormachen! Schließlich bist du mein Bruder!«

Sydah legte verlegen den Pinsel beiseite und griff nach dem Becher. Mit ein wenig zittriger Hand nahm er einen Schluck zu sich. »Ja, ich habe sie geliebt – sehr sogar«, gab er zu, »und sie mich auch. Ich wollte sie fragen, ob sie meine Frau werden ...« Sydah sah aus dem Fenster. »Doch nun ...«

»Komm her, Syd!«, sagte Yil und schloss ihn liebevoll in die Arme. »Das wollte ich nicht. Mein

Besuch sollte dich nicht traurig stimmen. Verzeih mir.«

»Schon gut, Yil. Ich bin dir nicht böse«, sagte Sydah. »Ich könnte dir niemals böse sein.«

»Bevor wir morgen nach Ethyr aufbrechen, will uns Uta sprechen«, verabschiedete sich Yil von ihrem Bruder – der Regen hatte fast aufgehört. Nur der Wind fegte noch mit all seiner Kraft über das Land.

***

»Tstststs – dieser Mann ist zwielichtig. Ich werde nicht schlau aus ihm. Er will sie doch gar nicht mitnehmen und doch tut er es. Warum?«, zischte die kleine Gestalt und lugte um die Ecke. Das schwarze Augenpaar der kleinen Gestalt folgte Yil. »Sssssss«, zischte es wieder. »Die Ruinen von Ethyr, davon habe ich gehört. Ein Schatz liegt dort verborgen, heißt es. Ein Schatz, größer als alle Schätze dieser Welt soll er sein. Tarin wird den beiden folgen. Tarin will nicht das Schwert. Nein, Tarin will den Schatz! Jetzt erkenne ich sie – und ihn.« Tarin nickte und zischte dann boshaft: »Das sind sie Tarin schuldig, die beiden. Ja, sie stehen tief in Tarins Schuld!«

***

Sydah wälzte sich von der einen auf die andere Seite – obwohl er todmüde war, fand er keinen Schlaf. Er machte sich große Vorwürfe, dass er Yil erlaubt hatte, ihn auf die gefährliche Reise zu begleiten. Dann fiel ihm wieder ein, dass Adena ihn vor den finsteren Mächten gewarnt hatte, auf die er während der Reise treffen würde. Sydah schlüpfte aus dem Bett und griff nach Gron. Ihm war merkwürdig zumute, als er sich das Schwert betrachtete. *Gebrauch das Schwert klug, mein Sohn,* hatte sein Vater zu ihm gesagt, *denn eines Tages wird Gron dir gehören, und du wirst dann eine große Verantwortung übernehmen müssen, mein Sohn.* Sein Vater hatte von Verantwortung geredet, aber Sydah hatte nie erfahren, was er damit wirklich sagen wollte. Sydah fuhr herum, als er aus dem Augenwinkel wieder einen Schatten am Fenster sah. Das Kerzenlicht flackerte, als er zur Tür rannte. Er hielt Gron schützend vor seinen Körper und war auf einen Angriff gefasst. Mit einem Ruck riss er die Tür auf. Doch draußen war niemand zu sehen.

»Wer schleicht hier nachts herum?«, flüsterte er, bevor er wieder hineinging. Mit scharrendem Geräusch schob er den Holzriegel vor und ging zu Bett. Sein Gesicht glänzte und wirkte angespannt. Doch langsam fand er Ruhe und schlief ein.

***

»Vater«, murmelte Sydah im Schlaf, »bist du es wirklich? Ich habe dich sehr vermisst.«

»Ich dich auch, mein Sohn«, erwiderte er. »Komm her«, sagte er und schloss Sydah in die Arme.

»Wo ist Mutter?«, fragte Sydah.

»Sie wird gleich kommen«, antwortete er, »ein Glas Barstmilch will sie dir bringen.«

»Barstmilch«, winkte Sydah ab. »Mutter weiß doch, dass ich das Zeug nicht mag.«

»Sie meint es doch nur gut mit dir«, sagte sein Vater, »und außerdem wird dich Barstmilch stärken.«

»Ich bin stark genug, Vater, und ich bin schnell im Lauf«, sagte Sydah stolz, »und im Schwertkampf bin ich ein Meister geworden.«

»Im Schwertkampf, mein Sohn?«, schmunzelte sein Vater und tätschelte ihn am Kopf. »Damit warten wir noch ein paar Jahre, bist du erwachsen geworden bist.«

Sydah verstand nicht. Er war doch alt genug, um mit dem Schwert zu kämpfen.

»Mutter«, rief Sydah erfreut und lief auf sie zu. Liebevoll umarmte er sie. Doch schon im nächsten Moment löste sie sich in Luft auf. Sydah drehte sich um und sah seinem Vater direkt in die Augen. »Vater, was geschieht hier?«

Doch Sydah bekam nur ein kurzes Lächeln zurück. »Wir lieben dich, Sydah. Niemand wird es je wagen dir ein Leid zuzufügen, Sohn. Adena wird dich stets beschützen.« Dann verschwand auch Sydahs Vater.

»Adena«, schluchzte Sydah. »Adena, du fehlst mir ja so sehr. Ianau, Adena.«

Ein kühler Luftzug wehte ihm entgegen und trieb Rauch vor sich her. Irgendwo musste es brennen. Sydah fuhr erschrocken herum, als er ein Knirschen hörte, das vom Gebälk zu kommen schien. Dann stürzte ein Teil vom Dach ein und schmetterte brennend zu Boden. Ein Splitter ritzte eine Wunde in Sydahs linken Oberarm.

»Verdammt«, fluchte er und wischte das Blut mit der Handfläche weg.

»Ich bin hier«, flüsterte eine Stimme in seinem Kopf, die er nur zu gut kannte. »Komm zu mir!«, sagte Adena.

Er spürte, dass ihr Ursprung zu seiner Rechten lag. Mitten in der Hütte tauchte plötzlich ein dunkler Gang auf – es schien ihm der Eingang zur Unterwelt zu sein. Er konnte kaum glauben, was er da zu sehen bekam und ging einmal um die Erscheinung herum. Von hinten war es wie eine schwarze, glatte Scheibe. Wieder vorne angekommen, stand er vor dem dunklen Gang.

»Ich warte auf dich, Sydah«, sagte die Stimme in seinem Kopf.

Das Dach der Hütte brannte mittlerweile lichterloh. Es war nur eine Frage der Zeit, bis es ganz in sich zusammenfallen würde.

»Wo bist du, Adena?«, rief er panisch.

Ein kalter Luftzug ließ Sydah herumfahren, und wie aus dem Nichts erschien eine Fratze mit teuflischen Augen, in denen Sydah glaubte, ein Feuer lodern zu sehen.

»Wenn du leben willst, dann folge mir, Sydah, und betritt nicht den dunklen Gang! Er wird dein Verderben sein«, sagte die teuflische Fratze.

Sydah umklammerte mit eiserner Hand den Schwertgriff.

»Wer bist du? Warum sollte ich dir vertrauen?«, fauchte er.

»Weil du sonst sterben wirst, Sydah«, sagte die Fratze. »Der dunkle Gang ist eine Falle! Du musst mir ins Licht folgen!«

An der brennenden Tür erschien ein Licht, das sich kreisrund ausbreitete.

»Vertraue mir, mein Sohn!«, sagte die Fratze.

»Dein Sohn?«, spottete Sydah. »Hast du in letzter Zeit mal in den Spiegel geschaut?«

»Vertraue mir, Sydah. Ich warte auf dich«, sagte die Stimme in seinem Kopf.

Sydah überlegte, ob er nicht doch dem Licht folgen sollte. »Ianau, Syd«, sagte die Stimme in seinem Kopf, »Ianau«, wiederholte sie.

»Ianau, Adena.« Sydah wandte sich dem dunklen Gang zu und lief hinein. Hinter ihm ertönte ein teuflisches Gebrüll.

»Adena. Wo bist du?«, rief Sydah.

»Du hast gewonnen, Adena«, sagte die Fratze zähneknirschend, »aber ich werde zurückkehren. Du kannst Sydah nicht ewig vor mir beschützen!«

Der dunkle Gang schloss sich hinter Sydah, und er hatte das Gefühl, als würde sich der Gang wie ein Wurm durch die Erde wühlen.

***

Schweißgebadet wachte Sydah auf und sprang aus dem Bett. Sofort griff er nach Gron.

»Ein Traum«, sagte er erleichtert. »Ich habe geträumt!«

Er fühlte sich total erschöpft, so als ob er die ganze Nacht nicht geschlafen hätte. Er legte das Schwert auf das Bett und gähnte. Er musst noch alles für die Reise nach Ethyr vorbereiten, doch zuvor wollte er im Fluss ein Bad nehmen. Dann fasste er sich an den linken Oberarm und sah das Blut in seiner Handfläche. Während er zum Fluss ging, fragte er sich immer wieder, ob er tatsächlich nur geträumt hatte.

***

Grünlich weißer Morgennebel stieg über dem Wasser des Flusses Iarseién auf. Die obersten Baumkronen begannen bereits zu leuchten, als die Morgensonne ihre ersten Strahlen über den heiligen Berg und die Wälder schickte. Das Sonnenlicht fiel durch die kleinen Fenster und breitete sich in Sydahs Hütte wie ein schimmernder Pfad bis zur Mitte des Zimmers aus und endete dort, wo der dunkelbraune Marguttisch stand. Das Licht warf kleine Schatten aus Blättern und Zweigen an die bunten Wände. Sydah warf einen Blick auf das Bildnis des schlafenden Sternengottes auf dem Steinregal über der Feuerstelle. Durch das Lichtspiel erschien ihm das Abbild so lebendig, so dass er glaubte, es müsste jeden Augenblick zum Leben erwachen.

»Syd«, hörte er eine lebensfrohe Stimme draußen vor der Tür und schon ging sie auf. »Aschah Hal«, begrüßte ihn Yil mit einem freudigen, ausgeruhten Lächeln auf dem zarten Gesicht.

»Aschah Hal, Yil«, erwiderte Sydah müde.

»Schlecht geschlafen, Bruder?«, fragte Yil abenteuerlustig.

»Ja«, murrte Sydah.

»Ach, komm, Syd! Heute ist ein großer Tag.«

»Es könnte gefährlich werden, Yil.« Sydah standen die Sorgen, die er um seine kleine Schwester hatte, förmlich ins Gesicht geschrieben. »Letzte Nacht habe ich geträumt, dass ein Dämon ...« Ob es ein Traum war oder nicht, darüber war sich Sydah immer noch nicht im Klaren.

»Jetzt hör auf damit! Ich lasse mir von dir nicht vorschreiben, was ich tun und was ich lassen soll!«, unterbrach Yil ihn energisch. »Es wird nicht gefährlicher werden, als die Abenteuer, die wir schon zusammen durchgestanden haben, Syd.«

»Du würdest anders darüber denken, wenn ich dir von meinem Traum erzählen würde.«

»Dazu hast du Gelegenheit genug, Bruder, auf unserer Reise nach Ethyr.« Yil zwinkerte Sydah zu. »Komm jetzt! Uta will uns noch sehen, bevor wir aufbrechen.«

Sydah schnallte sich den ledernen Waffengürtel um. Augenblicke später umfasste er den silbernen Schwertgriff und steckte das Schwert in die Scheide. Dann schnappte er sich zwei Satteltaschen und einen Lederbeutel Wasser.

»Dann lass uns gehen«, sagte er und verschwand durch die Tür, ohne sich nach Yil umzudrehen.

***

»Aschah Hal, Uta«, begrüßte Sydah seinen Ziehvater, als er das Haus betrat.

»Lass dich umarmen, Sydah, mein Sohn!«, sagte Uta. »Ah, Yil, komm her!« Sofort ließ er Sydah stehen und nahm Yil freudig in seine Arme.

»Warum wolltest du uns noch sehen, bevor wir abreisen?«, sprach Sydah Uta direkt an und wartete gespannt auf eine Antwort, obwohl er in Aufbruchstimmung war.

»Du wolltest doch nicht wirklich gehen, ohne dich von mir und meiner Frau zu verabschieden, Sydah?« Ein enttäuschter Blick traf Sydah, der ihm durch Mark und Bein ging.

»Nein, Uta, natürlich nicht.« Sydah schaute verlegen zum Fenster hinaus.

»Dann lasst uns ins Esszimmer gehen. Meine Frau hat etwas für uns vorbereitet. Ihr wollt doch nicht mit leerem Magen aufbrechen, oder? Außerdem bei einem kleinen Mahl lässt es sich besser reden.«

»Sei mir nicht böse, Uta, aber das dauert mir zu lange.« Sydah wurde sichtbar unruhiger. Er hatte absolut keine Lust mehr, länger in Methys zu verweilen. Aber andererseits wollte er seine Schwester auch nicht zurücklassen, denn sie sagte:»Ich nehme dein Angebot gerne an, Uta. Ich habe noch Hunger.« Yil wandte sich ihrem Bruder zu und sagte in fröhlicher Stimmung:»Dann wird unser Abenteuer halt etwas später beginnen, Syd.«

Yil hob den Kopf und lobte den guten Geruch, den das Essen verbreitete. Missmutig folgte Sydah Uta und seiner Schwester ins Esszimmer, wo sie an einem runden Marguttisch Platz nahmen.

»Deine Frau hat sich aber viel Mühe gegeben, Uta. Richte ihr einen Dank aus. Wo ist sie eigentlich?«, fragte Yil.

»Sie wollte zur heiligen Stätte gehen und ein Gebet sprechen, für euch beide.«

Yil blickte gut gelaunt in die ernste Miene ihres Bruders.»Jetzt zieh nicht so ein Gesicht, Syd!«, sagte sie.»Du solltest dich bei Uta und seiner Frau für die Gastlichkeit bedanken!«

Sydah hob den Kopf.»Ja«, brummte er Yil an und wandte sich schließlich Uta zu:»Es tut mir leid, Uta, aber mir geht so vieles durch den Kopf, und mit meiner Geduld, du weißt ja ...«

»Ist schon gut Sydah. Ich trage dir deine Ungeduld nicht nach«, sagte Uta.»Ihr beide seid uns wirklich sehr ans Herz gewachsen, wie eigene Kinder.«

»Das ist lieb von dir, Uta, danke.« Yil visierte die Obstschüssel an und nahm sich eine goldgelbe, runde Frucht.

Sydah spähte zu dem kleinen Kessel auf der Tischmitte, der bis zum Rand mit methysischem Eintopf gefüllt war. Er reichte Uta die Tonschale, die er vor sich stehen hatte.

»Mein Leibgericht«, schwärmte Sydah, während Uta die Tonschale auffüllte.

»Danke«, sagte Sydah, als er die Schale entgegennahm und bewunderte zugleich den farbenfrohen
Schöpflöffel aus Weichholz, mit dem Uta sie gefüllt hatte.

»Meine Frau hat ihn gemacht«, sagte Uta stolz.

»Er gefällt mir«, sagte Sydah und aß den Eintopf. »Hmm, köstlich. Einen so guten Eintopf habe
ich lange nicht mehr gegessen«, schwärmte Sydah
und ließ sich dabei einen frisch gepressten Saft
aus Utas eigener Ernte schmecken.

Yil probierte die gedünsteten Warjawurzeln und
nahm sich einen der Fleischstreifen von einem Teller, die Utas Frau am Abend zuvor auf einem heißen
Stein mit verschiedenen Gewürzen und Kräutern zubereitet hatte.

»Also, was willst du von uns, Uta?« Sydah sprach
Uta direkt an. »Sag schon!«

»Sydah!«, ermahnte Yil. »Dein Ton gefällt mir
ganz und gar nicht.«

Sydah warf seiner Schwester einen zornigen Blick
zu. Doch bevor er etwas sagen konnte, ergriff Uta
das Wort.

»Ihr dürft euch nicht streiten!«, tadelte Uta
die beiden und wandte sich mit aller Deutlichkeit
an Sydah. »Ich weiß, Sydah, Adena hat dir sehr
viel bedeutet –«, fing er an und kratzte sich am
Kopf, »– und sie war wirklich eine ganz besondere
Frau und eine wahrhaft große Zauberin gewesen«,
sagte er und blickte Sydah fest in die Augen. »Jedoch, Sydah, darfst du nicht blindlings in dein
Unglück laufen, nur weil du Adenas Tod rächen
willst. Es steht wesentlich Wichtigeres auf dem
Spiel, als nur dein Verlangen nach Vergeltung, das
sollte dir bewusste sein, Sydah, und auch Adena
würde es nicht wollen, wenn du ...«

»Jaja, alles klar, Uta. Du weißt mal wieder alles besser«, höhnte Sydah und visierte Uta an, und es sah so aus, als ob Sydah ihn jeden Augenblick zum Kampf auffordern wollte.

Utas Stimme wurde lauter. »Ja, Sydah, auch zu Adena habe ich eine gute Beziehung gehabt. Sie hat mir vieles anvertraut, und ganz gewiss würde sie dein Handeln jetzt missbilligen.« Utas Stirn legte sich in Falten. »Du willst ihren Tod rächen, das ist das Einzige, was dein Herz begehrt und darum willst du nach Ethyr«, mutmaßte Uta. »Adena wollte aber, dass du die Reise unternimmst, um deinem Schicksal zu folgen.«

Ein langes Schweigen trat ein.

»Und wenn schon, Uta. Was wäre daran falsch, wenn ich ihren Tod rächen wollte?«, unterbrach Sydah die Stille.

»Du Dummkopf!« Uta schlug mit der Faust auf den Tisch. »Es ist nicht nur die Rache, der du folgen sollst. Es ist dein Schicksal, das auf dich wartet!«

Sydah sprang verärgert vom Hocker empor. »Deine Belehrungen kannst du dir sparen, alter Mann! Ich weiß, was ich zu tun habe«, schimpfte er.

»Syd!« Yil war sichtlich empört über die Äußerungen ihres Bruders. »Dafür entschuldigst du dich, auf der Stelle!« Yil stand zornig auf, und es sah so aus, als ob sie ihrem Bruder geradewegs an die Kehle springen wollte.

Uta winkte ab. »Lass ihn, Yil. Er ist ein Hitzkopf und daran wird sich wohl nichts mehr ändern.« Uta warf Sydah einen zornigen Blick zu. »Du hast eine wesentlich größere Aufgabe zu erfüllen, Sydah. Hör mir jetzt gut zu!«, sagte Uta deutlich und stand ebenfalls auf. Er beugte sich leicht vor. »Du musst deinen Hass unterdrücken und deine Rache zurückstellen! Du wirst mit Yil zuerst nach Briard reiten, bevor ihr ...«

»Was soll ich denn in Briard? Das liegt nicht auf dem Weg nach Ethyr!« Sydah schüttelte den Kopf.

»In Briard wirst du König Oen treffen«, kam es von Uta, der seine ruhige Stimme wieder gefunden hatte. »Was dann geschehen wird, kann ich dir nicht sagen. Mehr habe ich von Adena nicht erfahren.« Utas Stimme klang traurig, als würde eine große Last ihn erdrücken.

»Adena soll dir das gesagt haben?«, zürnte Sydah. »Mir hat sie aber etwas anderes erzählt.«

Urta antwortete nicht sofort. Er schien wohl nach den richtigen Worten zu suchen. Dann nickte Urta und erzählte mit fester Stimme: »Adena hatte mich an dem Tag besucht, als du und Yil einen Ausflug zum Selmanischen Meer unternommen habt. Adena hatte mir erzählt, dass sie eine Vision hatte, in der du zuerst nach Briard gehen musst. Sie sagte mir, dass sie etwas zu erledigen hätte und fort müsse.« Uta schwieg für einen Moment und senkte leicht den Kopf. »Sie umarmte mich anschließend, so wie sie es noch nie getan hatte. Ein ungutes Gefühl stieg in mir auf, und als sie fortging, spürte ich, dass es ein Abschied für immer sein könnte.«

Urta hob den Kopf und ging gemächlich auf eine Truhe zu, die in der Ecke stand. Er schlug den Deckel auf. Wahllos zog er ein paar Kleidungsstücke hervor, bevor er mit einem goldenen Dolch in der Hand zum Tisch zurückkehrte und ihn Sydah übergab. Uta kam der Frage zuvor, die Sydah brennend auf den Lippen lag: »Ich soll ihn dir nur geben. Wofür oder warum du ihn brauchst hat Adena mir nicht verraten. Wenn die Zeit kommt, würdest du es wissen, hat sie mir gesagt.«

»Ich danke dir, Uta«, sagte Sydah. »Ach, Uta, meine Unbeherrschtheit tut mir wirklich leid. Es ist nur so ...«

»Ich will nur das Beste für dich und deine Schwester, das kannst du mir glauben, Sydah. Also, ich nehme deine Entschuldigung an. Wir beide sind manchmal etwas unbeherrscht«, sagte Uta, und seine Stimme klang väterlich. »Die Reise nach Ethyr wird voller Gefahren für euch sein, denn der dunkle Herrscher wird seine Lakaien nach dir und deiner Schwester aussenden. Und von den vielen Furcht erregenden Bestien und Monstern, die unser Land derzeit durchstreifen, ist keines gefährlicher als Myr, die Höllenschlange. Sie hat Adena auf dem Gewissen, und sie weiß, dass du hinter ihr her sein wirst. Sieh dich also vor, Sydah, mein Sohn!«, sagte Uta besorgt.

»Ich werde vorsichtig sein, Uta.« Sydah setzte sich wieder hin.

»Ach, wäre ich doch ein paar Jahre jünger, dann würde ich mit euch nach Briard kommen«, sagte Uta, als er wieder Platz nahm.

»Sei mir nicht böse, Uta, aber meine Entscheidung steht fest. Ich werde direkt zu den Ruinen von Ethyr reiten, ohne Umwege!« Sydah wollte seinen ursprünglichen Plan nicht aufgeben.

»Du musst tun, was du für richtig hältst«, sagte Uta verstimmt. »Lasst uns noch etwas zusammen essen und von anderen Dingen reden«, bat Uta.

Sydah nickte einverstanden.

★★★

Utas Frau war endlich heimgekommen. Nachdem sie Yil und Sydah begrüßt hatte, setzte sie sich neben Uta an den Tisch.

»Ihr wollt schon abreisen?«, fragte sie bekümmert. »Morgen wird eine Zusammenkunft zum Gedenken an Adena stattfinden.«

»Wir können nicht daran teilnehmen«, sagte Sydah und hatte dabei das Gefühl, als würde ihm jemand mit beiden Händen die Kehle zudrücken.

»Warum nicht? Ihr könnt doch einen Tag später aufbrechen.«

»Es geht nicht, Mutter«, antwortete Sydah ruhig. »Wirklich nicht«, betonte er.

»Sieh mich bitte nicht so an, Mutter«, sagte Yil. »Ich würde zwar gerne an der Zusammenkunft teilnehmen - aber mein Bruder hat andere Pläne. Ich habe Syd versprochen, dass ich ihn begleiten werde, und das werde ich tun, Mutter!«

»Danke, Yil.« Sydahs Blick war leer, als er den Kopf senkte. »Wir werden während unserer Reise für Adena beten«, sagte er.

Die Trauer drang tief in Sydahs Inneres vor. Sydah erinnerte sich an die Zusammenkunft, die zum Gedenken an seine Eltern abgehalten wurde. Vor dem kleinen Altar hatte ein Priester gestanden. Er ließ die Hände auf die Brust sinken, und die Stimmen des Chors schwollen an. Die Flammen in der großen Tonschale, die über dem Altar schwebte, loderten und warfen einen gelblichen Lichtschein auf den Priester, dessen Schatten bis zu Sydah geworfen wurde, der in der vordersten Reihe stand. Der Priester erhob die Hände, und der Chor verstummte. Jemand spielte auf einer Flöte und gleichzeitig erloschen die Flammen in der Tonschale. Sydah erinnerte sich, dass seine Kehle staubtrocken gewesen war, als er der Musik lauschte.

»Sei mir nicht böse, Mutter«, sagte Sydah mit weicher Stimme und blickte zu Uta, »und du auch nicht, Vater, aber ich kann wirklich nicht bleiben.«

Uta nickte. »Wir werden deine Entscheidung achten, Sydah.«

Sydah blickte zu seiner Mutter.

»Ja, das werden wir«, sagte sie.

»Ich danke dir, Mutter«, sagte Sydah erleichtert.

Der Abschied nahte. Als Uta und seine Frau aus der Tür traten, brach ein Gezwitscher in dem großen Baum aus, der im Vorgarten stand und von saftigem, grünem Gras umgeben war. Uta umarmte Yil väterlich, während seine Frau Sydah einen Kuss auf die Wange gab und ihn nochmals liebevoll an sich drückte.

»Passt gut auf euch auf!«, sagte sie zu Sydah und schloss dann Yil in die Arme.

»Mögen die Winde mit euch sein«, flüsterte Uta.

Sydah spornte Sturmwind an. Yil folgte im Trab und lauschte dem fröhlichen Gesang der Vögel im Baum.

***

»Sssssss, dummer Bengel«, zischte Tarin, als er um die Hausecke lugte und den beiden nachblickte. »Er hätte auf den alten Mann hören sollen und nach Briard gehen, das sagt Tarins Gefühl, hätte er doch nur, der Dummkopf. Sie reiten ins verderben. Tarin ist es egal, wenn Tarin nur den Schatz bekommt.« Tarin duckte sich und huschte hinter die Hausecke zurück, als sich Sydah und Yil nach Uta und seiner Frau umdrehten und zum Abschied die

Hand hoben. »Die Frau tut mir leid – macht einen netten Eindruck. Sie wird mit ihm sterben – armes Ding.« Tarin schüttelte den Kopf. »Tarin kann ihr nicht helfen. Tarin will den Schatz, damit er sich freikaufen kann.« Unbemerkt folgte Tarin den beiden. Nichts entging seinen aufmerksamen, schwarzen Augen.

Das Amulett

3 Sturmwind, dessen schneeweißes Fell mit Schweiß bedeckt war, verdrehte die Augen und scheute. Sydah hielt die Zügel fest umklammert und redete beruhigend auf den Barst ein.

»Er wird müde sein, Syd«, sagte Yil. »Ada könnte auch eine Pause vertragen!«

»Wir sollten hier unser Nachtlager aufschlagen«, legte Yil ihrem Bruder ans Herz, »und morgen werden wir dann in Ethyr ausgeruht ankommen.«

In der Ferne hörte Sydah das Heulen eines Tieres. Er sah hinüber auf die andere Seite des Bachs, wo eine Anhäufung spitzer Felsen stand. Aus Spalten, die sich durch den Fels wanden, wuchsen Grashalme hervor. Die Strahlen der Abendsonne glitzerten auf dem Wasser, als sie den Bach durchquerten. Sydah lenkte Sturmwind an moosbewachsenen Steinen vorbei. Er atmete schwer, als würde er eine gewaltige Last auf den Schultern tragen und sagte: »Es ist nicht mehr weit bis Ethyr.«

»Ich weiß, Syd«, sagte Yil, »aber, was hast du davon, wenn wir im Dunkeln dort ankommen?«

Sydah sah ein, dass es besser wäre, ein Nachtlager aufzuschlagen, doch er schlug Yil vor: »Wir sollten noch, bis ins Kuratal reiten. Das milde Klima dort wird uns gut tun.«

Sturmwind warf den Kopf herum, als Sydah ihn wieder anspornte. »Nur noch ein kleines Stück, Sturmwind, dann machen wir Rast!«, sagte Sydah und streichelte Sturmwinds weiße Mähne.

***

»Du wirst sehen, morgen werden wir ausgeruht in Ethyr ankommen, Bruder«, sagte Yil am Lagerfeuer. »Ja«, kam es von Sydah. »Die Rast wird uns gut tun«, gab er zu. Die Hitze des Tages war verflogen, die Nachtluft war kühl. Über dem Lager stand ein runder Vollmond und tauchte das Kuratal in ein sattes Silberlicht. »Es ist eine wunderbare Nacht«, schwärmte Yil. »Was könnte Adena bloß damit gemeint haben, als sie zu dir sagte, dass sich dein Schicksal in Ethyr erfüllen wird?«

»Ich weiß es nicht, Yil. Nach unserem Ausflug zur Steilküste, wollte ich mich mit Adena am Abend treffen«, antwortete er, »und sie nochmals nach ..., na ja, ... nach meinem Schicksal fragen.«

Ein Schweigen machte sich am knisternden Lagerfeuer breit. Yil rührte mit einem hölzernen Schöpflöffel in einem kleinen Kessel.

»Uta hatte wohl Angst gehabt, dass wir verhungern«, lenkte Sydah mit einem gequälten Lächeln vom Thema ab.

»Er meint es doch nur gut mit uns. Er und seine Frau haben uns mit all ihrer Liebe großgezogen, als unsere Eltern ermordet wurden, hast du das etwa vergessen?«, kam es von Yil. Sie reichte Sydah eine kleine Schüssel. »Hier nimm!«, sagte sie.

Yil füllte mit dem Schöpflöffel methysischen Eintopf in Sydahs Schüssel. Sydah aß und nahm die Beeren entgegen, die Yil ihm gab.

»Was war das?« Ein knacksendes Geräusch ließ Sydah blitzschnell herumfahren. Dabei schwappte ein wenig Eintopf über den Rand der Schüssel.

»Vielleicht ein Tier oder nur der Wind, der mit den Ästen und Büschen spielt«, sagte Yil gelassen.

»Riechst du das auch?«, fragte Sydah. »Hmm, vermutlich ist ein Tier in der Nähe.«

»Ja, das sagte ich doch.«

Der Vollmond schien so leuchtend hell, dass die Nacht in ein geisterhaftes Licht getaucht wurde. Die Sterne standen hoch über dem Lager an einem klaren, kalten Himmel. Alles war still – wie erstarrt. Nur das Knistern des Feuers war zu hören.

»Wir sollten jetzt etwas schlafen«, schlug Yil vor.

Sydah nickte einverstanden – zugleich leerte er die zweite Schüssel Eintopf.

★ ★ ★

Sydah war froh, dass Uta ihnen zwei Springbockhaardecken mitgegeben hatte. Sie hielten besonders gut die Kälte ab. Yil saß noch am Feuer und dachte nach, während Sydah in den Schlaf und in unruhige Träume fiel.

»Adena«, hauchte Sydah. »Adena«, sprach er etwas lauter, als er glaubte, neben dem Lager einen Schatten weghuschen zu sehen. Sydah fühlte sich kräftig und gesund, als er bei strahlendem Sonnenschein an der Feuerstelle saß. Er wunderte sich, wo seine Schwester geblieben war und vermutete, dass sie nach Feuerholz suchte. Sydah beobachtete, wie aus der Glut leuchtend gelbe Flammen schlugen. Er streckte seine Hand aus und ein Schauer lief ihm auf einmal über den Rücken. Seit einigen Tagen bestand sein Leben nur aus Kummer und Trauer. Sein Herz brannte vor Schmerz, als er an Adena dachte.

Es war ihm nicht erspart geblieben, den grausamen Tod seiner Geliebten miterlebt zu haben – der Methyserin, der er sein Herz für immer geschenkt hatte. Und jetzt, ganz plötzlich erwachte in ihm die Freude am Leben zu sein – das Feuer brennen zu sehen. Er freute sich den schweren, süßlichen Rauch zu riechen. Er blickte in die Glut, als ein Windstoß sie zum Flackern brachte, und er glaubte auch dort einen Schatten weghuschen zu sehen.

Sydah ging so manches durch den Kopf: Die Welt der Toten ist eine Welt, an der wir leider nicht teilhaben können. Wie lange wir auch an den Ufern des heiligen Flusses Iarseién verweilen und dort um unsere Toten trauern – am Ende müssen wir uns von ihnen abwenden und unsere eigenen Wege gehen.

Die Glut wirbelte auf und flog Sydah entgegen. Er rückte etwas vom Feuer ab und strich sich durch die Haare.

Sydah dankte dem Sternengott dafür, dass er fähig war zu denken und sich zu bewegen und tun zu können, was er für richtig hielt.

Die Glut flackerte abermals auf und aus ihr heraus trat eine dunkle Erscheinung, düster und drohend ging sie auf Sydah zu. Den Körper hatte sie in einen braunen Umhang gehüllt, und das Gesicht durch eine Kapuze verdeckt.

Sydah zog sein Schwert. Ohne zu überlegen stach er der schwarzen Gestalt die Schwertspitze in den Bauch. Tief drang das Schwert ins Fleisch ein. Sydah ließ es los, als der Schwertgriff heiß wurde und zu glühen begann. Allmählich schmolz sein Schwert dahin.

Sydah ahnte, wer dort vor ihm stand. »Der schwarze Dämon«, hauchte Sydah. »Wo ist dein Lakai?«, fragte er mit ernster Miene. »Myr, meine ich.«

Sydahs Frage wurde schneller beantwortet als ihm lieb war. Als hinter ihm ein lautes Zischen erklang, schnellte er herum und sah die riesigen Giftzähne, dicht vor seinen Augen. Die schwarze Gestalt vollführte eine Geste mit der rechten Hand. »Schhhh«, sagte sie, und die Höllenschlange wich zurück.

»Dein Vater hütete ein Geheimnis, Sydah Aschaneé«, krächzte die Gestalt. »Ah, er hat es dir nie erzählt«, schüttelte sie den Kopf, als sie Sydahs ratlosen Blick sah.

»Was willst du von mir?« Sydah trat ihm einen Schritt entgegen.

»Dein Vater leistete mir einen Treueschwur, den will ich bei dir einlösen«, sagte er.

»Mein Vater würde dir nie die Treue schwören, Dämon!«, fuhr Sydah ihn an.

Hass loderte in Sydahs Augen auf, seine Pupillen blieben an dem Dämon haften.

Der Dämon nickte. »Doch, dein Vater hat es getan, Sydah Aschaneé«, sagte er, »und der Schwur kann nicht durch seinen Tod aufgelöst werden. Seine Kinder müssen ihn einlösen – so will es das Gesetz!«

»Das Gesetz?« Sydah lachte kurz, und das Lachen verschwand aus seinem Gesicht, als wäre es nie da gewesen. »Welches Gesetz soll das sein?«

»Das Dämonengesetz«, fauchte der Dämon und vollführte eine Geste.

Sydah fuhr herum und sah, wie sich die Giftzähne der Höllenschlange in Sturmwinds grünen, schuppigen Nacken bohrten.

»Du Scheusal«, fuhr Sydah herum. »Ich habe zwar kein Schwert mehr, aber meine Fäuste und einen

Dolch besitze ich noch.«

Als Sydah den goldenen Dolch zog, wich der schwarze Dämon zurück. Doch die Höllenschlange bewegte sich schnell auf Sydah zu.

»Du Narr!«, zischte der schwarze Dämon. Sydah wandte sich wieder der Schlange zu und sah die leuchtend todbringenden Giftzähne.

»Ishane experitu etor«, erklang hinter dem schwarzen Dämon eine wohl vertraute Stimme. »Ishane experitu etor«, wiederholte sie, und unter der Höllenschlange entstand ein dunkles Loch, in das sie hineinfiel. »Ishane experitu«, erklang die Stimme, und das Loch schloss sich über ihr.

Sydah drehte sich um und sah den Rücken des Dämons, der jetzt Adena gegenüberstand.

»Du kannst mich nicht aufhalten, Adena«, grollte die Stimme des Dämons. »Du bist Tod!«

Adena stützte sich auf ihren Zauberstock. »Ishane experitu etor«, sagte sie und erhob ihren Zauberstock, der aus dem heiligen Elb-Holz-Baum geschnitzt war. Der heilige Baum stand auf einer Bergspitze im Niemandsland – unerreichbar für Sterbliche. Nur auserwählte Zauberer durften diesen heiligen Ort betreten. Die weiße Spitze des Zauberstocks zeigte auf den schwarzen Dämon. Die alten, symbolischen Schriftzeichen längs des Zauberstocks leuchteten hell auf. Der schwarze Dämon reagierte schnell und öffnete ein dämonisches Lichttor – dunkel, düster und bedrohlich –, in das er rasch verschwand.

»Adena, du lebst?«, freute sich Sydah.

»Hör mir jetzt gut zu, Syd, mein Liebster!«, sagte sie sanft. »Du musst Utas Anweisungen befolgen und nach Briard reiten!«

»Du lebst, Adena«, sagte Sydah und schüttelte

verständnislos den Kopf. Er rannte auf Adena zu. Alle schönen Erinnerungen, die er mit ihr erlebt hatte, schienen in einem Augenblick zu ihm zurückzukommen. Er sehnte sich nach einer Umarmung – nach einem Kuss – nach einer Nacht voller Liebe.

»Bleib stehen, Syd!« Die Sanftheit in ihrer Stimme änderte sich schlagartig in einen Befehlston.

Sydah verharrte. »Was hast du?«

»Finde dich damit ab, dass ich nicht mehr in die Welt der Lebenden zurückkehren kann«, sagte sie, und ihr strahlendes Gesicht verfinsterte sich. »Ich liebe dich, Syd – mehr als mein eigenes Leben. Aber mein Schicksal ist geschrieben – mein Leben ist vollendet. Jedoch du, Syd, du wirst nach Briard gehen und dich deinem Schicksal stellen!«

Sydah schwieg. Er wusste nicht, was er darauf antworten sollte.

»Aber, Adena, wenn ...«

»Bitte, Syd, mein Liebster«, unterbrach sie ihn. »Geh nach Briard!«

Sie schlug die Spitze ihres Zauberstocks mit den Worten »Etnimidor!« zu Boden.

»Warte, Adena!«, rief Sydah. »Bitte, bleib! Ianau.«

»Ianau, Syd«, sagte sie mit einem liebevollen Lächeln und verschwand in einem Lichtblitz. »Etemidor ita etemidor«, hörte er ihre Worte aus der Ferne, und Sydahs Schwert Gron tauchte wie von Geisterhand geführt auf und stach plötzlich mit der Spitze vor ihm im Boden. Dann schnaufte etwas hinter ihm – Sturmwind lebte.

***

Sydah schreckte hoch.

»Schlecht geträumt?«, wurde er von Yil begrüßt. »Ich habe uns ein kleines Frühstück zubereitet«, sagte sie.

»Adena«, fuhr Sydah sie an. Yils Blick wirkte verstört. »Ich habe Adena gesehen!«, sagte er freudig.

»Du hast geträumt, Bruder«, sagte Yil. »Komm, und iss etwas. Wir werden all unsere Kräfte brauchen.«

»Wir reiten nach Briard«, sagte Sydah und sah in das erstaunte Gesicht seiner Schwester. »Adena hat den schwarzen Dämon vertrieben und mich vor Myr gerettet.«

»Langsam, Syd!«, unterbrach Yil. »Ich verstehe nicht ganz.«

Yil reichte ihrem Bruder ein Stück Käse. Sydah nahm ihn entgegen und erzählte seinen Traum.

»So kurz vor dem Ziel, willst du wegen einem Traum aufgeben?«, fragte Yil verstört.

Sydah deutete ein Nicken an und griff nach einem Fleischstück, das getrocknet und scharf gewürzt war. Yil aß ein paar Beeren.

»Ich gebe nicht auf, Yil. Ich ändere nur meinen Plan«, sagte er nachhaltig. »Die Ruinen von Ethyr müssen warten!«

»Gut, wenn es dein Wunsch ist, werden wir nach Briard reiten«, sagte Yil und trank einen Schluck Wasser. Dann nahm sie sich ebenfalls ein gewürztes Fleischstück.

»Hat Adena eigentlich auch etwas über den Schatz von Ethyr gesagt?«, fragte Yil.

»Hast du das gehört?«, fuhr Sydah herum und griff nach seinem Schwert. »Hier ist jemand!«

»Das wird wieder ein Tier gewesen sein«, sagte

Yil gähnend. »Ich hätte ein wenig länger schlafen sollen.«

»Adena hat mir noch gesagt, dass ich König Oen aufsuchen muss«, erzählte er.

Nachdem Yil den letzten Bissen zu sich genommen hatte, bauten sie ihr Nachtlager ab und machten sich auf den Weg nach Briard.

»Im Dienst des Königs steht ein weißbärtiger Zauberer. Er wird uns helfen«, erklärte Sydah.

»Du meinst doch nicht etwa den Zauberer«, sagte Yil ehrfürchtig, »der die erste heilige Schrift geschrieben hat –«,

und sah Sydah mit großen Augen an,

»– die Schriftrollen von Penthesileá?«, raunte sie.

»Ich weiß nicht. Ja, vermutlich«, sagte er gelassen.

»Und du glaubst wirklich an deinen Traum?«, fragte Yil.

»Ja«, sagte Sydah entschlossen.

»Dort hinter den Büschen ist jemand. Ich bin mir sicher, Yil«, zischte Sydah und trieb Sturmwind an.

»Warte, Syd! Es könnte eine Falle sein«, warnte Yil.

Doch die Warnung kam zu spät. Sydah hatte sein Schwert aus der Scheide gezogen und galoppierte auf den Busch zu. Etwas huschte zur Seite weg. Sydah riss die Zügel herum und galoppierte hinterher. Der Fremde schien klein zu sein und trug zerlumpte Kleidung.

»Schneller Sturmwind, den Spion schnappen wir uns!«

Yil ritt hinterher.

Der Fremde war flink, schlug Haken und sprang

über große Steine hinweg. Sydah hatte alle Mühe ihm zu folgen. Schnell lief der Fremde eine kleine Böschung hinab, zum Bach. Geschwind durchquerte er das kniehohe Wasser. Schon bald hatte auch Sydah den Rand der Böschung erreicht. Langsam ließ er Sturmwind den steilen Hang hinuntersteigen. Dann hatte auch er schnell den Bach durchquert.

»Er entwischt mir«, fluchte Sydah laut, doch ein querliegender Baumstamm wurde dem Fremden zum Verhängnis. Als er geschmeidig darüber hinweg sprang, übersah er das kleine Steinfeld dahinter. Stolpernd fiel er zu Boden und schlug sich die Stirn blutig.

»Sssssss, dummer Tarin«, fluchte er. »Dummer, tölpelhafter Tarin.«

Sydah umkreiste Tarin mit Sturmwind – die Spitze seines Schwertes auf den Fremden gerichtet.

»Wer bist du? Was willst du von uns? Warum verfolgst du uns?«, fragte Sydah. »Du bist ein Spion! Stimmt's?«, fauchte er den Fremden an.

»Oh, das sind aber viele Fragen auf einmal für den armen Tarin«, sagte er verstört. »Womit soll Tarin beginnen. Soll er sagen, was er will, oder soll er sagen, wer er ist, oder ...«

»Schweig!«, fuhr Sydah ihn an. Das Schwert strich nur harmlos über Tarins Kopf hinweg.

»Wenn Tarin schweigen soll, wie soll er dir dann antworten?«, schluchzte er und vergrub das Gesicht in den Handflächen.

»Du willst mich wohl auf den Arm nehmen«, fuhr Sydah Tarin an. »Mal sehen, wie dir der Stahl meines Schwertes gefallen wird, wenn er dein dunkles Herz durchbohrt.«

»Halt, Syd!«, rief Yil und sprang von Ada ab. Das kleine, grüne Geschöpf mit langen Fingern, dem kleinen Kopf und den rabenschwarzen Glubschaugen sah Yil hilfeflehend an.

»Du wirst dich doch von dem kleinen Monster nicht einwickeln lassen, Yil!«, ermahnte Sydah. »Er spielt uns nur etwas vor. Er ist ein Spion!«

»Ach, komm, Syd. Jetzt übertreib mal nicht«, sagte Yil. »Sieh ihn dir doch mal genauer an. Ich sehe kein Monster oder einen Spion vor mir. Ich sehe ein armes Geschöpf, dem du mit deinem Schwert eine höllische Angst einjagst«, sagte sie empört und ging auf Tarin zu.

»Bleib zurück, Yil!«, sagte Sydah. »Er könnte eine Waffe bei sich tragen - einen Dolch!«

Tarins hervorquellende, schwarze Augäpfel sahen Sydah vorwurfsvoll an. »Tarin ist kein Mörder«, zischte er. »Tarin hat noch nie getötet -«

Tarin deutete auf Sydah.

»- aber der da, er hat schon getötet, mit dem Schwert - ich kann das Blut riechen, das an der Klinge haftet!«

»Du kleines Scheusal!«, sagte Sydah.

Tarin duckte sich blitzschnell, als Sydah sein Schwert erhob und mit Sturmwind auf ihn zukam.

»Ah, Tarin hat das nicht so gemeint«, winselte er um sein Leben. »Außerdem könnte Tarin einer so lieben Frau niemals etwas zu Leide tun!«

»So, und wem dann?«, kam es von Sydah.

»Niemandem!«, zischte Tarin. »Sssssss, Tarin ist kein Mörder!«

»Syd!«, sagte Yil, und in ihrer Stimme lag das gewisse Etwas, das Sydah nur zu gut kannte. Er senkte sein Schwert, um eine Auseinandersetzung mit ihr zu vermeiden.

»Er sieht nicht gerade vertrauenswürdig aus«, ermahnte Sydah. »Sieh ihn dir doch mal genau an,

Yil! Was siehst du wirklich?«

»Ein verängstigtes Wesen, das sich zu Tode fürchtet«, erwiderte Yil.

Sydah gab es auf. Er hatte keine Lust sich auf einen Streit mit seiner Schwester einzulassen. Sydah war sich sicher, dass dieses Wesen sie schon lange Zeit beobachtete.

»Warum folgst du uns?«, fragte Yil mütterlich.

Tarin zögerte. Nur langsam kam es aus ihm heraus: »Tarin hat gehört, wie der da gesagt hat -«, Tarin zeigte vorsichtig auf Sydah, »- dass ihr nach einem Schatz sucht.«

»So, und wann soll ich das gesagt haben?«, fragte Sydah.

»An der Steilküste, am Selmanischen Meer«, sagte Tarin.

»Was?«, schrie Sydah. »So lange verfolgst du uns schon?«

»Dummer Tarin!«, sagte Tarin. »Sssssss, dummer, dummer Tarin!«

»Beruhig dich, Tarin«, sagte Yil sanft. »Was willst du denn mit dem Schatz anfangen?«, hinterfragte sie.

Tarin wandte sich Yil vertrauensvoll zu. »Der arme Tarin will sich freikaufen.«

»So, und von wem willst du dich freikaufen?«, fragte Yil langsam.

»Abaddon«, antwortete Tarin kurz, und Sydahs Kinnlade fiel nach unten. Auch Yil schreckte zurück. »Tarin will seine Seele nicht verlieren, dafür braucht er den Schatz.«

»Abaddon ist die rechte Hand des schwarzen Dämons«, sagte Sydah, und sein fragender Blick traf Yil.

»Ja, ich weiß«, sagte Yil gelassen. »Was hast du

mit Abaddon zu tun, Tarin?«, wollte Yil sofort wissen.

»Tarin hat einen schweren Fehler gemacht, oh, ja, einen schweren Fehler«, sagte er traurig. »Wenn Estalor sich einmal um die Sonne gedreht hat und dann die Neumondnacht folgt, muss ich«, Tarin senkte den Kopf, »Abaddon meine Seele geben.« Tarin blickte wieder auf. »Ich glaube es hat etwas mit dem Stand der Sterne zu tun, dass Tarin noch ein wenig Zeit bleibt.«

»Was hast du denn angestellt, Tarin?«, fragte Yil.

»Wir sollten nicht noch mehr Zeit mit ihm verschwenden. Wir sollten weiter ...« Sydah schwieg, als Yils zürnender Blick ihn traf.

»Der da kann Tarin nicht leiden!«, sagte Tarin.

»Der da ist mein Bruder«, sagte Yil. »Sein Name ist Sydah.«

Tarin schaute verlegen weg.

»Jetzt sag mir, was du getan hast, Tarin!«

Yils Stimme war jetzt so energisch, dass Tarin sofort antwortete: »Ich habe jemandem das Leben gerettet, dafür muss ich meine Seele hergeben.«

Yil wusste nicht, was sie darauf sagen sollte. Auch Sydah hatte es die Sprache verschlagen.

»Aber **Er** hat mich betrogen«, sagte Tarin bekümmert. »Als der nette Mann und seine Frau in Sicherheit waren, so dachte ich, wäre alles gut, doch dann hat **Er** sie töten lassen.«

»Mit Er meinst du Abaddon?«, fragte Yil.

»Ja«, sagte Tarin traurig. »**Er** hat mich benutzt und betrogen!«

»Tarin hat so lange Zeit auf eine Gelegenheit gewartet«, sagte er jetzt mit durchdringender Stimme, »einen Schatz zu finden, damit Tarin seine

Seele behalten kann.«

»Und du glaubst, wenn du Abaddon einen Schatz bringst, lässt er dir deine Seele?«, höhnte Sydah.

»Das hat **Er** mir versprochen«, sagte Tarin, »jawohl, das hat **Er** getan.«

»Also, ich denke«, begann Yil, und Sydah rollte mit den Augen – denn er wusste, was jetzt kommen würde. »Du kannst mit uns kommen, Tarin.«

»Ja, wirklich?« Tarins Augen strahlten vor Glück.

»Er wird uns aufhalten, Yil«, warf Sydah ein.

»Tarin wird bei dir auf Sturmwind mitreiten«, schlug Yil vor.

»Auf keinen Fall«, brüllte Sydah, »der stinkt! Er kann zu Fuß gehen. Er ist flink, wie du gesehen hast!«

»Dann reitet er eben mit mir«, sagte Yil eindringlich.

»Ach – wirklich?«, kam es von Tarin.

»Oder willst du lieber den ganzen Weg nach Briard laufen?«, fragte Yil.

»O nein, Herrin«, sagte Tarin mit einer tiefen Verneigung. »Tarin nimmt das Angebot gerne an.«

»Und bei der nächsten Gelegenheit badet Tarin«, sagte Yil. »Der Fluss ist nicht mehr weit«, sagte sie, und Sydah lächelte breit, als er Tarins erschrockene Miene sah.

Tarin nahm vor Yil auf Ada Platz. Yil fiel goldene Amulett auf, das Tarin mit einem Lederband um den Hals trug. »Ein schönes Amulett hast du da, Tarin«, sagte Yil. In ihrer Stimme schwelgte eine große Portion Neugier.

»Ja, das ist Tarins kleiner Schatz«, antwortete er stolz und strich kurz mit der Hand über das Amulett.

»Was bedeuten die Zeichen darauf?«, fragte Yil.

»Das weiß Tarin nicht«, antwortete er, »aber es soll Tarin vor Abaddon und seinen Dienern beschützen, hat der Zauberer gesagt.«

»Welcher Zauberer?«, fragte Yil sofort.

»Ein netter, alter Mann«, sagte Tarin nickend. »Noch nie war jemand so nett zu mir gewesen, wie dieser Zauberer«, sagte er, »außer dir natürlich, meine Herrin.«

»Ich bin nicht deine Herrin!«, sagte Yil. »Nenn mich bei meinem Namen – Yil!«

Tarin nickte.

»Wenn das Amulett dich vor Abaddon und seinen Dienern beschützt, brauchst du doch keine Angst vor ihnen zu haben«, stutzte Yil.

»Es beschützt mich zwar im Augenblick vor diesen Dämonen, aber von meinem Schwur kann es mich nicht befreien.«

»Erzähl mir von dem Zauberer!«

Tarin nickte freudig.

»Noch nie hat jemand Tarin aufgefordert sich zu setzen – von Angesicht zu Angesicht – und mit Tarin getrunken und gegessen und gelacht«, sagte er fröhlich, »aber der Zauberer tat es. Er aß mit Tarin zusammen an einem Tisch und trank mit ihm und erzählte Tarin Geschichten und lachte mit Tarin. Er gab Tarin dieses Geschenk zum Abschied. Er musste fort, und Tarin war wieder allein«, sagte er und senkte seinen Blick. »Eine schöne Zeit war es gewesen, mit dem Zauberer. Tarin war so glücklich, wie noch nie in seinem ganzen Leben.«

»Dann hast du ja jetzt zwei Freunde gefunden«, sagte Yil.

»Ja, der Zauberer war gewiss Tarins Freund«, sagte er. »Wieso zwei Freunde?«, fragte er plötzlich.

»Mich«, antwortete Yil.

Tarin lächelte glücklich.

Eisige Kälte schien aus Sydahs strahlend blauen Augen zu strömen, als er den Blick von Tarin erwiderte. Ein innerlicher Drang erwachte in ihm und wurde mit jedem Schritt seines Barstes stärker. Zu gerne hätte er sich Tarin gegriffen, um ihn hier zurücklassen.

»Er wird uns aufhalten. Wir sollten ihn hier zurück...«, sagte Sydah abermals, doch Yil fuhr ihm mitten ins Wort: »Hast du Tarin etwa nicht richtig zugehört, Bruder«, erwiderte Yil voller Zorn. »Nach alldem, was Tarin durchgemacht hat, willst du ihn tatsächlich hier zurücklassen?«

Sydah presste die Lippen zusammen und schwieg. Er wusste, dass er Zeit und Kraft vergeudete, wenn er versuchen wollte seine Schwester umzustimmen. Yil hatte sich etwas in den Kopf gesetzt, was Sydah ihr nicht einfach so ausreden konnte, darin waren sich die beiden gleich, das wusste Sydah nur zu gut.

»Hast du deine Sprache verloren, Bruder?«

Gereizt spielte Sydah mit dem Zügel seines Barstes. »Nein, natürlich nicht«, murrte er und ritt voraus.

Yil folgte ihm dichtauf.

Schließlich wandte sich Sydah Yil und Tarin zu und blinzelte Tarin an. »Aber bei der nächsten Gelegenheit sollte Tarin wirklich ein Bad nehmen«, sagte er mit einem schmalen Lächeln auf den Lippen. Sydah veranlasste Sturmwind zu einem langsameren Schritt und ritt wieder an der Seite seiner Schwester, die nun wieder ein Lächeln zeigte.

Yils Gesicht glättete sich, als sie sich Tarin

zuwandte und sagte: »Hab keine Angst, Tarin, mein Bruder wird dir nichts antun.« Tarin zitterte immer noch vor Angst. Yils Ton wurde wieder härter, als sie zu Sydah sagte: »Das stimmt doch, Syd, nicht wahr?«

»Ist schon gut, Yil. Tarin kann uns begleiten«, sagte Sydah.

Irrwege

4 Sydah sah nach rechts, wo die mächtigen Berggipfel des Ioan-Gebirges bis weit in den Himmel ragten. Die schneebedeckten Bergspitzen glitzerten in der Mittagssonne. Der friedliche Ioan-Fluss, der vom Gebirge aus nach Süden floss, hatte sich durch die Schneeschmelze in einen reißenden Strom verwandelt.

»Hier kommen wir nicht rüber. Die Strömung würde uns sofort mitreißen«, sagte Yil. »Wir sollten am Fluss entlang reiten und dann den Pfad nehmen, der um das Ioan-Gebirge führt«, schlug sie vor.

Sydah nickte. »Einverstanden«, sagte er. »Ein Stück weiter am Fluss gibt es eine seichte Stelle, die auch bei dieser Strömung ungefährlich sein müsste, dort sollten wir eine Rast einlegen.« Dabei wechselte er den Blick von Yil auf Tarin.

Tarin wich Sydahs Blick aus. »Na gut«, sagte Tarin mürrisch. »Tarin wird baden.«

Sydah lächelte breit. »So ist es gut, kleiner Stinker«, sagte Sydah.

»Er mag mich nicht«, sagte Tarin.

»Gib meinem Bruder noch etwas Zeit«, sagte Yil, »damit er dich ein wenig besser kennenlernt, Tarin.«

Sydah lag noch eine derbe Bemerkung über Tarin auf der Zunge, aber als er Yils mahnenden Blick sah, schluckte er sie herunter, und sein durchdringender Blick ruhte auf Tarin. Er spürte Tarins Neugier und hörte wie Tarin das Wort *Briard* und

Zauberer flüsterte. Sydah beugte den Oberkörper leicht vor und sagte zu Tarin: »Adena hat mir erzählt, dass ich in Briard Hilfe von einem mächtigen Zauberer erhalten werde.«

»Ach, ja«, sagte Tarin bekümmert und spielte verlegen mit den langen Fingern.

»Was hast du Tarin?«, fragte Sydah.

Tarin senkte den Blick.

»Ja, Tarin hat alles mit ansehen müssen – an der Küste der Tamarinschlucht. Es war schrecklich, es war ja so schrecklich«, seufzte er.

Im Schein der Mittagssonne funkelte der silberne Griff von Sydahs Schwert Gron und der goldene Dolch an Sydahs Waffengürtel.

»Eines Tages werde ich der Höllenschlange gegenüberstehen, Tarin«, sagte er. »Meine Rache wird furchtbar sein, das kannst du mir glauben.«

»Tarin glaubt dir, Meister Sydah«, sagte er nickend.

Sydah seufzte, legte die rechte Hand um den Schwertgriff und sagte: »Orchanta ist voller Wunder, doch mittlerweile auch voller Gefahren. Leider habe ich in letzter Zeit viel Grausames in diesem Land gesehen, und wenn die Höllenschlange das Letzte sein soll, was ich im Leben und im Kampf zu sehen bekomme«, sagte Sydah eindringlich, »dann soll es so geschehen.«

* * *

Am Nachmittag hatte sich das Wetter schlagartig geändert. Das Land ertrank im Regen.

»Verdammt, mit so einem Unwetter habe ich eigentlich nicht mehr gerechnet«, fluchte Sydah. »Es ist fast so, als würde uns irgendjemand daran hindern wollen, dass wir heute noch Briard erreichen.«

Sydah und seine Begleiter waren bis auf die Haut durchnässt.

»Tarin hätte sich das Baden im Fluss sparen können«, sagte Tarin schmollend.

Der starke Regen hatte den Boden aufgeweicht, und sie kamen in der Abenddämmerung nur noch langsam voran. In der Ferne zuckten Blitze über den Himmel, dem ein gewaltiges Grollen folgte. Bei jedem Donner zuckte Tarin unwillkürlich zusammen. Mitten im Regenstrom zeichneten sich die Umrisse einer Siedlung ab.

»Das ist Eschaet«, fluchte Sydah. »Wir sind zu weit nach Norden abgekommen.«

Nachdem sie eine Senke durchquert hatten, erreichten sie einen schmalen Weg, der direkt nach Eschaet führte. Als sie am Rand der Siedlung ankamen, veranlasste Sydah Sturmwind zu einem langsameren Schritt.

»Es ist mir zu still hier«, stutzte Yil, als sie durch die Gassen ritten.

»Spürst du etwa dämonische Kräfte?«

»Nein«, antwortete Yil.

»Bei diesem Wetter hat wohl niemand große Lust, draußen herumzulaufen«, vermutete Sydah.

»Ja, könnte sein.« Yil klang nicht überzeugt.

»Tarin ist kalt«, wimmerte Tarin.

»Schlange, Frau und Tod, die Zeichen sind eindeutig«, krächzte plötzlich eine Stimme Sydah entgegen. »Ja, das sind sie, Fremder.«

»Was sagst du da, alte Frau«, fuhr Sydah sie an.

»Schlange, Frau und Tod«, wiederholte die alte Frau. Sie wirkte unruhig und sah besorgt aus. »Ich habe es gesehen, Fremder«, jammerte sie.

Ihr langes, weißes Haar hing ungepflegt herab.
»Ja, Ihr seid es – Ihr seid in meinen Visionen vorgekommen. Die Klinge ist in den Flammen des Feuerwaldes gereinigt worden. Nur mit ihr könnt Ihr ihn bezwingen«, hauchte sie Sydah entgegen.

»Wen meinst du mit *ihn*, alte Frau?«, fragte Sydah verstört.

»Den Fluch, Fremder. Aber, warum seid Ihr hier?«, fuhr die alte Frau Sydah an. »Es gibt viel zu tun für Euch und Eure Begleiter, aber nicht hier, in Eschaet«, sagte sie, und ihr dichtes, schlohweißes Haar wirbelte herum, als sie sich Sydah abwandte.

»Warte, alte Frau«, rief Sydah ihr nach. »Wie ist dein Name?«

»Du musst den goldenen Dolch benutzen, und du musst die Drachen töten –«, rief sie irre lachend, »– oder solltest du sie befreien? Ja, ja, das Alter fordert seinen Tribut«, und schon war sie um die nächste Ecke verschwunden.

»Wo sind die Mächtigen, wenn man sie braucht? Sie haben uns verlassen«, hörte Sydah ihre wirre Stimme. »Wen haben wir denn noch in diesen finsteren Zeiten, wer ist uns treu geblieben – außer vielleicht diejenigen, die uns wahre Freundschaft entgegenbringen?«

Sydah spornte Sturmwind an. Doch als er um die Ecke ritt, war die alte Frau verschwunden. Yil folgte ihrem Bruder.

»Hört nicht auf sie, Methyser! Sie ist ein wenig verrückt«, behauptete ein Mann mit grauem Haar, der Sydah eilig entgegenkam.

»Das glaube ich nicht«, erwiderte Sydah.

»Wenn du meinst«, sagte der Mann achselzuckend. »Wenn ihr der oberen Dorfstraße folgt, kommt ihr zur Taverne Hilgard. Dort könnt ihr etwas essen und trinken und übernachten«, sagte er und machte sich schnell davon, in Richtung Taverne.

»Gut, wir reiten zur Taverne«, sagte Sydah. »Oder gibt es andere Vorschläge?« Sydah wandte sich Yil und Tarin zu.

* * *

Sydah und seine Begleiter begutachteten das Äußere der Taverne.

»Ich will ja nicht sagen, dass ich nicht über eine mollige Schlafstätte froh wäre«, sagte Tarin Sydah zugewandt, »aber ist es hier auch sicher?«

»Wohin sollen wir sonst gehen?«, fragte Sydah und stieg von Sturmwind ab.

Sydahs Bauchgefühl sagte, dass er kehrtmachen und wieder auf seinen Barst steigen sollte. Sicherheit würde es in dieser Taverne wohl eher nicht geben. Aber sie brauchten eine Unterkunft für die Nacht.

Sydah betrat die Taverne und war überrascht. Hier drin sah es gar nicht mal so übel aus. In der rechten Ecke brannte ein Kamin. Sein knisterndes Feuer gab eine angenehme Wärme ab. Yil und Tarin folgten. Sydah ging zur Theke, wo ihn der Wirt lächelnd empfing – vermutlich roch er ein gutes Geschäft.

»Willkommen in Hilgard, mein Herr«, sagte er. »Womit kann ich Euch dienen?«

»Wir brauchen eine Unterkunft für die Nacht. Ein Platz für unsere Barste und etwas zu Essen und zu Trinken«, erwiderte Sydah.

»Sollt Ihr alles bekommen, Herr«, sagte der Wirt freudestrahlend. Sein Blick fiel auf Tarin. Das

Lächeln verschwand aus seinem Gesicht. »Was ist das?«, fragte er empört. Der Wirt zeigte mit dem Finger auf Tarin. »Er da, soll draußen bleiben! Er sieht nach Ärger aus.«
»Ich versichere Euch, Wirt, er wird keinen Ärger machen«, sagte Sydah. »Oder willst du dir ein gutes Geschäft durch die Lappen gehen lassen?«
Der Wirt rümpfte die Nase und grummelte vor sich hin. »Ihr könnt die Barste in den Stall rechts neben der Taverne bringen«, sagte er schließlich.
»Ich danke Euch, Wirt«, erwiderte Sydah. »Ihr könnt euch ja schon mal einen Tisch aussuchen. Ich werde Sturmwind und Ada versorgen«, sprach Sydah Yil und Tarin an.
Tarin fing sich verächtliche Blicke und böswillige Bemerkungen ein. Bevor Sydah die Taverne verließ, wartete er, bis Yil und Tarin am Tisch saßen - erst dann ging er hinaus.

***

Scheußliches Wetter, ging es Sydah durch den Kopf, als er die Zügel von Sturmwind und Ada griff. Schnell machte er sich auf den Weg zum Stall. Aus irgendeinem Grund konnte er seine Schwester verstehen, dass sie sich Tarin annahm. Er wirkte hilflos in einer Welt, die mittlerweile von allerlei zwielichtigem Gesindel, finsteren Kreaturen und Dämonen heimgesucht wurde. Es war ein Wunder, dass Tarin ohne Hilfe überleben konnte. Er würde den kleinen Kerl ja auch beschützen wollen, wenn da nicht das Bündnis mit Abaddon wäre. Es machte ihn misstrauisch. Sydah wusste nicht, was er davon halten sollte. Tarin hatte erzählt, dass er jemandem das Leben gerettet hatte.

Wenn das die Wahrheit war ... aber genau das war der Punkt – Sydah wusste nicht, ob Tarin die Wahrheit sprach.

Sydah betrat den Stall. Er sah, dass nur zwei von zehn Boxen mit Barsten belegt waren und konnte sich für Sturmwind und Ada je eine Box aussuchen. Er streichelte zuerst Sturmwinds und dann Adas weiße Mähne. Die Futtertröge in den Boxen war randvoll mit Heu gefüllt.

Sydah musste an die alte Frau denken, die sie bei ihrer Ankunft in Eschaet empfangen hatte. Wer war sie? Keinesfalls war sie eine verrückte alte Frau. Woher wusste sie von der Schlange? Und von welcher Frau hatte sie gesprochen? Etwa von Adena? Sie hatte schließlich den Tod erwähnt.

Ein düsteres Zeitalter war über Estalor gekommen. Er hasste all die finsteren Kreaturen, die seine Heimat bedrohten. Der König musste reagieren, er musste eine Armee aufstellen, die groß genug war, um diese Kreaturen aus seiner Heimat zu vertreiben. Wenn der Kampf die einzige Möglichkeit war, das Königreich zu retten, dann sollte es so sein. Er würde sein Schwert und sogar sein Leben dem König dafür anbieten.

***

Sydah betrat wieder die Taverne und ging schnurstracks auf den Tisch zu, an dem Yil und Tarin saßen.

»Ich komme gleich wieder zu euch«, sagte Sydah. »Dort drüben sitzt der alte Mann von vorhin. Ich habe da noch ein paar Fragen an ihn, wegen der seltsamen Frau«, wandte er sich seiner Schwester zu.

Yil nickte ihm zu.

Sydah wollte gehen, als ihm ein kräftiger Mann auffiel, der nach Ärger aussah.

Sydah wartete.

»Ahip!«, sagte Yil und stieß mit Tarin an.

»Das tut gut, nicht wahr Tarin?«, sagte Yil. »Wirt, bring uns noch zwei Becher – bitte«, rief Yil und hielt den leeren Becher empor.

»Es ist sehr lecker«, sagte Tarin begeistert.

»Hast du noch nie Mosch getrunken?«, fragte Yil, und Tarin schüttelte heftig den Kopf. Dann trank er schnell seinen Becher aus, als der Wirt herüberkam.

Der kräftige Mann ging zu einem Nebentisch und warf Tarin einen verabscheuenden Blick zu, während er seinen Fellhut abnahm und sich setzte. Seine großen runden Ohren gaben ihm ein merkwürdiges Aussehen. Als Yil ihm einen stählernen Blick zuwarf, wandte sich der Mann schnell seinen Freunden zu.

»Mach dir um uns keine Sorgen, Bruder«, sagte Yil. »Mit so einem werde ich leicht fertig.«

Sydah ging auf den alten Mann zu und nahm gegenüber von ihm Platz. Er warf noch einen kurzen Blick zu dem Mann mit dem Fellhut, um sich zu versichern, dass er wirklich keinen Ärger machte. Dann wandte sich Sydah wieder dem alten Mann zu und brummte: »Was soll ich denn damit?« Seine Finger spielten mit einem Knochensplitter.

»Die alte Frau ist mir nachgekommen und hat mir das für dich gegeben«, sagte der Mann. »Nimm es oder lass es liegen, mir egal!«

»Und du weißt wirklich nicht, wo ich sie finden kann?«, fragte Sydah.

»Sie wohnt nicht im Dorf. Sie kommt von Zeit zu

Zeit hierher.«

»Weißt du sonst noch etwas von ihr? Einen Namen? Irgendetwas?«, fragte Sydah fordernd.

Der alte Mann schüttelte den Kopf.

»Sie ist verrückt«, sagte er nur.

Sydah schwieg und erhob sich langsam. Bevor er ging, verneigte er sich zum Abschied vor dem alten Mann.

»Was hat er dir gegeben?«, fragte Yil sofort.

Sydah setzt sich neben seine Schwester.

»Einen Knochensplitter«, sagte er und legte ihn auf den Tisch. »Ich soll ihn stets bei mir tragen.«

Ausdruckslos erwiderte Tarin Sydahs Blick. Nach ein paar Lidschlägen entgegnete er trocken: »Ein Amulett für Sydah. Tarin hat auch eins bekommen, siehst du, hier ist es. Du musst ein Lederband durch das kleine Loch am Knochen fädeln und dann um deinen Hals schnüren und es tragen. Ja, ja, Sydah hat jetzt auch ein Amulett, das ihn vor dem Bösen schützen wird.«

Sydah lächelte gequält.

»Tarin macht keine Späße – nein, ganz gewiss nicht, denn Tarin weiß, wovon er redet. Du musst es tragen!«, sagte er. »Denn nur ein mächtiger Zauber kann dich vor den finsteren Mächten beschützen.«

»Wenn du es sagst, Tarin, dann werde ich es mir sofort um den Hals hängen.« Sydahs Stimme klang jedoch, als wollte er Tarin verhöhnen. »Und, wenn mich ein dämonisches Wesen angreift, dann kann ich es ja mit dem Knochensplitter erschlagen.«

»War das wirklich nötig, Sydah?«, entgegnete Yil.

»Nimm du ihn, Yil.« Sydah gab Yil den Knochensplitter und rief den Wirt. Die verschiedenen lodernden Holzarten im Kamin verbreiteten einen urtümlichen Duft. Nach der Bestellung wandte er sich wieder Yil zu und begann mit klangvoller Stimme: »Die alte Frau hatte etwas Vertrautes ...«

Yil sah ihren Bruder schweigsam an. Tarin spähte zum Wirt. Er war gespannt auf den Springbockspieß, den Sydah eben bestellt hatte.

»Ich weiß nicht, wie ich dir das erklären soll, Yil. Ich hätte gerne noch mal mit ihr gesprochen!«

Der Wirt brachte das saftige Springbockfleisch am Spieß. Mit der Spitze steckend in einem runden Holzstück, stelle er den Spieß mitten auf den Tisch. Dazu reichte er drei Teller und ein Messer und ging wortlos fort. Augenblicke später war er wieder da und stellte drei, bis zum Rand gefüllte, Becher Mosch auf den Tisch ab.

»Nimm dir einen Becher, Tarin!«, sagte Yil.

»Ich zuerst?«, fragte Tarin, und seine schwarzen Augen wanderten schüchtern zu Sydah, der nickte und sagte: »Ja, und schneid dir etwas vom Springbock ab, soviel du magst!«

Sydah hatte ein schlechtes Gewissen Tarin gegenüber.

Tarin war still, aß und trank. »Das ist gut«, sagte er kurzweg und nahm einen großen Schluck Mosch zu sich.

»Wo kommst du eigentlich her, Tarin?«, fragte Sydah und schnitt sich ein großes Stück Fleisch ab.

Tarin schluckte den Mosch nervös herunter. Sein Blick wanderte zu Yil, die ihre schneeweißen Zähne mit einem Lächeln zeigte. »Ja, woher kommst du?«, wollte auch sie wissen.

»Tja, also, Tarin kommt von weit her ...«, sagte

er und senkte den Blick. »Der Springbock ist lecker«, lenkte er ab.

»Tarin hat ein Geheimnis, nicht wahr?«, beugte sich Sydah vor und stützte sich mit den Ellenbogen auf den Tisch.

»Nein«, schüttelte Tarin heftig den Kopf. »Was für ein Geheimnis sollte Tarin denn schon haben?«

»Weiß nicht, erzähl du es uns!«, sagte Sydah.

»Nein, Tarin kommt nicht aus dem Niemandsland«, sagte er verstört. »Tarin ist in ...«

»Es hat niemand gesagt, dass du aus dem Niemandsland kommst, Tarin«, sagte Yil.

»Sssssss, dummer Tarin«, fluchte er. »Dummer Tarin. Immer verplappert er sich.«

»Was hattest du im Niemandsland verloren?«, Sydah forderte ihn auf sofort zu antworten.

»Nicht so laut«, ermahnte Yil ihren Bruder. »Willst du, dass man Tarin aus der Taverne herausschmeißt?«

Sydah lehnte sich zurück. »Ja, schon gut. Wenn Tarin seinen Freunden nicht vertraut, dann soll er sein Geheimnis für sich behalten.« Sydah spähte zum Spieß und schnitt sich ein Stück ab.

»Du bist nicht mein Freund«, sagte Tarin. »Du nicht, das weiß ich ganz genau.«

»So, du willst also keine Freundschaft mit mir schließen?«, fragte Sydah.

»Sydah will Tarin reinlegen!«, schimpfte er. »Tarin ist ein Plappermaul, aber nicht dumm!«

»Ist schon gut, Tarin«, winkte Sydah ab. »Nimm dir noch etwas vom Springbock, und erzähl uns, wie du in die Tamarinschlucht gekommen bist.«

Tarin schwieg.

»Ahip!«, sagte Yil und erhob ihren Becher. »Willst du mit einer Freundin nicht anstoßen?«, fragte sie.

Tarin zögerte. »Natürlich!«, sagte er lächelnd.

»Wenn Tarin meint, die Zeit ist reif, um uns sein Geheimnis zu verraten, dann soll er zu uns sprechen«, sagte Yil. »Wir werden solange warten. Nicht wahr, Bruder?«

»Ja«, erwiderte Sydah und stieß mit den beiden an. »Ahip!«

»Ihr solltet so einer Missgeburt niemals vertrauen«, schnaufte am Nachbartisch eine dunkle Männerstimme zu ihnen hinüber.

Sydah drehte sich um und sah drei Männer in ledernen Kampfanzügen am Tisch sitzen.

»Das kannst du mir glauben, Bursche«, sagte er. »Ich kenne diese Sorte. Sie sind hinterhältig und gemein, zudem sind sie gierig. Drehst du ihnen den Rücken zu, ziehen sie einen Dolch und stechen dich nieder!«

»Tarin sticht niemanden nieder«, erwiderte Tarin entrüstet.

»Hab ich mit dir gesprochen, Missgeburt?«, sagte der Mann.

Yils Gesicht lief vor Wut rot an.

»Hüte dein Zunge, Söldner!«, fauchte Yil ihn an.

Die drei Männer lachten sie aus.

»Ich will hier keinen Ärger!«, kam der Wirt an den Tisch. »Bitte!«, sagte er, als er in die nun finsteren Mienen der Männer blickte.

»Wir machen keinen Ärger«, sagte der Mann. »Aber der da!« Er zeigte auf Tarin.

»Gut, also, wenn der Ärger macht muss er gehen!«, wandte sich der Wirt zitternd an Sydah. »Bitte!«, flehte er.

»Wir werden gehen, wenn wir gegessen haben!« Sydahs Stimme klang nun nicht mehr so freundlich.

»Es sei denn, Ihr und das Söldnerpack habt etwas dagegen.«

Die Söldner sprangen auf. Sydah reagierte blitzschnell und hatte Gron schon in der Hand. Yil machte einen Satz und stand neben ihrem Bruder. Ihre Hand fuhr blitzschnell zum Schwertgriff, und schon hatte auch sie ihr sichelförmiges Schwert zum Kampf bereit.

»Bitte!«, flehte der Wirt. »Seid bitte vernünftig!«, hauchte er ängstlich. »Ich spendiere eine Runde Mosch – wenn es keinen Ärger gibt!«, sagte er.

»Wer wird denn gleich mit der Waffe drohen«, kam ein vierter Söldner zu Tisch. Seine blauen Augen funkelten. »Steckt das Ding wieder ein«, sagte er zu Sydah, »und ihr setzt euch wieder hin!«, befahl er seinen Männern. »Wir sind auf dem Weg nach Briard, um den König im Kampf gegen die Dämonen zu unterstützen. An ihnen solltet ihr euren Zorn auslassen und nicht an unseresgleichen!«

»Das ist sehr Weise gesprochen«, sagte Yil und nahm wieder neben Tarin Platz.

»Gut, dann wäre ja alles wieder in Ordnung«, atmete der Wirt auf. »Ich bringe eine Runde Mosch!«

Sydah steckte sein Schwert in die Scheide zurück.

»Ich wollte ihn nur über ihren kleinen Begleiter aufklären«, sagte der Söldner, der den Streit angefangen hatte.

»Ach, ja«, erwiderte ihr Anführer, »und was sollte dann der Aufruhr?«

Die Söldner saßen wieder am Tisch und stießen mit den Bechern an, die der Wirt gebracht hatte.

»Danke«, sagte Sydah, als der Wirt die Becher auf den Tisch abstellte. »Wir werden zahlen und auf unserem Zimmer zu Ende essen«, sagte Sydah, »dann kann Tarin uns etwas über sich erzählen.«

»Nicht ihr, sondern die Dämonen sind unsere Feinde«, sagte der Anführer der Söldner, als Sydah sich erhob. »Wir sollten unsere kleine Fehde vergessen!«

Sydah nickte. »Gut«, sagte er. »Sie ist vergessen!«

***

Sie saßen auf der Stube an einem kleinen, runden Holztisch – mitten darauf der Springbockspieß.

»Die Zeit ist gekommen, glaube ich«, fing Tarin an. »Ich sollte meinen Freuden vertrauen. Ich habe euch ja schon erzählt, warum ich meine Seele in der nächsten Neumondnacht hergeben muss. Sssssss, was für ein dummer Tarin.«

»Sei nicht so wütend auf dich, Tarin«, sagte Yil. »Erzähl uns, wie du ins Niemandsland gekommen bist.«

»Also, Tarin –«, so fing er an, »– ich wurde im Reich der Finsternis erschaffen«, erklärte er und blickte in die schweigsamen Gesichter von Sydah und Yil, »um dem Herrscher der Finsternis zu dienen. Ich war jahrelang an seiner Seite, habe getan, was mir aufgetragen wurde – alles habe ich getan«, sagte er bedrückt. »Schlimme Sachen und weniger schlimme Sachen, habe ich getan.«

Jetzt war es heraus aus Tarin, und es sah für Sydah so aus, als fühlte Tarin sich ein wenig erleichtert. Doch kurze Zeit später sah Tarin genauso bedrückt aus wie zuvor.

»Du hast jemandem das Leben gerettet, das ist doch keine schlimme Sache«, widersprach Yil.

»Das war zu einer späteren Zeit −«, sagte er.

Tarin nahm einen Schluck Mosch zu sich.

»− früher habe ich dem Höllenreich gedient. Habe spioniert, wo der Herrscher der Finsternis seine Armeen hinschicken kann. Ich habe dadurch vielen den Tod gebracht.« Tarins schwarze Augen wirkten leer. Das silberne Mondlicht schien durch das kleine Fenster und erhellte zusammen mit zwei Kerzen das kleine Zimmer. »Irgendwann hat mich der Herrscher der Finsternis im Niemandsland ausgesetzt. Ich sollte für ihn die Gegend erkunden.«

Sydah sah erschrocken auf.

»Aber ich −«, Tarin schnaufte schwer, »− nun, Tarin traf auf einen weißbärtigen Zauberer, der sich Tarin annahm. Er schaffte es, die Bindung zwischen Tarin und dem Herrscher der Finsternis zu lösen. Tarin war ihm nun nicht mehr willenlos ergeben. Tarin war zuerst verstört und hatte Angst, das könnt ihr mit glauben, aber der Zauberer half Tarins Ängste zu überwinden. Wünsche und Träume wuchsen in Tarin heran, und eines Tages sagte der Zauberer zu Tarin, dass er nun bereit wäre. Tarin wusste nicht, wofür er bereit sein sollte. Dann erfolgte eine Zeremonie, die fast die ganze Nacht dauerte, und der Zauberer erfüllte Tarins sehnlichsten Wunsch − er schenkte Tarin eine Seele.«

»Wie hat er das denn gemacht?«, fragte Yil erstaunt.

Tarin zog die Schultern hoch und ließ sie wieder fallen. »Das weiß ich nicht. Aber er hat Tar... meinen Wunsch − meinen Traum − erfüllt. Ich war nun ein Geschöpf mit einer Seele − einer guten Seele. Und dann gab der Zauberer mir den Namen Tarin, den ich freudig annahm.« Tarin nickte zufrieden. »Weshalb ich meine Seele wieder verlieren werde und was dieses Amulett zu bedeuten hat, habe ich euch ja schon erzählt.«

»Wo ist der Zauberer denn jetzt?«, fragte Sydah.

»Er musste fort und hat mir zum Schutz das Amulett gegeben. Er hat mich zur Tamarinschlucht begleitet und sagte mir, dass ich hier auf den Schatz warten müsste, der mir helfen würde das Geschäft mit Abaddon rückgängig zu machen, und dass ich dann meine Seele behalten könnte«, erklärte Tarin. »Dann hat er mich verlassen, und ich war wieder ganz allein«, sagte er traurig. »Bis ihr ins Tal kamt«, freute er sich.

»Eine traurige Geschichte«, sagte Yil.

»In der Tat«, kam es von Sydah.

»Deshalb braucht Tarin den Schatz von Ethyr!«

»Ich glaube nicht, dass der Schatz, den wir suchen, aus Gold und Edelsteinen besteht, Tarin«, kam es von Sydah.

»Ach, nein?«, fuhr Tarin erschrocken auf. »Was ist es denn, wonach ihr sucht?«

Sydah schaute durch das Fenster und betrachtete den Mond. »Ich weiß nur, dass ich einen Elb-Holz-Stab finden muss«, sagte er ohne Tarin in die Augen zu schauen, »aber, ob auch Gold und Edelsteine dort zu finden sind, kann ich dir nicht sagen, Tarin.«

»Das ist ja furchtbar!«, kam es von Tarin.

»Aber, wer sagt denn, dass der Schatz, den du finden sollst«, Tarin lauschte gespannt Yils Worten, »aus Gold und Edelsteinen bestehen muss?«

Tarins verdutztes Gesicht sah man an, dass er sich darüber noch keine Gedanken gemacht hatte. »Sssssss, Tarin hat es vermutet!«, sagte er.

»Der Schatz, könnte ja auch etwas ganz anderes sein«, ermutigte Yil ihn.

»Ja, das könnte er«, sagte Tarin. »Das könnte er.«

»Wir sollten aufessen und schlafen gehen«, schlug Sydah vor und stieß auf Zustimmung.

Das Wiedersehen

5 Sydah legte gerade seinen Waffengürtel an, als Yil ihren ledernen Kampfanzug schnürte. Tarin stand am Fenster und sah hinaus. Als Sydah einen kurzen Blick zu Tarin warf, bemerkte er, dass Tarin Tränen in den Augen standen. Tarin schien sehr traurig zu sein.

»Komm, Tarin, wir gehen.« Yil legte ihm die Hand auf die kleine Schulter, während Sydah geschwind durch die Tür verschwand.

Yil und Tarin folgten ihm schnell. Gemeinsam machten sie sich auf den Weg zum Stall. Sydah streichelte Sturmwind zur Begrüßung über die Mähne. »Du kannst heute ein Stück mit mir reiten, Tarin«, sagte Sydah, packte die Zügel und stieg auf.

Über Tarins Sprachlosigkeit und offen stehendem Mund musste Yil schmunzeln und sagte: »Na, worauf wartest du, Tarin, geh! Mein Bruder wird dich schon nicht fressen!«

»Guten morgen, Ada«, begrüßte Yil ihren Barst, während Tarin skeptisch und schweigsam auf Sturmwind stieg.

»Hat irgendetwas dir die Sprache verschlagen, Tarin?«, wollte Sydah wissen.

»Neiiin! Ich bewundere nur Sturmwind, ein schönes Tier«, antwortete Tarin.

»Bis zur Mittagssonne könnten wir Briard erreichen«, kam es von Sydah, »falls alles gut geht.« Gemeinsam verließen sie Eschaet.

Die schöne Landschaft lenkte Sydah von seinen

Grübeleien ab. Auch die Unzufriedenheit, die sich in sein Gemüt wie Dornen ins Fleisch gebohrt hatte, war mit einem Mal verschwunden.

Sydah richtete sich im Sattel auf und blickte nach vorn. Am Wegesrand stand neben einem einachsigen Karren ein kleiner, rundlicher Mann. Das Zugtier war an einem Baum festgebunden. Sydah veranlasste Sturmwind zu einem langsameren Schritt. Er war wachsam – denn nicht selten griffen Wegelagerer, Diebe und Mörder zu solchen Tricks.

»Er hat uns noch nicht gesehen, Yil. Ich werde allein zu ihm reiten, während ihr beide im Wald Deckung sucht!« Er griff Tarin und setzte ihn auf Yils Sattel, dann ritt er davon.

»Aschah Hal«, grüßte Sydah den Fremden.

»Aschah Hal«, grüßte er zurück. »Mein Name ist Tourag. Ich bin auf dem Weg nach Briard. Doch, wie ihr seht hat das Schicksal anders entschieden. Die Achse ist gebrochen.«

»Ihr seid ein Bogenschütze?«, fragte Sydah, als ihm auffiel, dass der Mann einen Kurzbogen auf dem Rücken trug.

»Ja«, sagte Tourag stolz. »Ich stehe im Dienst von König Oen.«

Sydah war dennoch misstrauisch und beobachtet die Gegend ganz genau. Hinter den Bäumen des dichten Waldes konnte sich allerlei Gesindel verstecken.

»Ihr reist allein?«, fragte Tourag.

Diese Frage machte Sydah nur noch misstrauischer.

»Ja«, stutzte er.

»Dann könnt Ihr mir sicherlich helfen, den Karren wieder in Gang zu bringen.«

»Was für eine Fracht habt Ihr geladen?« Sydahs

Blick ruhte auf der Plane, unter der die Ladung verborgen war.

»Lanzen, Bögen und Pfeile für den König.«

Tourag sah erschrocken auf, als hinter ihm völlig lautlos Yil auftauchte.

»Es stimmt, er ist allein«, sagte Yil und kam mit Tarin hinter einem Baum hervor geritten.

»Du bist in Begleitung«, stellte Tourag fest, und seine Hand machte den Anschein, als wollte sie nach dem Kurzbogen greifen.

»Lass das!« Yil hielt ihr sichelförmiges Schwert in der Hand. »Bevor du deinen Bogen gespannt hast, habe ich dir die Kehle aufgeschlitzt.«

Tourag ließ die Hände unten.

»Ihr seid Diebe, nicht wahr?«, knurrte er. »Elendes Gesindel.«

Plötzlich nahm Sydah eine Bewegung hinter einem Baum wahr. Augenblicke später tauchten die vier Söldner aus der Taverne auf.

»So sieht man sich also wieder.« Ihr Anführer ritt langsam auf Sydah zu. Seine drei Begleiter folgten ihm und zeigten ein breites Grinsen.

»Schön euch zu sehen«, sagte Tourag zum Anführer der kleinen Söldnertruppe.

»Ich freue mich auch, dich zu sehen, Tourag«, erwiderte er. »Wie ich sehe, kommen wir im richtigen Moment.«

»Ja, die Achse an meinem Karren ist gebrochen.«

Die Lage spitze sich zu, als sich die vier Söldner näherten und der stämmige Anführer von seinem Barst stieg. Der Söldner, der den Ärger in der Taverne angefangen hatte, rutschte ebenfalls aus dem Sattel und zog sein Breitschwert.

»Ihr seht aus, als wolltet ihr euch bekämpfen«, stellte er fest, und seine blauen Augen visierten

Sydah an.

»Ich transportiere eine wertvolle Fracht für den König«, sagte Tourag, »und das Gesindel da will mich berauben.«

»Diebe seid ihr also, ist das wahr?«, wandte sich der Anführer an Sydah.

Sydah warf ihm einen verächtlichen Blick zu.

»Natürlich nicht«, knurrte Sydah. »Ich dachte dasselbe von ihm.« Sydah zeigte mit der Schwertspitze auf Tourag.

Ein langes Schweigen machte sich breit. Der durchbohrende Blick des Anführers ruhte auf Sydah, dann ließ er ihn zu Yil wandern und schließlich kurz zu Tarin. Dann sagte er mit einer festen Stimme: »Ich glaube, es war alles nur ein Missverständnis, und wir können unsere Schwerter wieder einstecken.«

»Wir sind wirklich keine Diebe«, bestätigte Sydah nochmals. »Wir sind auch auf dem Weg nach Briard und wollen uns mit dem König treffen.« Sydah ließ das Schwert in der Scheide verschwinden.

»Wir werden mit Tourag den Karren reparieren«, sagte der Anführer. »Übrigens, mein Name ist Ian.«

Sydah stellte sich und seine Begleiter kurz vor und sagte dann: »Ihr kommt sicherlich ohne uns zurecht?«

»Sicherlich«, gab Ian zurück. »Wenn ihr an der Wegkreuzung ankommt, müsst ihr den linken Weg nehmen. Wir werden uns bestimmt noch einmal begegnen«, sagte Ian zum Abschied.

***

Der Vormittag war quälend langsam verstrichen. In der Ferne erhob sich der gewaltige hölzerne

Festungswall von Briard, der aus den dicken Stämmen der Urbäume bestand und die gesamte Stadt umgab. Die vier monumentalen Pforten spiegelten sich
wie große Silberscheiben in der gleißenden Sonne
wider. Sydah kam mit seinen Gefährten auf das Ost-
tor zugeritten.

»So eine gewaltige Stadt hat Tarin – habe ich –
noch nie gesehen«, schwärmte Tarin.

»Ja, Briard ist eine der größten und schönsten
Städte, die ich kenne.« Sydahs Augen leuchteten
vor Begeisterung. »Warte ab, bis du die Stadt von
innen siehst, Tarin, du wirst staunen.«

Und so ritten sie auf die Pforte zu. Sydah grüßte die Wachen auf den Türmen rechts und links mit
einem Handzeichen. Der Befehlshaber auf dem rechten Turm erhob seinen Speer zum Gruß – ein misstrauischer Blick von ihm blieb auf Tarin haften.
Sydah stieß Sturmwind leicht mit den Fersen in die
Seiten und das mächtige Tier passierte mit federn-
den Schritten das östliche Stadttor.

»Wir reiten direkt zum Palast«, sagte Sydah.
»Ich will keine Zeit mehr verlieren.«

Sydah ritt über den Hauptweg, der sich durch die
Stadt wand wie eine Schlange.

»Und, Tarin, wie gefällt es dir hier?«, fragte
Sydah.

»Ja, hier ist es sehr schön«, antwortete Tarin
und spähte immer wieder seitwärts in die vielen
kleinen Gassen, in denen die bunten Häuserfronten
in der Sonne glitzerten. Es gab kleine und große
Häuser. Häuser, die an Paläste erinnerten, und andere Häuser wiederum waren schlicht. Aber alle
hatte sie etwas gemeinsam – sie waren farbenfroh.
Einige hatten einen Garten und andere wiederum
hatten einen monumental, gepflasterten Hof, in de-

nen Blumenkübel und Statuen standen.

Sydah bemerkte, dass Tarin einen stämmigen Mann beobachtete, der ihnen auf einem Barst entgegenkam und einen Totenschädel an einer Kette um den Hals trug.

»Starr ihn nicht so an, Tarin«, flüsterte Sydah. »Er ist ein Kämpfer und gehört zur königlichen Garde.« Tarin schaute verlegen in die andere Richtung, aber als der Mann an ihnen vorbeiritt, wandte sich Tarin ihm wieder zu.

»Buh«, machte der Mann, und Tarin erschrak. Dann lächelte er Tarin zu.

Sie kamen an Plätzen vorbei, auf denen Bauern und Händler ihre Ware anboten. Sie waren umrundet von goldenen Säulen, an denen weiße Fackeln befestigt waren, die zur Abenddämmerung angezündet wurden. Ein zarter Duft wehte ihnen entgegen, und als sie um die nächste Ecke ritten, sahen sie einen ovalen Platz voller prachtvoller, bunter Blumen, umrandet von feinstem, blauem Marmor.

»Auch Abends ist hier einiges los, Tarin, das kann ich dir versprechen«, klärte Sydah ihn auf. »So gegen Abend dringt Gelächter aus den unzähligen Gaststuben heraus, in denen fröhlich gefeiert wird. In den Fenstern und auf den Straßen erhellen Öllampen und Fackeln die Dunkelheit. Auf einigen Plätzen werden Feuerstellen angezündet und du kannst dort Springbockspieße essen und dazu einen Mosch trinken.«

»Gibt es auch einen gewürzten Braten?«, fragte Tarin.

»Ja«, antwortet Sydah.

»Gibt es auch Eintöpfe?«, fragte Tarin schnell.

»Ja«, nickte Sydah.

»Und Warjawurzel? Und Fisch? Und ...«

»Hier gibt es alles, was dein Herz begehrt, Tarin«, unterbrach Sydah ihn.

Sydah schwieg und richtete sich im Sattel auf. Er blickte nach vorn. Auf dem Weg, einige Schritte entfernt, sah er einen jungen Mann in brauner Kleidung und einem Spitzhut, der ihm absichtlich den Weg versperrte. Sydah öffnete unauffällig den Sicherungsriemen seines Schwertes, das vor ihm am Sattel in der Scheide steckte. Sturmwind scheute kurz auf, als Sydah ihn veranlasste, vor dem Fremden zu halten.

»Was ist hier los?«, fragte Yil, als sie neben ihrem Bruder stand.

Sydah zeigte auf den Fremden.

»Oh, was für eine bezaubernde Methyserin mit grünen Augen, schöner als jeder leuchtender Stern am Abendhimmel«, sagte der Fremde lächelnd und verneigte sich. »Wie ist dein Name?«

»Spart Euch Euer Geschwätz, Fremder«, fuhr Sydah ihn zornig an. »Gib den Weg frei, wir haben es eilig!«

»Ah, unruhiges, junges Blut«, erwiderte der Fremde. »Bevor ich Euch den Weg freigebe, Torreg, würde ich gerne den Namen der schönen Frau mit dem goldenen Götterhaar erfahren.«

»Wie habt Ihr mich gerade genannt, Fremder?«, sagte Sydah, und aus seinen strahlend blauen Augen entsprang der Zorn.

»Torreg!«, erwiderte der Fremde und griff mit der Waffenhand über den Kopf zum Rücken.

Sydah zog sofort sein Schwert.

»Sydah!«, ermahnte Yil ihren Bruder. »Steck das Schwert ein!«

Sydah sah ein, dass ein geübter Bogenschütze mit Leichtigkeit einen Pfeil aus dem Köcher reißen, auf den Bogen auflegen, und ihn auf die Reise schicken könnte, direkt auf ihn zu. Doch dann suchte Sydah vergeblich nach dem Bogen.

»Ist etwas schreckhaft, Euer Freund!«, sagte der Fremde, als er ein kleines, fünfsaitiges Sakain hervorzog, das er in einem Lederbeutel am Rücken trug. Er nahm das bauchige Musikinstrument, und seine Fingerspitzen zupften über die gespannten Saiten aus Tierdärmen, um die Tonlagen zu stimmen. Seine weichherzigen Gesichtszüge, setzte er gekonnt ein, als er sich Yil zuwandte: »Ich spiele nur für Euch, schöne Methyserin.« Geschwind wurde aus dem trügerischen Fremden ein begnadeter Sakainspieler.

Sydah steckte mit rot leuchtendem Kopf sein Schwert ein.

»Er ist nicht mein Freund«, sagte Yil und zeigte ein kleines Lächeln.

»Ah«, erwiderte der Fremde neugierig.

»Er ist mein Bruder«, sagte sie. »Aber wir haben es wirklich eilig. Wir müssen unbedingt den König sprechen. Wenn das Schicksal es will, begegnen wir uns vielleicht wieder, dann würde ich gerne mehr von Eurer Musik hören.«

»Mein Name ist Asbéert«, verneigte er sich kurz.

»Ich bin Yil, und das ist mein Bruder Sydah ...«

»Und, wer ist der kleine, stumme Mann?«, unterbrach Asbéert.

»Das ist Tarin, unser Freund«, erwiderte Yil.

»Ich bin erfreut auch dich kennenzulernen, Tarin«, sagte Asbéert – vollführte eine Geste mit seiner rechten Hand und eine kurze Verbeugung.

»Verdienst du dein Geld als Spielmann?«, fragte Yil.

»Das auch, meine Schöne, aber für Euch ist mein

Spiel umsonst«, sagte er und ließ Sydah und Yil passieren.

»Bis dann, meine schöne Yil«, rief er hinterher. »Wir werden uns bald Wiedersehen.«

»Das hoffe ich nicht«, flüsterte Sydah. »Eingebildeter Gnau!«, sagte er noch.

»Er ist doch nett«, sagte Tarin.

Sydahs Blick traf Tarin wie eine Pfeilspitze.

»Was hat er dir denn getan, Bruder?«, fragte Yil verärgert.

Sydah zögerte. »Nichts!«, schmollte er.

***

Der Palast mit seinen vielen Türmen, Nebengebäuden und Stallungen lag etwas erhoben, mitten in Briard. Sydah erinnerte sich daran, wie er das letzte Mal zusammen mit seinem Vater den König auf einem Fest besucht hatte. Damals war er noch ein Jüngling gewesen. Ihm wurde plötzlich bewusst, dass seitdem sehr viel Zeit vergangen war – zu viel, wie er jetzt feststellte. Als Sydah und seine Begleiter durch das halbrunde, goldene Tor ritten, wurden sie bereits von zwei Palastdienern empfangen.

König Oen Imaon eilte herbei. Sydahs Blick fiel auf die bewegliche, lederne Spezialrüstung des Königs. »Willkommen in Briard Sydah und Yil Aschaneé«, begrüßte der König sie freudig.

»Ich freue mich Euch zu sehen, König Oen«, sagte Sydah, stieg vom Barst ab und machte eine tiefe Verbeugung.

»Lassen wir die Förmlichkeiten«, sagte Oen schnell. »Komm her, Sydah!«, sagte er und legte zur Begrüßung die Hand auf Sydahs Schulter. »Es ist lange her, dass wir uns gesehen haben.« Dann ging Oen auf Yil zu und umarmte sie väterlich. »Eine hübsche Frau ist aus dir geworden, Yil«, sagte er. »Und, wer ist euer Begleiter?«, fragte der König und zeigte auf Tarin, der schüchtern neben Sydah stand und den König verängstigt anstarrte.

»Das ist Tarin«, stellte Yil ihn vor.

»Er ist ein Freund und hilft uns bei der Suche nach ...«, sagte Sydah.

»Das kannst du mir später erzählen, Sydah«, unterbrach Oen. »Folgt mir! Ihr werdet nämlich schon sehnsüchtig erwartet.«

»Auch du, Tarin, komm!«, sagte Oen, als er sah, dass Tarin nicht folgen wollte.

»Ich darf in den Palast?«, fragte Tarin verstört.

»Natürlich«, sagte Oen. »Ein Freund von Sydah und Yil ist bei mir immer herzlich Willkommen – und ich glaube, wenn mich nicht alles täuscht, wartet da noch jemand auf dich, Tarin.«

»Beim Essen können wir dann alles weitere besprechen«, sagte Oen. »Folgt mir in den blauen Saal.«

★★★

Sydah zog die Brauen hoch. »Du?«, sagte Sydah mit rauer Stimme, als er den blauen Saal betrat und in Asbéerts breit lächelndes Gesicht blickte, die weißen Zähne stachen Sydah wie Messer in die Augen.

»Ich sagte doch, dass wir uns bald wieder begegnen würden«, gab Asbéert von sich und verneigte sich kurz, als Yil erschien.

»Du?«, sagte Yil mit weicher Stimme.

»Ich freue mich, dich zu sehen«, sagte Asbéert.

»Da ist ja auch Tarin. Wie schön, dass auch du mitgekommen bist.«

»Wie ich sehe, kennt ihr Asbéert schon«, sagte Oen. »Er ist ...«

»... mein Schüler«, erklang hinter ihnen eine dunkle, wohlklingende Stimme, »und er ist sehr talentiert, das muss ich zugeben.«

Sydah und Yil waren sprachlos, als sie dem weißbärtigen Zauberer persönlich gegenüberstanden. Doch Tarin verlor alle Hemmungen. Er lief auf den Zauberer zu und krächzte: »Der Zauberer. Der Zauberer – mein Freund.« Seine Stimme überschlug sich vor Glück.

»Schön dich zu sehen Tarin«, sagte der weißbärtige Zauberer und schloss Tarin fest in die Arme. »Wie ich sehe hast du Freunde gefunden.«

»Ja, das habe ich«, sagte Tarin glücklich.

»Das ist also der Zauberer von dem du uns erzählt hast?«, fragte Yil mit großen Augen.

»Ja, das ist der Zauberer – Tarins Freund«, sagte er stolz.

»Kommt, lasst uns am Tisch Platz nehmen. Ich bin hungrig«, sagte der Zauberer. »Ihr nicht auch?«

Yil nickte. Sydah hatte es immer noch die Sprache verschlagen: Tarin kannte den mächtigsten Zauberer von Estalor – und Asbéert war der Schüler des Zauberers. Sydah schämte sich für seine Unverfrorenheit Tarin und Asbéert gegenüber.

»Seid mir nicht böse für meinen Auftritt in der Stadt, Sydah«, sagte Asbéert.

»Ja, ja, Asbéert hat seine Eigenarten«, bemerkte der Zauberer, »was, dass anfreunden betrifft, nicht wahr, Asbéert?«

Asbéert schmunzelte. »Soll ich mein Sakain hervorholen?«, sprach er Sydah an.

»Nur wenn ich mein Schwert ziehen darf«, schmunzelte Sydah.

»Esst, Freunde! Es ist reichlich da«, sagte der König und nahm sich ein Stück Fleisch von der Platte.

Sydah schob sich zwei Beeren in den Mund und wandte sich an den weißbärtigen Zauberer: »Ihr sollt mir helfen, dass sich mein Schicksal erfüllen kann. Aber, als mächtiger Zauberer wisst Ihr das sicherlich schon, oder?«

»Entschuldigt meinen Bruder«, sagte Yil beschämt, »aber er findet wohl manchmal nicht die richtigen Worte!« Ihr Blick durchbohrte Sydah wie ein Schwert.

Der weißbärtige Zauberer winkte ab. »Lass ihn. Eines Tages wird er so sein, wie sein Vater – der Hitzkopf in ihm wird verschwinden.«

Sydah schwieg.

Asbéert trank den Becher Mosch aus. »Was hältst du von aharischen Rätseln, Sydah?«, fragte er.

Sydah hob die Schultern.

»Sperr deine Ohren auf Methyser! Ich frage dich: Sie lassen keinen anderen drauf; alle anderen Reittiere werden müde, diese aber niemals.«

»Das Rätsel eines Aharers«, sagte Sydah stirnrunzelnd. »Barste die niemals müde werden, oder was für ein Wesen soll es sein?«

Aséert schmunzelte.

»Nein«, schüttelte Asbéert den Kopf.

Sydah überlegte angestrengt und wandte sich kurz Yil zu.

»Es ist das, was du an den Füßen trägst, Bruder«, warf Yil ein. »Deine Schuhe!«, lächelte sie.

»Wie bitte?«, sagte Sydah.

»Deine Schwester hat das Rätsel gelöst.« Asbéerts Augen strahlten.

»Ursprünglich wollten wir zu den Ruinen von Ethyr«, wechselte Sydah das Thema und erzählte dann, weshalb sie nach Briard gekommen waren.

»Adena hatte mir gesagt, dass Ihr mir helfen könnt«, sprach Sydah den Zauberer an.

Der Zauberer nickte und trank einen Schluck.

»Und wie?«, fragte Sydah ungeduldig.

»Gemeinsam werden wir die Herausforderung bewältigen«, sagte der Zauberer.

Sydah verstand nicht, was der Zauberer ihm damit sagen wollte, denn eine weitere Erklärung von ihm folgte nicht.

»Also, werden wir zusammen nach Ethyr gehen?«, hakte Sydah nach.

»Ich werde dich auch begleiten«, warf Yil ein.

»Ich auch«, kam es von Tarin. »Tarin muss nämlich auch nach Ethyr«, ergänzte er.

»Ich sollte allein nach Ethyr reiten, so wie ich es eigentlich vorhatte«, wandte sich Sydah an den Zauberer.

»Alleine würdest du scheitern. Du brauchst meine Zauberkraft und Asbéerts Geschick«, sagte der Zauberer.

»Was?«, fuhr Sydah ihn an. »Der da soll auch mit uns kommen?«

»Der da«, erwiderte der weißbärtige Zauberer mit Geduld, »ist nicht nur ein begnadeter Sakainspieler. Er ist ein angehender Zauberer und Meister mit den Briddolchen und dem Bogen. Er wird uns eine sehr große Hilfe sein, Sydah!«

Yil kam ihrem verlegenen Bruder zu Hilfe und fragte: »Wann soll es denn losgehen?«

Der weißbärtige Zauberer erläuterte während des Essens seinen Plan. Es wurde noch viel erzählt, bis sie endlich alle zu Bett gingen.

***

Ein leichter Wind spielte mit den schulterlangen, braunen Haaren des Königs. Die Nacht hatte Tau auf dem Boden, den Pflanzen und Bäumen abgelegt. Ein Hauch von Kälte umgab Oen und Sydah, während sie am Morgen im Hofgarten warteten. Die kräftigen Muskeln des Königs beulten die lederne Rüstung aus.

»Es wartet eine schwierige Aufgabe auf dich, Sydah«, sagte Oen. »Fühlst du dich ihr gewachsen?«

»Ja«, antwortete Sydah, »mein Vater war ein guter Lehrer.«

»Davon bin ich überzeugt«, nickte Oen.

»Außerdem habe ich Gefährten auf die ich mich verlassen kann«, sagte Sydah.

»Gestern wolltest du noch alleine aufbrechen«, sagte der König.

»Ja, das stimmt«, nickte Sydah und ergänzte: »Doch ich habe eingesehen, dass ich den Zauberer und ... auch Asbéert brauchen werde ...«, Sydah atmete durch, »... und auch ist mir klar geworden, dass ich meine Schwester nicht in einen goldenen Käfig sperren kann.«

König Oen nickte zufrieden und sagte dann: »Die Einsicht, dass du mit deinen Gefährten besser dran bist, ist dir ja noch früh genug gekommen.«

»Ja.« Sydah senkte kurz den Blick.

»Außerdem bin ich beruhigter, wenn sie mit dir gehen«, ergänzte der König.

Sydah schwieg.

»Meine Kundschafter haben mir schlechte Nachrichten überbracht«, fing Oen an. »Der erste große Krieg scheint unvermeidbar zu sein, Sydah. In der Ebene von Narvile versammelt sich ein gewaltiges dämonisches Heer. Es will mich stürzen und Briard vernichten. Das darf nicht geschehen, Sydah ...«

»Ich werde Euch nicht enttäuschen König Oen«, sagte Sydah selbstbewusst. »Wir werden Euch nicht enttäuschen«, verbesserte er sich. »Briard wird niemals dem dämonischen Heer zum Opfer fallen – dafür stehe ich mit meinem Leben ein.«

König Oen lächelte. »Du bist tapfer geworden, Sydah – ein Mann«, sagte er stolz. »Ah, da kommen die anderen.«

Yil kam mit Tarin von rechts und der weißbärtige Zauberer mit Asbéert von links.

»Der Wind hat mir berichtet, dass die dämonische Armee nur noch auf den Befehl ihres Anführers wartet. Wir müssen uns beeilen, damit wir rechtzeitig zurück sind«, begrüßte der Zauberer den König.

»Ihr sprecht mit dem Wind?«, fragte Sydah.

»Wir hatten uns gestern auf du geeinigt«, erinnerte der Zauberer Sydah.

Sydah nickte.

»Ja, manchmal spreche ich mit dem Wind«, der Zauberer lächelte vergnügt, »natürlich nur, wenn er mit mir reden will.«

»Gut, dann will ich euch nicht länger aufhalten«, sagte Oen. »Ich werde die Stadt gegen einen Angriff vorbereiten und falls ihr nicht rechtzeitig ...«

»Wir werden rechtzeitig zurückkehren, König Oen.« Sydah verneigte sich kurz vor dem König und stieg auf Sturmwind auf.

»Verzeiht ihm, König Oen, dass er Euch abermals

unterbrochen hat – manchmal ist er so voller Tatendrang, dass er seine Manieren vergisst«, entschuldigte sich Yil für ihren Bruder.

»Ich kannte euren Vater sehr gut, Yil«, sagte
Oen mit einem verschmitzten Lächeln, »und auch er
steckte manchmal genauso voller Tatendrang. Sydah
hat ein gutes Herz, Yil. Seine Ungeduld nehme ich
ihm keinesfalls übel.«

»Ich danke Euch, König Oen«, sagte Yil.

»Du kommst auf deine Mutter, Yil«, sagte Oen,
»eine bewundernswerte Frau. Zart und liebevoll –
jedoch im Kampf kam ihre ganze Willensstärke zum
Vorschein. Und sie hatte ganz besondere Gaben, die
du von ihr geerbt hast.«

Yil verneigte sich kurz vor dem König und ging
zu Ada. Bevor sie aufstieg, drehte sie sich dem
König zu. »Ja, König Oen, ich habe die Gaben meiner Mutter geerbt und auch ihr Schwert«, sagte sie
und legte die Hand auf den Schwertgriff, »meine
und auch Eure Feinde werden bitter den Stahl dieser Klinge zu spüren bekommen.«

»Mögen die Winde mit euch sein«, verabschiedete
sich der König mit fester Stimme.

»Bis bald, mein König«, sagte der weißbärtige
Zauberer.

»Hat Yil einen Mann?«, fragte Asbéert, der neben
Sydah ritt. Doch anstatt einer Antwort fing er
sich nur einen verächtlichen Blick von Sydah ein.

»Tarin ist Yils Freund«, sagte Tarin, der wieder
auf Sturmwind Platz gefunden hatte.

»Wenigstens einer, der mit mir spricht«, antwortete Asbéert. »Woher kommst du, Tarin?«, fragte
er.

Doch jetzt schwieg auch Tarin.

»Vielleicht bist du ja heute Abend am Lagerfeuer

gesprächiger«, sagte Asbéert und schloss zu dem Zauberer auf, der an der Spitze ritt.

»Wir sollten unsere Reise ein wenig beschleunigen, Meister«, schlug Asbéert vor. »Die Reise könnte sonst drei Sonnentage dauern.«

»So, und was schwebt dir so vor, Asbéert?«, fragte der Zauberer und schmunzelte, da er Asbéerts Absicht erahnte.

»Einen Wegzauber, Meister«, schlug Asbéert vor.

»Denkst du unsere Begleiter würden einen Wegzauber vertragen, Asbéert?«, flüsterte der Zauberer und beugte sich zu Asbéert vor.

»Ich denke schon«, lächelte Asbéert zurück.

»Du willst Sydah eins auswischen«, stellte der Zauberer fest. »Aber denk dran, wir haben noch andere Begleiter, als nur Sydah!«

»Aber wie sonst, wenn nicht mit einem Wegzauber, sollen wir rechtzeitig nach Briard zurückkehren, Meister?«

»Das ist ein gutes Argument, Asbéert«, sagte der Zauberer. »Ich überdenke deinen Vorschlag.« Sie flüsterten zwar, trotzdem konnte Sydah jedes Wort verstehen.

Grünlich weißer Nebel stieg über dem dunklen Wasser des Sees auf, obwohl die Sonne hoch am Himmel stand und die Erde wärmte.

»Ein fantastisches Schauspiel«, schwärmte Yil.

»In der Tat – es ist wunderschön«, sagte der Zauberer. »Ich habe mich mit Asbéert beraten und wir sollten den Wegzauber einsetzen.«

Neugierig wie er war, fragte Tarin: »Was ist denn ein Wegzauber?«

»Das würde ich auch gern wissen!«, kam es von Sydah.

»Wir könnten unsere Reise deutlich beschleunigen«, sagte der Zauberer.

»Und warum hast du nicht schon längst den Wegzauber angewandt?«, fauchte Sydah.

»Es besteht eine kleine Unsicherheit«, sagte der Zauberer.

»Ich höre!«, sagte Sydah.

»Er funktioniert nicht immer ganz genau«, gab der Zauberer zu, »aber trotz den kleinen Abweichungen, die manchmal vorkommen können, wären wir um einiges schneller am Ziel.«

»Gut!«, sagte Sydah. »Wir sollten es riskieren.«

»Und da wäre noch die Verträglichkeit!«, sagte der Zauberer.

»Ja!«, kam es von Sydah.

»Der Wegzauber könnte einem auf den Magen schlagen.«

»Wenn das alles ist bin ich dafür, dass wir ihn ausprobieren«, sagte Sydah. »Was meinst du, Yil?«

»Von mir aus«, sagte sie. »Und du Tarin?«

»Wer ich?«, fragte Tarin verstört.

»Ja, was ist deine Meinung?«, fragte Sydah. »Bist du auch einverstanden?«

Tarin hatte es die Sprache verschlagen, dann sagte er: »Noch niemand, außer dem Zauberer, hat mich je nach meiner Meinung gefragt.« Tarin nickte zustimmend. »Von mir aus können wir den Wegzauber benutzen.«

»Gut, dann tu, was dafür nötig ist, Zauberer!«, sagte Sydah.

Der weißbärtige Zauberer griff nach dem Zauberstab, der an einer Schnalle am Sattel befestigt war. Als er einen Zauber aussprach und der rundlich hölzerne Knauf anfing zu glühen, bewegte sich die Landschaft wie im Flug an ihnen vorbei.

Hort des Grauens

6 Der Wegzauber wollte gar nicht mehr enden. Sydahs gesunde Gesichtsfarbe hatte einen blassen Farbton angenommen. Er hätte sich niemals auf solch eine Tortur einlassen sollen. Sydah verfluchte seine Entscheidung und betete zu dem Sternengott, dass er den Höllentrip möglichst bald beenden sollte.

Ein greller Blitz schlug vor Sydah und seinen Begleitern ein, und der Wegzauber endete abrupt. Hatte der Sternengott etwa sein Gebet erhört?, ging es ihm durch den Kopf. Doch dann erfuhr Sydah von dem weißbärtigen Zauberer, dass der Wegzauber immer mit einem Blitz endete.

»Wir sind aber nicht bei den Ruinen von Ethyr«, stellte Sydah fest und fluchte: »Noch nicht einmal in der Nähe von Ethyr sind wir, Zauberer! Wo hast du uns hingebracht?«

»In der Tat«, sagte der Zauberer mit ratlosem Blick. »In Ethyr sind wir nicht.«

»Wo sind wir dann?«, kam es von Yil.

Eine kalte, belebende Nachtluft umgab sie alle. Sydah atmete tief ein und sah einen dunklen Wald zu seiner linken und ein Felsmassiv zu seiner rechten Seite.

»Tarin muss mal absteigen«, röchelte Tarin und schon war er verschwunden.

Tarin schien es egal zu sein, wo sie gelandet waren – Hauptsache der Wegzauber hatte ein Ende gefunden. Wenn Tarin auch nicht vieles hasste, dachte Sydah, eines wusste Sydah mit Sicherheit, Wegzauber gehörte jetzt dazu.

»Was hast du Tarin?«, rief Sydah ihm nach.

Auf eine Antwortet brauchte Sydah nicht lange zu warten. Tarin musste sich übergeben.

»Lassen wir Tarin für einen Moment in Ruhe«, sagte Yil. »Weiß denn wirklich niemand, wo wir sind?«

»Irgendwer hat meinen Wegzauber beeinflusst«, gab der Zauberer zu. »Ich habe vorhin eine sehr starke Macht gespürt.«

»Und was für eine Macht hast du gespürt?«, fragte Sydah. »Etwa eine dämonische ...«

»Nein«, fuhr der Zauberer dazwischen. »Das ist ja das Eigenartige. Es war keine dämonische Macht am Werk.«

»Bist du sicher?«, fragte Sydah.

»Ich habe auch keine dämonische Macht gespürt, Bruder«, kam es von Yil, die schließlich auch die Gabe hatte, dämonische Kräfte in ihrer Umgebung wahrzunehmen.

»Tja, aber wer sonst sollte uns vom Weg abbringen wollen?«, fragte Sydah.

Der Zauberer hob die Schultern. »Die Antwort kann ich dir nicht geben, Sydah.«

Der starke Wind, der plötzlich von den Bergen her kam, fiel über sie her wie eine hungrige Bestie. In der Ferne bildete sich ein schauriger, dröhnender Klang – wortlos, dennoch voller Bedeutung für den Zauberer.

Der Wind pfiff ihnen um die Ohren, als der Zauberer den Zeigefinger erhob und sagte: »Hört zu!«

Sydah glaubte Trommeln, Rasseln und klackernde Knochen wahrzunehmen. Langsam schwelte der Ton an, und Yil wisperte: »Was ist das?«

Tarin kam ängstlich zurück, stieg schnell zu Yil auf den Barst und zitterte am ganzen Leib.

»Es hört sich an, wie ein Todesgesang«, flüsterte Tarin.

»Keine Angst, Tarin«, versuchte Yil ihn zu beruhigen. »Ich werde dich beschützen!«

Asbéert drehte den Kopf in den Wind und lauschte den eigenartigen Tönen. Seine Augen waren geschlossen. »Wir sind im Niemandsland –«, hauchte er und öffnete die Augen, sah den Zauberer an und sagte: »– nahe dem Hort der Drachen, der dort in diesen Bergen liegen muss!«

Der weißbärtige Zauberer erhob den Zauberstab, vollführte wortlos eine kreisförmige Bewegung und wandte sich Sydah zu: »Dieser Weg ist für dich bestimmt, Sydah Aschaneé. Du musst ihn alleine beschreiten!«

»Aber, das ist ...«, sagte Yil, doch der Zauberer unterbrach sie mit einer kurzen Handbewegung. »Das Schicksal verlangt es so von ihm, Yil. Dort wird sich auch ein Teil seiner Bestimmung erfüllen. Sydah muss den Hort der Drachen allein aufsuchen«, sagte der Zauberer eindringlich, und seine Stimme wurde wieder sanfter, als er sagte: »Und sei unbesorgt, Yil! Dein Bruder hat noch einen anderen Beschützer. Mehr kann ich dir dazu im Augenblick nicht sagen, Yil. Vertraue mir, Yil, bitte.«

»Du hättest auch einen Kampfanzug anlegen sollen, Bruder.« Yil war besorgt um ihren Bruder.

»Ich fühle mich in meinen Sachen wohl«, sagte Sydah, »und außerdem trägt Asbéert ja auch keinen Kampfanzug.«

Yil verzog die Mundwinkel. »Er ist ja auch ein Bogenschütze.«

»Hier hab ich noch etwas für dich, Sydah«, sagte

der Zauberer, griff in seine Satteltasche und überreichte Sydah einen Lichtstein. »Er wird dir im Dunkeln den Weg weisen«, erklärte er. »Möge der Sternengott an deiner Seite sein«, verabschiedete sich der Zauberer von Sydah.

Sydah verzog das Gesicht und wollte noch eine scharfe Bemerkung loswerden, stattdessen biss er die Zähne zusammen und spornte Sturmwind an. Geradewegs ritt er der Bergkette entgegen.

★ ★ ★

Der Höhleneingang vor ihm war flach und klein.

»Das muss ein Nebeneingang sein«, flüsterte Sydah, als würde ihn jemand belauschen. »Warte hier auf mich, Sturmwind! Ich bin bald zurück.« Sturmwind suchte Schutz unter einem Felsüberhang.

Sydah duckte sich und betrat die Höhle. Der Lichtstein leuchtete ihm den Weg. Der Höhlengang war jetzt so groß geworden, dass er aufrecht stehen konnte. Er ging weiter und der Höhlengang wurde breiter, und nach wenigen Augenblicken war er so groß, dass auch ein Drache mit Leichtigkeit hindurch gepasst hätte. Im Augenwinkel nahm er eine Bewegung wahr. Sydah wandte sich blitzartig einer tiefen Nische zu. Es schien ihm so, als würde der Fels zum Leben erwachen. Sydah wich zurück, als sich fette Beine mit wulstigen Hornauswüchsen aus der Dunkelheit herausschälten. Sein Herzschlag beschleunigte sich, als er zum Schwert griff. Klackernd und knirschend schabten Beine am Fels vorbei. Sydah konnte schnappende Zangen sehen, die im Schein des Lichtsteins drohend und unheilvoll auf ihn wirkten. Ein Höhlenorm suchte den Weg aus der Nische heraus.

»Ich muss hier verschwinden!«, fluchte er.

Sein Oberarmmuskel der Waffenhand spannte sich, als er das Schwert zum Schlag erhoben hatte. Wieder schabten die gepanzerten Beine des Ungetüms am Fels vorbei und die todbringenden Zangen schnappten nach ihm. Dann trat Stille ein. Der Höhlenorm verharrte, und für einen Moment sah es so aus, als würde ein lebloses Kunstwerk an der Höhlenwand hängen. Sydah blickte direkt in die kleinen, schwarzen Augen der Kreatur. Sie musterten ihn, als würde sich der Höhlenorm auf einen Angriff vorbereiten.

Sydah trat noch einen Schritt zurück, als der Höhlenorm die Nische verließ und ihm den Weg zum Ausgang der Höhle versperrte. Er ging rückwärts den Höhlengang entlang, gefolgt von dem Ungetüm, das sich ihm angriffslustig näherte. Sydah klammerte sich am Schwertgriff fest und kämpfte gegen die Angst an.

Der Höhlenorm bewegte die Augen suchend umher. Hatte der Lichtstein den Höhlenorm geblendet? Sydah vertraute auf sein Glück und hielt den Lichtstein dem Höhlenorm entgegen, dann drehte sich Sydah blitzschnell um und rannte los.

Es dauerte eine Weile, bis er hinter sich das Schaben der fetten Beine über den Boden hörte. Der Höhlenorm folgte ihm und holte schnell auf. Als die Zangen wieder nach Sydah schnappten, verfehlten sie ihn nur knapp. Wieder wehrte Sydah mit dem Lichtstein das Ungetüm ab, denn gegen den Hornpanzer konnte er mit seinem Schwert nicht das geringste ausrichten. Sydah versuchte dennoch einen Schwertstreich, doch wie vorherzusehen, prallte das Schwert vom Hornpanzer ab. Sydah duckte sich, und die schnappenden Zangen verfehlten ihn um Haaresbreite. Eisige Angst schoss ihm durch die Adern. Er betete zum Sternengott, dass er ihm die Schwerthand führen sollte. Sydah stach zu und verfehlte nur knapp das rechte Auge der Kreatur.

»Aschei!«, fluchte er.

Stolpernd über Steine wich er rücklings den tödlichen Zangen des Höhlenorms aus. Mit einem verzweifelten Kampfschrei stürzte Sydah vorwärts und wollte dem Höhlenorm das Schwert in den gepanzerten Unterleib rammen. Hätte das Tier nicht diesen verdammten Hornpanzer besessen, würde das Schwert jetzt in seinen Eingeweiden stecken, und Sydah könnte ihm den teuflischen Leib aufschlitzen. Sydahs Blut hämmerte durch seine Venen. Lauf, Sydah! Lauf! Diese Gedanken schossen ihm durch den Kopf.

Der Höhlenorm folgte ihm schnell. Sydah wusste, dass er eine leichte Beute für das Biest war. Er stolperte, verlor den Halt und fiel zu Boden. Sechs Beine, fließend in ihren Bewegungen, näherten sich ihm, während die todbringenden Zangen aufgeregt nach ihm schnappten.

Sydah rollte sich zur Seite – die Zangen verfehlten ihn nur knapp – er krabbelte auf allen vieren über den Boden.

Die Zangen schnappten erneut nach ihm. Sydah gelang es sie mit dem Schwert abzulenken. Einen Herzschlag später verlor er abermals den Halt – ein Loch im Boden verschluckte ihn wie ein großer Drachenschlund. Sydah fiel einige Meter tief, dann rutschte er rücklings eine schräge Felswand hinab, in die Tiefe. Trotz des Entsetzens hielt er mit der einen Hand das Schwert und mit der anderen den Lichtstein fest.

»Aschei!«, fluchte er, als die Rutschpartie kein Ende nehmen wollte und der Lichtstein plötzlich erlosch.

Wenigstens schien ihm der Höhlenorm nicht zu folgen.

»Aschei!«, fluchte er abermals, dann betete er im Stillen zu seinem Gott.

Jetzt schlitterte er waagerecht über feuchten Boden hinweg, in eine große Höhlengrotte.

»Uff«, sagte er, als er aufstand und ohne Orientierung durch die Dunkelheit stolperte. »Sternengott hab Dank«, betete er, als der Lichtstein wieder zu glühen begann.

Er horchte, ob der Höhlenorm ihm nicht doch noch gefolgt war.

»Wie komme ich hier je wieder raus?«, hauchte er. »Soll das hier mein Schicksal sein? – Asch...« Er hielt inne und betrachtete zwölf seltsame, symbolische Schriftzeichen auf der glatten Höhlenwand. Aus Furcht vor weiteren Höhlenormen wandte er sich schnell von ihnen ab.

Sollte er den Weg zurücknehmen, auf dem er gekommen war? Zu glatt – zu steil, stellte er fest und suchte verzweifelt nach einem anderen Ausgang.

»Wäre doch der Zauberer mitgekommen. Er wüsste bestimmt einen Rat«, flüsterte er im flackernden Schein des Lichtsteins. »Geh mir bloß jetzt nicht wieder aus.«

Die fremdartigen Zeichen gingen ihm nicht aus dem Kopf und lösten ein mulmiges Gefühl bei ihm aus. Er spürte förmlich den Zauber, der von diesen eigenartigen Symbolen ausging.

Als das Schwert an seinem Waffengürtel hing, wandte er sich wieder den Schriftzeichen zu und strich mit der Hand über sie, dabei spürte er, wie ein Kribbeln seinen Körper durchlief. Eine Kaskade weißer Blitze zuckte durch die Höhlengrotte, zeichnete überdimensionale, schwarze Schatten in einem unwirklichen Licht an den Wänden ab. Der gepanzerter Tod kam Schritt für Schritt auf ihn zu. Der Lichtstein flackerte.

»Bitte lass mich jetzt nicht im Stich«, flehte er und suchte Deckung.

Jetzt spürte er die Wärme in der Höhle und nahm einen süßlich fauligen Geruch wahr. Das Kribbeln der Angst war wie ein Schwarm Insekten, der über ihn herfiel.

Sydah spürte einen warmen Atemzug in seinem Nacken, der das Blut in seinen Adern gefrieren ließ. Er war stehen geblieben, und aus den Augenwinkeln heraus sah er einen riesigen Schädel und zwei stechend rote Augen. Blitzschnell drehte er sich um und beinahe wäre ihm der Lichtstein vor Schreck aus der Hand gefallen.

»Wa... «, ihm blieben die Worte im Munde stecken.

Sein Herz begann zu rasen – es hämmerte wie wild in seiner Brust.

Drachen! Die Erkenntnis durchzuckte ihn wie ein Schwertstreich. Verdammt viele Drachen! Der größte und Furcht erregendste Drache war ein Schwarzdrache und nur zwei handbreit von seinem Gesicht entfernt. Während ihn der Schwarzdrache anstarrte, rückten die anderen Drachen nach und umzingelten ihn. Elf weitere zählte er.

Sydah trat einen Schritt zurück und suchte nach einer Fluchtmöglichkeit. »Braver Drache«, sagte er. »Ich gehe jetzt und ...« Als er einen Schritt beiseite trat, murmelte er ängstlich: »Ihr seid alle brave Drachen, nicht wahr?«

Der mächtige Drachenkopf schoss blitzschnell auf ihn zu. Sydah glaubte, dass dies sein Ende war.

Seine Mission war gescheitert. Hier, in dieser gottlosen Höhle sollte er also den Tod finden.

»Hast du schon mal einen braven Drachen gesehen?«, schnauzte ihn der Schwarzdrache an, hob den Kopf und trat einen Schritt zurück.

Sydah zuckte zusammen. »Wie? ... Was? ...«, stotterte er. »Wieso könnt ihr sprechen?«

Der Schwarzdrache schaute ihn grimmig an. »Wieso sprichst du unsere Sprache?«, fragte er schließlich.

»Hmm. Ich spreche nicht drachisch oder wie immer auch eure Sprache heißen mag«, sagte Sydah.

»So, und wie nennst du das hier?«, sagte der Schwarzdrache einen Schritt näher kommend. »Etwa Zauberei?«

»Ich glaube nicht!«, wehrte Sydah ab, als er den scharfen Ton in der Stimme des Drachen bemerkte.

»Bist du ein Zauberer?«, fragte der Drache verbittert.

»Wäre das gut oder schlecht für mich?«, fragte Sydah zurückhaltend.

»Antworte mir!«, brummte der Drache.

»Ich bin kein Zauberer«, sagte Sydah. »Eigentlich bin ich auf der Suche nach dem Hort der Drachen.«

»Und warum?«, fragte der Drache.

Sydah hob die Augenbrauen. »Ich weiß es nicht.«

»Warum? Sag es mir!«, brummte der Schwarzdrache so laut, dass Sydah befürchtete, die Höhle könnte einstürzen.

»Der weißbärtige Zauberer sagte mir, dass hier mein Schicksal verborgen liegt«, antwortete Sydah und trat wieder einen Schritt zurück – spürte jedoch zugleich den warmen Hauch eines anderen Drachen in seinem Nacken.

»Ein Zauberer steckt also dahinter«, fluchte der Schwarzdrache und würde der Drache mit einem Blick töten können, hätte Sydah auf der Stelle sein Leben ausgehaucht. »Das habe ich mir doch gleich gedacht als ich dich sah«, brummte der Drache Sydah an. »Ein Zauberer schickt dich, um uns alle nach so vielen Jahren der Pein zu töten.«

Eine bedrückende Stille trat ein, dann fragte ein anderer Drache: »Sollen wir ihn im Drachenfeuer schmoren lassen?«

»Ich bitte euch, ihr Drachen«, fing Sydah an, »er ist ein guter Zauberer. Er will euch nichts Böses, glaubt mir, bitte«, flehte Sydah.

»Es gibt keine guten Zauberer«, sagte der Schwarzdrache zürnend.

»O, doch, die gibt es«, sagte Sydah energisch und trat einen Schritt vor. »Nicht alle Zauberer haben sich der schwarzen Magie verschrieben!«

»Bist du gekommen, um uns zu belehren?«, höhnte der Drache und sagte dann, als er den goldenen Dolch an Sydahs Waffengürtel erspähte: »Oder bist du gekommen, um uns zu vernichten?«

»Nein!«, antwortete Sydah. »Aus welchem Grund sollte ich euch vernichten?«

Wieder trat ein kurzes Schweigen ein.

»Warum sonst trägst du den goldenen Zauberdolch bei dir?«, fragte der Drache. »Ein bösartiger Zauberer hat Schuld daran, dass wir hier in der Höhle gefangen sind«, brummte er und deutete mit seinem Kopf auf die symbolischen Schriftzeichen an der Höhlenwand. »Als wir vor langer Zeit im Streit mit ihm lagen, weil er sich auf unserem Territorium herumtrieb, verdammte er uns hierher, in dieses finstere Höhlenlabyrinth –«

Sydah hörte dem Drachen aufmerksam zu.

»- und mit diesem Dolch hat er die Schriftzeichen in die Wand geritzt und den Zauber über uns heraufbeschworen.«

»Den Dolch hier meinst du?«, fragte Sydah. »Den habe ich von Adena - einer Zauberin - erhalten.« Sydah sah in die feuerroten Augen des Drachen. »Aber gewiss hat sie ihn mir nicht gegeben, um euch zu vernichten!«, beharrte er.

Der Schwarzdrache visierte ihn an und verlangte stumm eine Antwort.

»Wenn die Zeit kommen wird, dann würde ich es wissen - das sagte sie zu Uta, meinem Ziehvater«, erklärte Sydah und nahm den Dolch in die Hand, unter Beobachtung der misstrauischen Drachenaugen rings um ihn herum.

Alles ergab plötzlich einen Sinn für ihn. Er erinnerte sich an die Worte der alten Frau in Eschaet. Mit diesem goldenen Dolch sollte er die Drachen befreien.

Sydah schritt auf die Höhlenwand zu. »Ich glaube, ich weiß nun, was ich zu tun habe«, flüsterte er dem Drachen zu und kratzte mit dem goldenen Dolch die erste Rune aus der Wand. Der erste Drache bäumte sich auf. Als eine schwarze Wolke seinen Körper verließ, drang ein so lautes Drachengebrüll aus ihm heraus, dass Sydah glaubte, ihm würde das Trommelfell platzen. Dann sah er besorgt zur Höhlendecke wie sich Felsbrocken lösten und herabstürzten.

Der Drache fuhr herum. »Ich fühle mich befreit!«, sagte er zu seinen Artgenossen. »Ich fühle mich befreit!«, wiederholte er.

Sydah begann eine Rune nach der anderen aus der Höhlenwand zu entfernen.

»Wer hätte das gedacht?«, wandte sich der

Schwarzdrache an Sydah. »Wir sind dir zu ewiger Dankbarkeit verpflichtet.«

Sydah verneigte sich vor dem Schwarzdrachen. »Aber wie kommen wir hier heraus?«, fragte Sydah. »Hast du einen Vorschlag?«, fragte er den Drachen, doch bevor der Drache antworten konnte, handelte Sydah instinktiv und steckte den Dolch in einen passgenauen Schlitz an der Wand unterhalb der Stellen an denen sich die Schriftzeichen befunden hatten.

»Ich hoffe, du weißt, was du da tust!«, sagte der Drache vorsichtig, und im gleichen Augenblick barst die Decke, und die Bergspitze wurde weggesprengt.

Wirre, ungläubige Blicke wechselten zwischen den Drachen. »Wir sind endlich frei«, brummte der Schwarzdrache. »Wie ist dein Name?«, verneigte er sich.

»Sydah Aschaneé!«

»Komm, steig auf, Sydah Aschaneé«, sagte der Drache. »Wir fliegen in die Freiheit!«

Und so geschah es, dass die Drachen nach hundert Jahren Gefangenschaft die Freiheit erlangten.

»Dort unten läuft Sturmwind, mein Barst«, sagte Sydah zu dem Drachen. »Und dort drüben sind meine Gefährten!«

»Sollen wir dich zu ihnen bringen?«, fragte der Schwarzdrache.

»Ja, bitte«, gab Sydah zu verstehen.

Sydah sah, wie Asbéert den Bogen spannte. Was Asbéert mit einem Pfeil gegen einen Drachen ausrichten wollte, war Sydah ein Rätsel. Yil hielt ihr sichelförmiges Schwert kampfbereit, doch der weißbärtige Zauberer gab ihnen ein Zeichen. Yil und Asbéert senkten die Waffen, während die Drachen vor ihnen landeten.

»Da bist du ja, Sydah«, begrüßte ihn der weißbärtige Zauberer, »und wie ich sehe, hast du deine erste Aufgabe erfüllt!«

Yil, Asbéert und der kleine Tarin waren sprachlos.

»Du hast gewusst, was auf mich zukommen würde?«, fuhr Sydah den Zauberer scharf an, als er von dem Schwarzdrachen stieg.

»Ich hatte so eine Vermutung, aber genau gewusst, was dich erwarten würde, das habe ich nicht, Sydah«, gab der Zauberer zu.

»Ich kann mit den Drachen sprechen«, sagte Sydah. »Wie ist so etwas nur möglich?«

Der Zauberer nickte. »Das ist eine sehr seltene Gabe, Sydah, eine wirklich sehr seltene Gabe«, sagte der Zauberer.

»Ich dachte es wäre Zauberei im Spiel«, sagte Sydah.

»Aber nein, Sydah«, sagte der Zauberer, »das ist gewiss keine Zauberei. Du bist ein Drachenmeister!«

Ein Raunen ging durch die Reihen der Drachen. »Ein Drachenmeister!«, hörte Sydah einige Drachen tuscheln.

»Du hast wirklich eine außergewöhnliche Gabe, Sydah Aschaneé«, sagte der Schwarzdrache. »Wenn du in Not bist oder einer deiner Freunde Hilfe braucht, rufe nach uns, und wir werden dir und deinen Freunden zur Seite stehen!«

»Wie kann ich euch rufen?«

Der Schwarzdrache senkte seinen Kopf Sydah entgegen und sagte: »Du bist ein Drachenmeister, Sydah Aschaneé.« Sydah schwieg und wartete ab, ob der Schwarzdrache noch etwas zu sagen hatte. »Rufe nach Arydan. Wir werden dich hören und machen uns sofort auf den Weg zu dir.«

»Ist das dein Name?«

»Ja, so werde ich genannt.«

Die Drachen verneigten sich vor Sydah und flogen in Freiheit davon.

*　*　*

Sydah und seine Gefährten machten sich wieder auf den Weg nach Ethyr. »Wir haben viel Zeit verloren«, wandte sich Sydah dem Zauberer zu, »und für Briard war die Befreiung der Drachen bedeutungslos!«

»Nicht alles was wir tun, muss sofort einen Sinn ergeben, Sydah«, belehrte ihn der Zauberer. »Du hast heute etwas ganz Großartiges vollbracht! Daran solltest du denken und dich später einmal erinnern!«

»Sollten wir nicht den Wegzauber benutzen?«, fragte Sydah, obwohl ihm der Gedanke daran missfiel.

»Ja, ich denke, das könnten wir riskieren«, antwortete der Zauberer lächelnd.

Tarins gesunde, grüne Gesichtsfarbe wechselte schlagartig ins blassgrüne. »O, nein, der Zauberer will doch etwa nicht wieder ...«

Aber es war zu spät. Sie reisten mit dem Wegzauber weiter nach Ethyr.

Gold und Edelsteine

7 »Wir sollten hier unser Nachtlager aufschlagen«, sagte der weißbärtige Zauberer, als sie in der Abenddämmerung in der Nähe der Ruinen von Ethyr ankamen.

Sydah nickte einverstanden. Sein Blick wanderte über das Land, hinüber zur Ruinenstätte, die von grüngelben Baumkronen umgeben war, deren Blätter sich im Wind heftig hin und her bewegten.

Yil fror in dem ledernen Kampfanzug. Asbéert überreichte ihr ein Fell, das sie über ihre Schulter warf.

»Danke«, sagte sie mit einem zarten Lächeln.

»Hier für dich hab ich auch etwas«, sagte Asbéert und gab Tarin eine kleine Decke.

»Danke, Asbéert.« Tarins Augen leuchtenden hell vor Freude. »Danke!«, sagte er noch einmal.

Sydah sammelte Holz, und als er einen Stapel davon aufgetürmt hatte, sagte er: »So, das müsste für die Nacht reichen.«

Der Zauberer zückte den Zauberstab, schwenkte ihn kurz über dem Holzstapel mit Worten, deren Bedeutung Sydah nicht kannte. Das Holz knisterte und kurz darauf brannte es.

Sydah und seine Gefährten saßen am wärmenden Lagerfeuer und blickten schweigend in die Flammen. Als in der Ferne ein Tier einen Laut von sich gab, hob Sydah den Blick und betrachtete die grasbewachsenen Hügel und Baumgruppen – und die Felsansammlung zur Rechten, die durch das flackernde

Feuer zu leben schien.

»Ich habe noch Dörrfleisch in meiner Sattel-tasche.« Der Zauberer ging fort und kam mit einem Lederbeutel zurück und gab ihn Yil, die sich ein Stück Fleisch herausnahm und den Beutel Tarin reichte. Tarin griff gierig zu und nahm zwei Stücke Fleisch.

»Tarin ist hungrig«, verteidigte er sich, als Sydah ihn vorwurfsvoll ansah. Tarin wollte Sydah den Beutel geben, doch Sydah sagte: »Dann kannst du mein Stück auch haben, Tarin.« Tarin machte große Augen. »Ja, wirklich?«, fragte er. »Danke, Sydah.«

»Es ist genug Fleisch für alle da«, sagte der Zauberer. »Nimm dir noch ein Stück, Tarin, und gib den Beutel Sydah. Er muss etwas essen, um bei Kräften zu bleiben.«

»Ich habe ein Rätsel für dich, Tarin«, sagte As-béert. Tarins Augen leuchteten auf. »Willst du es versuchen?«

Tarin nickte und biss ein Stück Fleisch ab.

»Ein Tuch, ohne Faden gewebt, besiegt nicht nur uns, sondern auch alle Bestien dieser Welt.«

»Hmm«, sagte Tarin, »das ist aber ein schwieri-ges Rätsel.« Tarin kaute und überlegte ange-strengt.

»Es ist Nacht, Tarin«, sagte Yil. »Und was machst du nachts?«

»Sssssss, Tarin weiß nicht - Tarin ist ein Dumm-kopf!«

»Das hat nichts mit Dummkopf zu tun, Tarin«, wandte Asbéert ein. »Sei nicht so nervös! Es ist nur ein Rätsel - ein Spiel. Und jetzt denk noch einmal darüber nach, Tarin.«

»Na, los!«, forderte Yil ihn auf.

»Er schmeichelt sich doch nur bei Yil und Tarin ein!«, sagte Sydah an den Zauberer gewandt.

»Er versucht Freundschaft zu schließen«, ermahnte der Zauberer ihn. »Du solltest nicht so streng über Asbéert richten!«

Yil schloss die Augen und stellte sich schlafend.

»Tar... äh ich langweile Yil schon – sie ist eingeschlafen«, sagte Tarin frustriert und stutzte. »Der Schlaf! Der Schlaf!«, brüllte er heraus.

»Das ist richtig«, kam es von Asbéert.

Tarin freute sich und sah in Yils wunderschöne, strahlende Augen. »Ich habe das Rätsel gelöst«, sagte er stolz, »mit Yils Hilfe.«

»Willst du noch ein Rätsel hören?«, fragte Asbéert und nahm noch ein Stück Fleisch aus dem Lederbeutel.

»Gerne«, kam es von Tarin, und er rückte ein Stück näher.

Asbéert brachte noch viele aharische Rätsel. Die Nacht schritt dabei schnell voran.

»Was hast du, Bruder? Träumst du etwa mit offenen Augen?« Yils sanfte Stimme, ließ Sydah aus seiner Erstarrung erwachen. Er hatte sich mit keinem einzigen Wort an den Rätseln und an der Unterhaltung beteiligt.

»Es ist alles in Ordnung«, versicherte er.

»Wirklich?«

»Ja«, bestätigte Sydah.

Sydah sah zum Lagerfeuer, das laut knisterte, als Asbéert mit einem Zweig darin stocherte. Asbéert überreicht Tarin den Zweig, und er machte es ihm nach.

»Na ja ...«, fing Sydah an und sah Yil verlegen in die Augen.

»Du hast an Adena gedacht?«, kam es spontan aus Yil heraus.

»Ja«, gab er zu.

»Du darfst dich nicht von deinen Gefühlen ablenken lassen, Bruder«, begann sie. »Eine große Aufgabe wartet auf dich.« Yil legte den Arm über seine Schultern. »Ich will doch meinen Bruder nicht verlieren, weil er durch seine Trauer abgelenkt ist, während der Feind vor ihm steht.«

»Das wird niemals passieren!« Yils schmale, grünen Augen hafteten sich an Sydah fest. Er versuchte ihrem Blick zu entfliehen und sah hinüber zu Asbéert und Tarin. »Wirklich, Yil, du brauchst dir keinerlei Sorgen um mich zu machen.«

Er wandte sich wieder seiner Schwester zu.

»Gut, das wollte ich von dir hören, Bruder.«

»Wir sollten uns jetzt zur Ruhe begeben«, schlug der Zauberer vor. »Ich werde einen Schutzzauber über das Lager sprechen, dann können wir alle bedenkenlos schlafen.«

* * *

Sydah blickte am Morgen in einen wolkenlosen Himmel. Tarin, der sich am Abend zuvor mit Asbéert angefreundet hatte, ritt nun bei ihm mit.

»Ob der Schatz bewacht wird?«, fragte Sydah den Zauberer, als sie mit den Barsten aufbrachen.

»Das wirst du schon bald erfahren«, äußerte der Zauberer seelenruhig. »Geduld, Sydah – du musst dich in Geduld üben!«

Sydah entging es nicht, dass Tarin die Ohren weit aufsperrte, als er die Worte des Zauberers hörte.

»Ja, ja, die Weisheiten eines alten Zauberers!«, schmollte Sydah.

»Bruder!« Yils Stimme klang erbost.

Auch Tarin sah verärgert zu Sydah.

Sydah schaute verlegen weg.

»Seht dort!«, sagte Sydah verwirrt. »Was ist das?«

Die Luft über der Ruinenstadt summte und war voller heller Punkte, als würden unzählige Sandkörner durch die Luft schweben.

»Das ist aber schön«, sagte Tarin.

Irgendwo in den verfallenen Gassen kreischte ein Tier. Es klang, als wäre es dem Tode geweiht.

»Was war das?« Tarin ängstigte sich.

»Könnte es ein Zauber sein«, fragte Sydah, »oder ein Naturschauspiel?«

Der weißbärtige Zauberer wusste im Augenblick keinen Rat.

»Wir sollten in die Stadt reiten und herausfinden, was dort vor sich geht!« Sydah umfasste den silbernen Schwertgriff.

»Warte Sydah!«, sagte Yil. »Hier sind Mächte am Werk, die ich nicht einordnen kann.«

»Spürst du etwa dämonische Kräfte?«, fragte Sydah.

»Ich weiß nicht, was es ist, Bruder.«

Yil versuchte ihre Gefühle zu ordnen und hob dabei die Hand, um sich vor dem Sand zu schützen, der vom Wind herangetragen wurde.

»Hier, ich habe ein Tuch für dich«, sagte Asbéert.

»Danke.« Yil band sich das Tuch um Mund und Nase.

»Ich denke, es sind dämonische Kräfte am Werk«, kam es zögernd aus ihr heraus.

»Aber sicher bist du dir nicht?«, fragte Sydah.

»Nein.«

Der Wind löste viele Strähnen ihres langen Haares aus dem Zopf in ihrem Nacken, und die flatternden Strähnen schlugen ihr ins Gesicht.

Sydah beugte den Oberkörper vor. Im selben Moment bemerkte er, dass ein Sandsturm von der Ruinenstadt aus auf sie zukam.

»Verflucht«, sagte Sydah. »Kannst du den Sturm aufhalten, Zauberer?«

»Nein«, sagte er nur.

»Wenn die Dämonen denken, ich würde wegen einem Sandsturm zurückweichen, dann liegen sie falsch«, sagte Sydah und spornte Sturmwind an.

Seine Gefährten folgten ihm auf einem schmalen Pfad, der direkt nach Ethyr führte.

Der Sandsturm wütete und formte eine kräftige Gestalt aus braunem Sand, die Sydah den Weg versperrte. Das lange Haar aus hellen Sandkörnern fiel über die Schulter der Gestalt, die ein Langschwert aus schwarzem Sand an einem Waffengürtel trug. Auf Brust und Oberarm war ein schwarzes Wappen unbekannter Herkunft zu erkennen.

»Ich fürchte wir haben ein Problem«, sagte Sydah.

Der Sturm ließ langsam nach, bis er dann endlich aufhörte. Die Gestalt aus Sand versperrte ihnen den Zutritt zur Stadt.

Sydah wandte sich dem Zauberer zu. »Ich kann dir nicht helfen, Sydah«, sagte er.

Yil zückte ihr sichelförmiges Schwert.

»Steck es wieder weg, Yil!«, befahl Sydah. »Er will einen Kampf«, Sydah blickte ihm geradewegs in die leeren Augenhöhlen, »den kann er haben.«

»Wer bist du?«, fragte Sydah.

»Ich bin ein Sandkrieger«, antwortete er dumpf, und aus seinem Mund rieselte Sand zu Boden.

Sydah sprang von Sturmwind und zückte Gron. Er ließ das Schwert in fließenden, kontrollierten Bewegungen kreisen. Sydah ging auf den Sandkrieger zu, der einen Kopf größer war als er. »Dann wollen wir mal sehen, ob du auch mit einem Schwert umgehen kannst.«

Der Sandkrieger, der unbeweglich dastand, hielt plötzlich sein Schwert in der Hand. Er war so schnell, dass Sydah gar nicht mitbekam, wie er das Schwert vom Waffengürtel genommen hatte.

»Ich glaube, das wird schwieriger als ich dachte«, rief er seinen Gefährten zu. »Hat jemand von euch eine Idee?«, fragte Sydah, und im gleichen Moment machte er einen Schritt nach vorn und hieb mit dem Schwert nach dem Waffenarm seines Gegners. Die Schwertklinge durchschnitt den Unterarm als würde sie durch einen Geist hindurchfahren. Dann ließ Sydah das Schwert kreisen und schlug zu. Die Schwertklinge glitt durch den Hals des Sandkriegers und hätte ihm eigentlich den Kopf von den Schultern trennen müssen. Doch er blieb unverletzt.

»Ich werde meinem Bruder helfen«, sagte Yil, und noch bevor Asbéert sie zurückhalten konnte, stand Yil mit gezogenem Schwert ihrem Bruder bei.

»Geh zurück, Yil!«, befahl er.

»Nein«, sagte sie fest entschlossen. »Das werde ich nicht tun!«

Der Sandkrieger griff an. Er tanzte in perfektem Einklang mit fließenden Bewegungen auf Sydah und Yil zu. Sydah sah das schwarze Sandschwert auf sich zukommen. Und diesmal glitt Sydahs Schwert nicht einfach durch den Sand hindurch. Er konnte den schräg geführten Schlag des Sandkriegers nur schwer abwehren und ging dabei in die Knie.

»Bardega!«, fluchte er, als das mächtige Sandschwert nochmals auf ihn zukam.

Yil war zur Stelle und wehrte den Schlag ab. Sie tänzelte um Sydah herum und stach dem Sandkrieger ihr Schwert mitten ins Herz. Yil stolperte und ging zu Boden. Der Sandkrieger schien zu grinsen, als er die Schwertklinge mit der Hand ergriff und sie aus seinem Körper zog. Er warf das Schwert im hohen Bogen davon.

»Wir kommen an ihm nicht vorbei«, fluchte Sydah.

»Du willst aufgeben, Bruder?« Yil lief zu ihrem Schwert.

»Nein«, sagte Sydah. »Ich werde mir einen anderen Weg in die Stadt suchen.«

Als der Sandkrieger sein Schwert senkte, rannte Sydah auf ihn zu. Er schwenkte rechts an dem Sandkrieger vorbei und duckte sich, als das Sandschwert auf ihn zukam. Der Sandkrieger folgte ihm schnell, und wie aus dem Nichts tauchte er plötzlich vor Sydah auf, der einen Bogen schlug und den schmalen Pfad verließ. Er lief durch unwegsames Gelände und ließ sein Schwert fallen.

»Sydah, was machst du denn?«, rief Yil besorgt.

Doch Sydah rannte weiter und hechtete über einen Busch hinweg, direkt in eine Wasserstelle. Der Sandkrieger tauchte mit erhobenem Schwert vor Sydah auf. Sydah grinste ihn an, als der Sandkrieger in dem kniehohem Wasser zu taumeln begann. Das rechte Bein des Sandkriegers brach ein, und er kippte seitwärts ins Wasser.

Sydah sah ihm ins Gesicht und sagte: »Unsterblichkeit gibt es nicht, Sandkrieger, daran solltest du bei deinem nächsten Kampf denken!« Dann ging Sydah fort, hob sein Schwert wieder auf, während der Sandkrieger langsam zerfiel.

»Geschafft«, sagte Sydah, als er triefend nass vor seinen Gefährten stand.

»Woher hast du gewusst, dass sich der Sandkrieger im Wasser auflösen würde?«, fragte Yil.

»Hab ich nicht«, antwortete Sydah. »Ich hab's gehofft.«

Sie ritten den schmalen Pfad entlang, in die Stadt hinein.

Ein gespenstischer Nebel umgab die einst prächtige Stadtmauer, die nun an vielen Stellen eingefallen war. Yil fuhr sich mit den Fingern durch die Haare. Sand rieselte von ihrem Kopf herab, als sie in die Runde fragte: »Wo kann der Elb-Holz-Stab versteckt sein?«

»Sieh mich nicht so an, Sydah!«, sagte der Zauberer. »Ich habe nicht für alles eine Lösung parat.«

Sydah spürte einen Hauch von Unbehagen in der Luft, während sie an verfallenen Gebäuden und Plätzen vorbeiritten. Manchmal, wenn sich die Sonne in glatten Flächen spiegelte, glaubte er, die Geister vergangener Zeiten zu sehen.

»Die Stätte ist ja riesig«, stellte Sydah fest. »Wo sollen wir da nur mit der Suche beginnen?«

»Hat Adena dir keinen Hinweis gegeben?«, fragte Yil.

Sydah schüttelte den Kopf. »Nein.«

»Was weißt du über diesen Ort, Zauberer?«, fragte Sydah.

»Niemand weiß, wer ihre Erbauer waren. Auch gibt es keine Schriftstücke, die auf Ethyr hinweisen – auch keine mündlichen Überlieferungen sind bekannt.«

»Eigenartig«, sagte Sydah. »Aber, woher weiß man denn, wie die Stadt heißt, wenn es keinerlei Hinweise auf Ethyr gibt?«

»Die Ruinen wurden nach ihrem Entdecker benannt«, erklärte der Zauberer.

Nachdenklich zog Tarin seine Unterlippe zwischen die Zähne und sagte: »Hmm, also, wenn es ein heiliger Stab ist, den wir suchen, dann sollte er an einem heiligen Ort aufbewahrt werden.«

Tarin schaute verlegen in die Runde, denn alle Blicke ruhten auf ihm.

»Das war ja auch nur so eine Idee von Tarin«, sagte Tarin beschämt. »Eine dumme Idee, nicht wahr?«

»Keinesfalls, Tarin«, lobte Sydah, »das war eine hervorragende Idee.«

Sydah ließ den Blick über die Ruinenstätte schweifen.

»Dort auf der Erhebung stehen Säulen«, sagte Sydah, »das könnte eine Gebetsstätte gewesen sein.«

»Ja, das denke ich auch«, sagte der Zauberer.

»Dann sollten wir dort nach dem Elb-Holz-Stab suchen«, sagte Sydah und trieb Sturmwind an.

Als sie langsam um den nächsten Häuserblock ritten, loderte eine Feuerstelle vor ihnen auf. Sydah starrte in das offene Feuer mit Gefühlen aus Erwartung und Unbehagen.

»Jemand ist hier«, hauchte Yil ihm ins Ohr.

»Dämonen?«, fragte Sydah.

»Nein«, antwortete Yil.

»Es sieht mir nach einer Falle aus.« Sydah war sich ziemlich sicher, dass irgendwo hinter den zerfallenen Häusern und Mauern ein Feind auf einen günstigen Moment lauerte, um sie dann mit einem Schlag zu besiegen.

»Was denkt ihr?«, fragte Sydah.

Als keine Antwort kam, befahl er: »Ihr bleibt zurück!«

Sydah umrundete mit Sturmwind die Feuerstelle.

»Ist es ein magisches Feuer?«, fragte Sydah den Zauberer.

Er schüttelte den Kopf. »Nein, Sydah«, sagte er.

»Eine normale Feuerstelle, keine Dämonen«, rätselte Sydah, »vielleicht hält sich ja nur ein Reisender hier auf«, vermutete er.

Es lag eine bedrückende Stille über Ethyr, selbst der Wind schien die Stätte zu meiden.

»Irgendetwas gefällt mir hier ganz und gar nicht«, sagte Sydah leise und ritt vom Feuer weg, auf seine Gefährten zu.

Das Feuer loderte auf und mitten aus ihm heraus trat ein Mann. »Ihr sucht nach mir?«, fragte er. »Also gut, hier bin ich. Was wollt ihr von mir?«

Sydah riss die Zügel herum und blickte auf das grausilberne Haar des Mannes, das im Widerspruch zu seiner noch jungen Haut stand. Ein eisiges Augenpaar, stechend scharf und alles wahrnehmend, begutachtete Sydah.

»Wer ist denn das?«, fragte Sydah sichtlich irritiert.

»Ein Sandkrieger ist es nicht«, sagte Asbéert.

»Ja, das sehe ich auch. Ich hoffe, es ist kein Feuerkrieger«, spottete Sydah. »Asbéert, kannst du ein Gefäß mit Wasser herzaubern?« Sydah stellte sich im Inneren auf einen Kampf mit dem Fremden ein.

Der Mann trug eine Rüstung, die an Brust, Armen und Beinen aus Metallringen gefertigt war. Sydahs Blick fiel auf das schwarze Wappen, das den Brustpanzer des Fremden schmückte. Es war das gleiche

Wappen, das er auch beim Sandkrieger gesehen hatte.

»Jetzt erkenne ich das Wappen wieder. Oh, Sternengott, es ist schon lange her, als ich es das letzte Mal zu Gesicht bekommen habe.« Der Zauberer fuhr sich mit der Hand durch den langen, weißen Bart. »Er ist ein Wächter der Alten-Welt«, erklärte der Zauberer.

Sydah ritt bedächtig auf den Wächter zu. Die anderen folgten ihm.

Alte Symbole glitzerten auf dem unbekannten Wappen auf, das nun von einem blauen Schimmer umgeben war.

»Sei vorsichtig, Sydah«, ermahnte ihn Yil.

»War der Sandkrieger dein Werk?«, fragte Sydah verärgert, als er mit Sturmwind vor dem Wächter stand.

»Ja«, antwortete der Wächter gelassen. »Es war ein Test.«

»Ein Test?«, fragte Sydah.

»Ja, Sydah, es war ein Test«, antwortete der Wächter wieder.

»Woher kennst du meinen Namen?«, fragte Sydah und starrte ihn an.

»Du trägst das Schwert deines Vaters und du siehst ihm ziemlich ähnlich«, antwortete der Wächter. »Na ja, leider hast du auch seine Manieren geerbt.« Der Wächter legte die Stirn in Falten. »Bist du gekommen, um deinen Eid einzulösen?«, fragte er.

»Was für einen Eid?«, fragte Sydah erstaunt.

»Den deines Vaters«, erwiderte der Wächter.

»Ist da noch mehr von meinem Vater, was ich wissen sollte?«, wandte sich Sydah an den Zauberer.

»Alles zu seiner Zeit, Sydah«, sagte er gemächlich.

Sydah blickte an dem Wächter vorbei, und ein warmes Lächeln zauberte sich auf Sydahs Wangen. Mit spielerischer Geste hob er die Hand. »Verzeiht, edler Wächter, ich würde ja gerne noch etwas plaudern, aber ich habe es eilig. Würdet Ihr bitte für einen Moment beiseite treten?«

»Verspotte ihn nicht!«, warnte Yil.

»Das tue ich nicht, Schwester!«, kam es von Sydah. »Ich wollte nur höflich zu ihm sein.«

Der Wächter verbeugte sich. »Ihr dürft passieren – jedoch Eure Begleiter müssen hier warten!«

Sydah warf einen Blick zurück, über die Schulter.

»Vertraue auf dein Herz, Sydah!«, bekam er vom Zauberer zu hören.

»Der Zauberer ist mir mal wieder eine große Hilfe«, murmelte Sydah schlecht gelaunt.

»Ich trage deinem Bruder sein loses Mundwerk nicht nach – er wird die richtige Entscheidung treffen!«, wandte sich der Zauberer Yil zu.

Wieder blickte Sydah an dem Wächter vorbei und wurde augenblicklich von einer geheimnisvollen Lichtquelle geblendet, die sich irgendwo aus der Ruinenstätte gelöst hatte. Als er den Zauberer darauf ansprechen wollte, war sie auch schon wieder verschwunden.

»Adena?«, flüsterte Sydah, als er glaubte eine Frau zwischen den Ruinen flink und lautlos laufen zu sehen. »Adena?«, hauchte er abermals und war schließlich davon überzeugt, dass sein Verstand ihm einen üblen Streich gespielt hatte.

»Was hast du gesagt?«, fragte Yil besorgt. »Ich werde meinen Bruder nicht alleine lassen«, sagte sie und schloss auf.

Der Wächter zog die Stirn in Falten. »Hast du einen Geist gesehen?«, sprach er Sydah an.

Sydah zögerte. »Es gibt keine Geister«, antwortete er.

»Bist du dir da so sicher?«

»Ja!«

Der Wächter trat einen Schritt vor, und Sydah umfasste den Schwertgriff. »Es gibt Dämonen, und es gibt einen Wächter der Alten-Welt«, sagte er. »Was macht dich dann so sicher, dass es keine Geister gibt?«

Sydah schwieg.

»Wir werden zusammen reiten, Bruder!« Yil wandte sich dem Wächter zu, der sie stumm ansah.

»Yil, dieser Weg ist für mich bestimmt«, sagte Sydah. »Sei mir nicht böse, und sag dem Zauberer, dass ich mein Mundwerk manchmal verfluche.«

Sydah stieg ab und überreichte Yil Sturmwinds Zügel.

»Die schönste aller Blüten am Morgen bist du«, sagte er.

»Schmeichler! Na, geh, schon!«, sagte Yil. »Bevor ich es mir anders überlege.«

***

Sydah folgte dem Wächter. Als sie an einem zerfallenen Brunnen vorbeikamen, der von zahlreichen Steinfiguren umgeben war, blickte Sydah kurz zur Seite. Er wandte sich wieder dem Wächter zu, um ihm eine Frage zu stellen, doch der Wächter verschwand vor seinen Augen. Sydah stolperte zurück – sein Fuß hatte sich in einer herausragenden Wurzel verfangen.

»Aschei!«, fluchte er.

Wieder tauchte die rätselhafte Frau zwischen den Ruinen auf, mit dem Rücken zu ihm.

»Adena«, rief er. »Warte auf mich!«

Die Frau ging weiter, ohne sich nach ihm umzudrehen.

Sydah glaubte, eine flüsternde Stimme zu hören: »All das, was Adena dir erzählt hat und du in deinen Träumen gesehen hast, wird Wirklichkeit werden, Sydah. Du musst den Elb-Holz-Stab schnell finden und nach Briard bringen!«

Dann verschwand die Frau hinter einer großen Ruine – einer alten Gebetsstätte, vermutete Sydah. Wollte sie ihm damit ein Zeichen geben?

Unruhe begann an Sydah zu nagen, als er ihr nachrannte. Er spürte den Atem der Vergangenheit im Nacken – er sah, wie er und Adena am heiligen Fluss Iarseién standen und über die Welt und ihre mysteriösen Dinge sprachen. Am Fluss blickte er tief in ihre großen, wundervollen Augen und sehnte sich nach einem Kuss. Dann flackerte in Sydahs Kopf das Bild seiner Eltern auf. Es war die Erinnerung wie Sydah mit seinen Eltern und seiner Schwester König Oen an einem Festtag besuchten, und er war verärgert über sich, wie er etwas so schönes hatte vergessen können.

Sydah schüttelte den Kopf.

Plötzlich tauchte über den Ruinen ein gewaltiger Drachenkopf auf – schnaufend schwebte er auf Sydah zu. Sydah sah wie gebannt in die feuerroten Pupillen.

»Ich bin ein Drachenmeister«, rief er, »weiche zurück!«

Er glaubte, die ungeheure Hitze des Drachenfeuers auf seiner Haut zu spüren und verbranntes Fleisch zu riechen. Noch ehe er fliehen konnte, schnappte der überdimensionale Drachenkopf zu und verschluckte ihn –

»Sydah!«, hörte er noch die Stimme seiner Schwester nach ihm rufen. »Sydah! Hilf ihm, Zauberer!«

– und einen Lidschlag später befand sich Sydah in einem schmalen Gang, dessen Wände im gelbbraunen Licht brennender Fackeln leuchteten. Verlassen wie eine Begräbnisstätte lag der Gang vor ihm, obwohl er in den kleinen Nischen links und rechts keine Grabkammern vorfand. Als Sydah um die nächste Ecke bog, fand er den gleichen trostlosen Anblick vor.

Fluchend ging Sydah an immer mehr Höhlengängen vorbei, die sich rechts und links auftaten. Wie sollte er hier jemals wieder rauskommen? »Ich bin lebendig begraben!« Doch gerade, als er das letzte Wort ausgesprochen hatte, glaubte er weiter vorne einen blauen Lichtschein an der rechten Wand zu sehen. Sydahs Schritte wurden schneller – er lief, in der Hoffnung, dass er dort einen Ausgang aus dieser verdammten Höhle fand.

Sprachlos stand er vor einer ovalen, blau schimmernden Fläche, die von der Höhlendecke bis zum Boden reichte. Entschlossen nahm er sein Schwert vom Waffengürtel und berührte mit der Schwertspitze die schimmernde Wand. Die Schwertspitze tauchte mühelos hinein, als würde der Fels nicht existieren. Als er das Schwert herauszog, lösten sich kleine seltsame Lichter, die zur Decke schwebten und dort verschwanden.

Sydah steckte das Schwert in die Scheide zurück. Er hatte ein ungutes Gefühl, aber trotzdem ging er auf die blau schimmernde Fläche zu und spürte eisige Kälte, als er hineintrat. Hier ist kein guter

Ort zum Sterben, dachte er, als er von vollkommener Dunkelheit umgeben war. Er hoffte, dass er nicht in irgendeiner Grabkammer gelandet war. Doch der Tod wollte wohl noch nichts von ihm wissen, denn eine riesige Grotte in schwarzweiß tauchte auf: Düster, kalt und steinern. Alles wirkte unrealistisch auf ihn wie in einem Albtraum.

Sydah schloss die Augen und öffnete sie wieder, und als er das zweite Mal die Augen öffnete, zeichneten sich klare Linien und Konturen ab.

Als leidenschaftlicher Maler bewunderte er nun die wunderbaren Höhlengemälde – bunte, farbenfrohe Landschaften; Portraits unbekannter Herrscher; Tiere jeglicher Art, auch solche, die er noch nie zu Gesicht bekommen hatte. Ein brauner, hölzerner Stab lehnte unscheinbar an der Höhlenwand – entlang des Stabes befanden sich fremdartige, bildhafte Schriftzeichen. Sydah trat einen Schritt näher. Ein Knauf, der vermutlich einen Drachenkopf darstellen sollte, fiel ihm ebenso ins Auge, wie das schneeweiße Symbol an der Spitze des Stabes, das sich im Rhythmus eines schlagenden Herzens bewegte.

Sydah war überzeugt, dass er den Elb-Holz-Stab gefunden hatte und wollte nach ihm greifen. Die Verzweiflung schien über seinem Verstand zusammenzuschlagen wie Wellen über einem Ertrinkenden, als er bemerkte, dass er sich nicht mehr bewegen konnte. Es schien ihm so, als hätte ihm jemand Fesseln angelegt, an Armen und Beinen.

Sydah stand da, wie versteinert – völlig wehrlos einem Feind ausgeliefert.

»Sydah Aschaneé! Wie ich sehe, hast du den Weg hierher gefunden«, tauchte neben ihm wie aus dem Nichts der Wächter der Alten-Welt auf. »Nur wer ein Drachenmeister ist und ein reines Herz besitzt, darf diesen heiligen Ort betreten, der im Schutz der Alten-Götter steht.«

Sydahs Starre löste sich wieder auf.

»Wa... äh ich ... «, stotterte Sydah. »Wo sind wir?«, fragte Sydah.

»Unterhalb einer alten Gebetsstätte«, sagte der Wächter. »Lass mich dir etwas erklären, Sydah!«, fing der Wächter an. »Ich habe deinem Vater geschworen, über diesen einzigartigen Elb-Holz-Stab zu wachen.«

»Woher kanntet Ihr eigentlich meinen Vater?«, fragte Sydah, der nun mehr Respekt vor dem Wächter der Alten-Welt hatte. Diese Frage hatte ihm schon bei ihrer ersten Begegnung auf den Lippen gelegen.

»Unterbrich mich nicht, junger Methyser!«, ermahnte der Wächter. »Siehst du das schlagende, weiße Herz?«

Sydah nickte stumm.

»Dies ist ein mächtiger Stab, der ein dämonisches Herz – auch das von höchstem Rang – mit einem Stich für immer auslöschen kann«, erklärte der Wächter. »Methyser, hast du mich verstanden?«, fragte er.

»Ja, natürlich«, erwiderte Sydah, »vorausgesetzt ich komme nahe genug an das Herz heran!«

»Du bist jung, flink und hast Köpfchen«, sagte der Wächter schmunzelnd. »Dir wird schon etwas einfallen.«

»Na, prima. Noch jemand mit klugen Ratschlägen«, fluchte Sydah leise.

Der Wächter murrte: »Das hab ich gehört!«

Ein kurzes Schweigen trat ein.

»Mit diesem Stab kannst du das Unheil von Briard abwenden, das sich gerade über der Stadt zusammenbraut«, sagte der Wächter und überreichte Sydah den Elb-Holz-Stab.

»Ich danke Euch, Wächter der Alten-Welt«, sagte Sydah.

Sydah schossen so viele Fragen durch den Kopf, und er ließ sie auf den Wächter los: »Wie ist eigentlich Euer Name? Welche Frau ist mir in den Ruinen erschienen und warum? Woher kanntet Ihr meinen Vater?«

»Das sind viele Fragen, Sydah –«, sagte der Wächter und runzelte die Stirn, »– ich werde dir die Fragen leider nicht beantworten können. Wir haben keine Zeit dafür.«

»Das hätte ich mir ja denken können«, fluchte Sydah. »Von mir erwartet Ihr Taten, aber Antworten erhalte ich nicht.«

»Geduld, Sydah, ist eine Tugend, die dir noch zu Teil werden muss. Die Antworten auf deine Fragen wirst du gewiss erhalten, Sydah – aber erst später.« Bevor sich der Wächter in Luft auflöste, sagte er noch: »Ich danke dir, Sydah. Ich habe nun mein Gelübde erfüllt und bin von dieser Aufgabe erlöst. Frage den weißbärtigen Zauberer nach den Antworten!«

»Warte, Wächter!«, rief Sydah ihm hinterher. »Wie soll ich aus diesem Grab hier rauskommen?«

»Bardega!«, fluchte Sydah, und im gleichen Moment tauchte wieder der gewaltige Drachenkopf auf.

»Nicht schon wieder«, jammerte Sydah.

Der Drachenkopf verschluckte ihn abermals.

»Aschah Hal«, rief Sydah zur Begrüßung, als er wieder das Tageslicht erblickte und seine Gefährten sah.

»Da ist mein Bruder«, rief Yil erleichtert.

Sydah winkte mit dem Stab und rief: »Ich habe

ihn.«

»Spione!«, rief Asbéert und deutete hinter Sydah.

Sydah drehte sich um und sah direkt vor ihm vier Dämonen. Der massige Anführer trat Sydah knurrend entgegen, zog den Riemen seines schwarzen Hornbrustpanzers fester um seinen mit Muskel bepackten Körper, während Sydah sein Schwert vom Waffengürtel nahm.

»Kommt nur her«, forderte Sydah die Dämonen auf, »und spürt den Stahl meiner Klinge.«

Yil spornte Ada an, und Asbéert fluchte lauthals.

»Aus dem Weg, Yil!«, brüllte er ihr hinterher.

»Duck dich!«, sagte Asbéert zu Tarin, der vor ihm auf dem Barst saß.

Blitzschnell hatte Asbéert den Bogen in der Hand, spannte die Sehne und schickte einen Pfeil auf die Reise, als Yil Ada nach links aus der Schussbahn riss.

Der Pfeil surrte durch die Luft und fand haargenau sein Ziel. Die metallische Pfeilspitze durchdrang mühelos den schwarzen Hornbrustpanzer und durchbohrte das Herz. Der erste Dämon brach tödlich getroffen zusammen. Asbéert war schnell – den zweiten und fast zugleich den dritten Pfeil hatte er losgeschickt. Währenddessen schwang Sydah das Schwert und entwaffnete mit Geschick den Anführer – zeitgleich fielen die beiden anderen Dämonen tödlich von Asbéerts Pfeilen getroffen zu Boden.

»Das war knapp«, hauchte Sydah.

»Alles in Ordnung, Bruder?«, fragte Yil besorgt.

»Ja«, schnaufte er und gab seinen Gefährten ein Handzeichen, dass sie sich nicht einmischen sollten.

»Und jetzt zu dir«, wandte sich Sydah dem Anführer zu. Erst jetzt legte er den Elb-Holz-Stab aus der Hand und trat dem Dämon entgegen. »Heb dein Schwert auf!«, befahl er.

Der Dämon nahm zögernd sein Schwert. Mit seinen dunklen Augen visierte er Sydah an und mit Wutgebrüll stürzte er sich auf ihn. Sydah wich zurück und entkam nur knapp dem Schwerthieb. Der Dämon taumelte. Sydah nutzte die Gelegenheit und schwang das Schwert. Er visierte den schwarzen Helm des Feindes an. Die Klinge traf mit voller Wucht den Nasenschutz und drückte ihn in das Gesicht.

»Komm schon!«, forderte Sydah seinen Gegner auf. »Bringen wir es zu Ende!«

Der Dämon nahm den Helm mit dem Nasenschutz ab und warf ihn wütend beiseite. Er rieb sich das dunkle Dämonenblut aus dem Gesicht und stürzte sich zugleich auf Sydah. Der Dämon führte kurze, schnelle Hiebe aus. Sydah kam nicht mehr dazu seinen Feind anzugreifen. Er musste all sein Geschick dazu verwenden, um die feindlichen Attacken abzuwehren. Die wütenden Schreie seines Gegners kamen ihm zu Ohren.

Sydah stach zu und traf das Handgelenk seines Gegners, der das schwere Schwert sofort fallen ließ. Noch bevor Sydah einen Hieb nachsetzen konnte, bekam ihn der Feind zu packen. Mit schwellenden Armmuskeln schleuderte der Dämon ihn zur Seite, und Sydah verlor sein Schwert. Sydah schien etwas hilflos zu blicken – vermutlich war er erstaunt über den Wandel des Kampfverlaufs. Während Sydah versuchte sich aufzurichten, tropfte Blut aus seiner Nase zu Boden und versickerte im sandigen Untergrund. Der Feind kam auf ihn zu und es schien, als wolle er ihm sämtliche Knochen im Leib brechen. Asbéert zog einen Pfeil aus dem Köcher. Bevor er den Pfeil losschicken konnte, hechtete Sydah auf sein Schwert zu, packte es, machte eine Rolle vorwärts und stand mit erhobenem Schwert direkt vor seinem Feind.

»So, jetzt können wir es endlich zu Ende bringen!« Sydah grinste siegesgewiss.

Aber anstatt zu kämpfen, floh der Dämon.

Asbéert hob seelenruhig den Bogen und zog die Sehne zurück, bis zu seinem rechten Ohr. Seine Augen suchten das Ziel, dann ließ er die Sehne los und schoss den Pfeil ab.

Asbéert senkte den Bogen und ritt mit dem Zauberer zu Sydah und Yil.

»Er hätte sonst seinen Dämonenherrn gewarnt«, sagte Asbéert.

Sydah nickte ihm zu.

»Die Diener der Dämonenherrscher können wir mit Pfeil, Schwert und Speer töten«, sagte der Zauberer, »jedoch für die Herrscher reichen solche Waffen nicht aus. Sie können wir nur durch Magie oder mit dem Elb-Holz-Stab auslöschen.«

Sydah hob den Elb-Holz-Stab auf.

»Hier«, sagte der Zauberer und übergab Sydah Sturmwinds Zügel.

Sydah wandte sich Asbéert zu. »Danke, Asbéert«, sagte er, »ohne dich wäre der Dämon ...«

Asbéert winkte ab und sagte: »Dir wäre schon etwas eingefallen.«

»Wo ist das ganze Gold? Die vielen Edelsteine? Der große Schatz?«, fragte Tarin aufgeregt, der nun hastig von Asbéerts Barst abstieg und vor Sydah trat. »Wo ist er denn, der Schatz?«

»Es tut mir leid, Tarin, aber es gibt kein Gold und keine Edelsteine«, sagte Sydah.

Yil, die neben ihrem Bruder stand und Adas Zügel hielt, trat einen Schritt vor und legte den linken Arm auf Tarins Schulter. »Mir tut es auch leid für dich, aber wir sind deine Freunde, und zusammen werden wir einen Weg finden, damit Abaddon deine Seele nicht erhält«, sagte sie.

»Wir müssen los!«, drängte der Zauberer.

»Du bist mir eine Erklärung schuldig, Zauberer«, sagte Sydah.

»Später, Sydah, später«, winkte er ab. »Jetzt müssen wir dringend nach Briard.«

»Wenn du möchtest, kannst du bei mir mitreiten, Tarin«, sagte Yil.

Dann traten sie den Rückweg an – natürlich beschwor der weißbärtige Zauberer den Wegzauber herauf. Tarin fluchte lauthals, genauso wie Sydah, doch er wusste, dass sie ohne den Wegzauber Briard niemals rechtzeitig erreichen würden.

Tag der Vergeltung

8 »Hättest du uns nicht näher an Briard heranbringen können, Zauberer?«, murrte Sydah.

»Ich habe dir ja gesagt, dass kleinere Abweichungen bei einem Wegzauber möglich sind.«

»Jedenfalls haben wir unser Versprechen dem König gegenüber gehalten und den Elb-Holz-Stab gefunden«, sagte Sydah, als sie auf einen Bergkamm östlich von Briard zuritten.

»Ja, aber hoffentlich kommen wir nicht zu spät.«

»Warum bist du so betrübt, Zauberer?«

»Ich hab nur so ein Gefühl, Sydah.« Der Blick des Zauberers wirkte leer. »Nur so ein Gefühl«, wiederholte er.

Yil spornte Ada an und schloss zu ihrem Bruder auf.

»Wir werden unsere Waffen gegen die Dämonen erheben und ihnen zeigen, dass sie hier unerwünscht sind«, sagte Yil. »Nicht wahr, Bruder?«

Sydah nickte. »Ja«, sagte er nur, die Worte des Zauberers hatten ihm zu denken gegeben.

Die Nachmittagssonne wurde immer wieder durch dicke, dunkle Gewitterwolken verdeckt.

»Hoffentlich hält sich das Wetter«, kam es von Asbéert.

»Über das Wetter, Asbéert, würde ich mir keine Gedanken machen«, sagte der Zauberer.

Sydah spürte, dass der Zauberer irgendetwas verschwieg. Als er den Zauberer darauf ansprechen wollte, erreichten sie den Bergkamm.

Ein Dämonenheer – gewaltiger als alle Heere von Estalor – marschierte von Süden auf die Stadt zu. »Das wird kein Kampf, das wird ein Gemetzel«, fluchte Sydah und zog sein Schwert. »So ein gewaltiges Heer habe ich noch nie gesehen!«

»Ruhig Blut, Sydah«, ermutigte ihn der Zauberer. »Mit deinem Schwert kannst du wohl kaum etwas gegen diese Übermacht ausrichten. Hier ist deine Klugheit und Flinkheit gefragt –«

»– und mein Elb-Holz-Stab«, beendete Sydah den Satz des Zauberers. »Es wird Zeit für mich, meine nächste Aufgabe zu erfüllen und ...«

»Das Wetter ändert sich rasch«, unterbrach Asbéert und sah besorgt nach Norden. Eine düstere Wolkenfront kam von dort auf sie zu.

Sydah beugte sich im Sattel vor. »Du hast gewusst, dass sich ein so mächtiges Dämonenheer Briard nähert, nicht wahr, Zauberer?«

»Der Wind hat es mir erzählt«, gab er zu, »jedoch habe ich nicht alles verstanden, was er mir zu sagen hatte, deswegen habe ich geschwiegen.«

»Wir sollten uns dem kleinen Hügel dort nähern und uns in Stellung bringen«, schlug Asbéert vor.

Sydah blickte nach Süden.

»Gut, Asbéert, aber wir kommen ziemlich nahe an Briard heran. Die Dämonen könnten uns entdecken«, warnte Sydah.

»Wir werden sterben, nicht wahr?«, fragte Tarin mit ängstlicher Stimme an Yil gewandt.

»Wie kommst du denn darauf, Tarin?«

»Ich habe Angst, Yil. Große Angst.«

»Ich auch, Tarin«, gab sie zu.

»Gut, reiten wir«, sagte Sydah und ritt langsam voran.

»Mut hat Sydah, das muss ich zugeben«, hörte Sydah den Zauberer sagen. »Aber Geduld fehlt ihm – und die wird er brauchen.« Der Zauberer dachte wohl, dass er außer Hörweite wäre, ging es Sydah durch den Kopf.

Asbéert, Yil und der Zauberer folgten Sydah schnell, als er Sturmwind anspornte.

Sydah hatte den kleinen, felsigen Hügel erreicht und versuchte seine Gefühle zu ordnen. Als er sich mit der Handfläche über das Gesicht fuhr, bemerkte er, dass er sich seit mehreren Tagen nicht mehr rasiert hatte.

»Ich würde zu gerne wissen, was in Briard vor sich geht«, sprach Sydah den Zauberer an.

»Es gibt da eine Möglichkeit.« Der Zauberer überlegte.

»Ja, ich höre.« Sydah war gespannt, was der Zauberer für einen Vorschlag machen würde.

»Ich werde einen Verbindungszauber ausführen, der deinen Geist mit dem des Königs verbindet. Vielleicht hilft uns das weiter.«

»Dann leg mal los, Zauberer«, sagte Sydah schnell. »Werde ich auch mit dem König reden können?«

»Du wirst nur sehen und hören können, was der König erlebt. In das Geschehen einmischen kannst du dich nicht.«

»Und warum geht das nicht?«, fragte Sydah.

»Sieh es mal von der guten Seite, Sydah«, kam es von Asbéert, »wenn du nur sehen und hören kannst, was der König erlebt, dann besteht auch nicht die Gefahr, dass du getötet wirst.«

»Ist das so?«, wandte sich Sydah dem Zauberer zu.

»Ja, das stimmt«, sagte er und begann mit der Vorbereitung.

Ein langer Moment verstrich, während Sydah auf Sturmwind saß und der Zauberer den Zauberstab kreisförmig schwang. »Ishane isha Shane«, flüsterte der Zauberer und abermals schwang er kreisförmig den Stab. Ein weiterer Augenblick verging, bis Sydah sah, wie sich die Welt langsam aufzulösen schien. Die Hügel, die sich hinter Briard erhoben, verschwanden, dann verschwand auch die Stadt. Er blickte zu Yil, die ihm nun durchsichtig erschien. Dann war alles um ihn herum verschwunden, und im nächsten Augenblick nahm er wie durch einen Schleier wahr, was der König gerade erlebte.

***

König Oen stand auf dem südlichen Wehrgang und beobachtete, wie sich das Dämonenheer Briard näherte. Die Wetterlage hatte sich rasant verschlechtert, und im fahlen Licht des wolkenverhangenen Himmels und des aufsteigenden Nebels war die Anzahl der dämonischen Krieger nur noch zu erahnen. Doch Sydah wusste, dass der König weise genug war, um seine Schlüsse aus dem Getöse der Feinde zu ziehen. Ein gewaltiges Heer musste sich in den Nebelbänken vor der Stadt versammelt haben.

»Mögen uns die Götter in diesem Kampf beistehen«, sagte der König und warf seinen Soldaten einen Blick zu. »Ich denke, dass sich die Dämonen formieren und schon bald die erste Angriffswelle auf uns zukommt, also haltet euch bereit!«, rief der König seinen Soldaten zu.

Als ein lautes Zischen irgendwo im Nebel erklang, griff eine Dämoneneinheit Briard an.

König Oen hob den Arm, und die Trompeter gaben

das Signal. Die Bogenschützen traten an die Brustwehr und nahmen ihre Bögen zur Hand.

Tourag stand mit seinem Kurzbogen direkt neben
dem König.

Der König wandte sich Tourag zu. »Es geht gleich
los.« Dann sah er, wie Ian und seine Söldner kamen
und sich hinter ihm und Tourag stellten.

»Warum seid ihr hier, Ian?«, fragte der König.

»Wir wollen den Angriff von hier aus beobachten«, gab Ian zu verstehen, »und falls die Dämonen
die Mauern überwinden sollten, werden wir sie mit
unseren Schwertern und Äxten zurücktreiben.«

Der König nickte.

»Sollen sie nur kommen, ich bin bereit«, knurrte
Tourag und spannte den Bogen.

»Du sollst noch nicht schießen!«, ermahnte Ian
ihn.

Tourag brummte.

»Verschwende keinen Pfeil und warte auf das Zeichen des Königs!«, wandte ein anderer Söldner ein.

Widerwillig senkte Tourag den Bogen.

Der stämmige Ian zog aus der Hosentasche ein Medaillon, auf dem das Abbild des Sternengottes zu
sehen war.

»Sternengott, beschütze uns in dieser schweren
Zeit«, betete er.

»Ich wusste gar nicht, dass du gläubig bist«,
wandte sich Tourag Ian zu. Sydah nahm wahr, dass
der König einen kurzen Blick auf das Medaillon
warf.

Ian hob die Schultern. »Ich bin ein Söldner und
töte. Ich verstoße oft gegen die heiligen Schriften, ja, das tue ich, Tourag, jedoch meinen Glauben habe ich nicht verloren«, machte er Tourag
deutlich, »und außerdem setzen ich und meine

Männer unsere Waffen nur ein, um unser Land zu verteidigen und es sicherer zu machen.«

Sydah erinnerte sich, wie er Ian und seine Söldner in der Taverne kennengelernt hatte. Dass Ian an den Sternengott glaubte, hätte er nie für möglich gehalten. »Ja, schon gut, Ian«, winkte Tourag ab. »Ich wollte dir nicht zu nahe treten, wirklich. Ich weiß ja, dass du kein schlechter Orchanter bist und niemals einen Unschuldigen töten würdest.«

Die Dämoneneinheit war schon gefährlich nahe an Briard herangekommen.

»Der Sternengott möge uns allen beistehen«, sagte der König und senkte den Arm. Das Trompetensignal verstummte sofort. Die Bogenschützen spannten die Sehnen. Einen Herzschlag später jagten Armbrustbolzen über die Köpfe der Bogenschützen hinweg oder schlugen in die Brustwehr ein. Sydah schreckte zurück, als der König einem feindlichen Armbrustbolzen auswich. Um ein Haar hätte das Geschoss die rechte Schulter des Königs durchbohrt. Die Bogenschützen ließen die Sehnen los und erwiderten das Feuer.

»Überschüttet sie mit Pfeilen!«, spornte König Oen sie an. Ein Surren und ein Hagel aus hölzernen Pfeilen ergoss sich über das dämonische Heer. Viele Pfeile prallten wirkungslos an den schwarzen Hornbrustpanzern ab; andere wiederum fanden ihr Ziel und bohrten sich durch die Hornbrustpanzer oder trafen das ungeschützte Gesicht oder den Hals des Feindes – hunderte Dämonen fielen getroffen zu Boden. Sydah sah mit Erleichterung zu, wie der Pfeilhagel den ersten Ansturm ins Stocken geraten ließ.

Die Ebene vor dem Festungswall war von unzähligen Toten übersät. Doch die Dämonen formierten sich bereits erneut und starteten die zweite Angriffswelle.

»Warum benutzt der dämonische Anführer nicht seine magische Macht, um den Festungswall zu zerstören?«, fragte Ian. »Es ist kein Zauberer in der Stadt, der ihm entgegentreten könnte.«

»Ich vermute, dass der weißbärtige Zauberer zurückgekehrt ist. Er ist irgendwo dort draußen und hindert den Dämonenanführer genau das zu tun«, antwortete der König.

Der König gab das Zeichen und wieder verstummte das Trompetensignal. Die Bogenschützen spannten die Sehnen, und Augenblicke später surrten die Pfeile wie ein Hagelschlag vom Himmel herab, auf das dämonische Heer zu.

»Kommt nur her, ihr Bastarde«, rief Tourag über die Brustwehr, spannte die Sehne und schickte einen Pfeil los. »Ich habe noch genug davon, kommt nur her.« Der Pfeil durchdrang den Hals, und der Dämon fiel wortlos zu Boden. Tourag spannte die Sehne erneut und wieder traf sein Pfeil.

»Ein Glück für uns, dass nicht alle Dämonen magische Kräfte haben«, sagte ein anderer Söldner.

»Ja, sie sind genauso sterblich wie wir – das ist gut so«, lächelte Tourag und spannte den Bogen erneut.

»Ja, mein Freund, da haben wir wirklich großes Glück«, sagte Ian zu dem Söldner, und aus dem Augenwinkel sah der König, wie Ian dem Söldner die Hand auf die Schulter legte. »Wenn alle Dämonen magische Fähigkeiten besitzen würden, dann könnten wir uns schon mal auf einen Platz im Himmel einstellen ...«

»... oder in der Hölle, wer weiß das schon«, unterbrach Tourag und schoss zeitgleich einen Pfeil ab, der sein Ziel fand.

Als sich auch die zweite Angriffswelle geschlagen zurückzog, wollte Sydah vor Freude jubeln und etwas sagen, doch dann wurde ihm bewusst, dass niemand ihn sehen und hören konnte. Der König nickte zufrieden den Bogenschützen zu.

»Beim Sternengott, ja, wir werden euch Bastarde zur Strecke bringen«, rief ein Söldner den Dämonen nach und stand dabei direkt hinter dem König, »und ich werde euch euer dämonisches Rückgrat durch euren verdammten Hals aus dem Körper reißen und ihn an ein Rudel Knorts verfüttern.«

»Entschuldigt, mein König«, sagte der Söldner und verbeugte sich leicht, als sich der König ihm zuwandte.

»Ihr braucht Euch nicht zu entschuldigen, Soldat. Ich würde dasselbe tun«, sagte der König.

»Niemand verlässt seinen Posten. Pfeile auffüllen!«, rief der König und sprach zu Ian. »Über die Leichtigkeit mit dem wir den Feind vertrieben haben, können wir uns freuen, aber das ganze kommt mir tückisch vor.« Der König spähte über die Brustwehr. »In einem Turnier als Sieger herauszugehen ist schwieriger, als das dämonische Heer abzuwehren. Wir sollten auf der Hut sein!« Sydah glaubte Besorgtheit in der Stimme des König zu hören.

Nach kurzer Zeit bestätigte sich die Sorge des Königs, denn es kamen immer mehr Dämoneneinheiten aus allen Himmelsrichtungen herbei und sammelten sich in den Nebelbänken, südlich der Stadt.

***

Sydah schreckte hoch, als der Zauberer den Verbindungszauber löste.

»Die Dämonen sammeln sich im Süden.« Sydah erbleichte, und das Entsetzen stand in seinen Augen. »Das dämonische Heer ist gewaltig.«

»Ja, ich weiß, Sydah. Ich denke, dass es bis zum Morgen dauern wird, bis sich das Dämonenheer ganz gesammelt und formiert hat«, sagte der Zauberer. »Es wird mit all seiner Kraft zuschlagen, und dann werden wir sehen, wer als Sieger aus dieser Schlacht hervorgeht.«

»Bis es soweit ist, sollten wir hier unser Nachtlager aufschlagen und uns etwas ausruhen«, schlug Asbéert vor.

Yil nahm den zitternden Tarin in den Arm.

»Mir ist kalt, und ich habe Angst, Yil«, wimmerte Tarin.

»Ein wärmendes Feuer werden wir wohl jetzt nicht machen können«, sagte Asbéert. »Nehmt die Felle und Decken für die Nacht!«

»Eine schöne warme Decke für Tarin?« Tarin streichelte über die flauschige Decke und stand mit halb offenem Mund vor Asbéert, dann sagte er verwundert: »Oh, die ist tatsächlich für mich? Danke Asbéert.« Tarin nahm die Decke freudig entgegen und legte sich auf den Boden mit dem Kopf auf ein Stück Holz. Lange Finger zogen die Decke über das spitze Kinn und rabenschwarze Glubschaugen sahen in den wolkenverhangenen Abendhimmel. »Zu unserem Glück ist der Regen ausgeblieben.« Tarin richtete sich auf und drehte sich Yil zu, die ein Stück weiter neben ihm saß. Asbéert reichte ihr gerade ein Fell.

»Der Sternengott hat es gut mit uns gemeint«, sagte sie zu Tarin.

»Ja, das hat er.« Tarin sah zu Sydah, der Wasser aus einem Lederbeutel trank. »Willst du auch einen Schluck?«, fragte Sydah.

»Nein danke, Sydah. Ich habe keinen Durst«, antwortete Tarin und wandte sich wieder Yil zu. »Morgen steht uns eine große Schlacht bevor. Tarin fürchtet sich vor den Dämonen, Yil«, sagte er und fuhr hoffnungslos fort: »Es sind viele Dämonen, zu viele, um sie zu besiegen. Myr ist gnadenlos, und wenn Abaddon hier auftauchen sollte, ist Tarin verloren – wir sind alle verloren.«

»Lass den Kopf nicht hängen, Tarin. Wir werden uns den Dämonen stellen und mit Hilfe des Sternengottes werden wir siegen.« Zuversicht schwelgte in Yils Stimme, trotzdem konnte sie Tarin die große Angst nicht nehmen.

Nahe des Lagers heulte ein Tier. Tarin zog sich die Decke hoch, bis zu seinen Glubschaugen und zitterte am ganzen Leib.

»Komm zu mir, Tarin«, sagte Yil.

Das ließ sich Tarin nicht zweimal sagen. Schnell huschte er mit seiner Decke zu Yil. »Du kannst mit unter meine Decke, wenn du willst«, sagte Tarin mit schüchternem Blick.

Yil lächelte. »Gerne«, sagte sie, und so langsam verschwanden Tarins Ängste.

»Und der Sternengott ist wirklich auf unserer Seite?«, fragte Tarin.

»Ja, das ist er, Tarin«, sagte Yil.

Sydah schüttelte den Kopf. »Meine Schwester behandelt Tarin, als wäre er ihr Sohn«, sagte Sydah spöttisch.

»Was ist denn so falsch daran? Sie ist fürsorglich, verständnisvoll und hat den kleinen Tarin in ihr Herz geschlossen«, sagte der Zauberer. »Deine

Schwester hat eine gute Seele.«

Sydah hob die Schultern und schwieg.

»Deine Bitterkeit wird dir eines Tages zum Verhängnis werden«, sagte der Zauberer in einem ruhigen Ton. Sydah starrte ihn dabei verständnislos an. »Was hast du denn gegen Tarin?«, fragte der Zauberer.

»Nichts.« Sydah sah zu Tarin und Yil. »Vielleicht anfangs, ja, dann aber ...« Sydah legte eine Pause ein und wandte sich wieder dem Zauberer zu. »Tarin ist in Ordnung, denke ich.«

»In Ordnung?«

Sydah atmete tief durch. »Ich habe Tarin falsch eingeschätzt«, gab Sydah zu. »Er ist nicht das Monster, für das ich ihn anfangs gehalten habe. Auch ich hab ihn mit der Zeit etwas in mein Herz geschlossen.«

Der Zauberer nickte ihm zufrieden zu und sagte: »Das ist gut so, Sydah.«

»Tarin hat uns erzählt, dass du ihm eine Seele gegeben hast.«

»Ach, ja, hat er das?«

»Sollte er das nicht tun?«

»Doch, natürlich, ihr seid seine Freunde«, sagte der Zauberer, »und seinen Freunden sollte er es erzählen dürfen.«

»Wenn Tarin seine Seele tatsächlich verlieren sollte«, fing Sydah an und fuhr nach einer Atempause fort, »kannst du ihm dann keine neue Seele geben?«

»Nein, Sydah, das geht leider nicht.«

»Warum?«

»Es geht nicht.«

»Aber, wenn du ...«

»Es geht wirklich nicht, Sydah. Ich würde es sofort tun, glaube mir. Ich habe Tarins Leben eine Seele eingehaucht, ja, aber das konnte ich nur tun, weil er keine Seele hatte – jetzt aber hat er eine Seele, und somit bin ich machtlos ihm eine neue Seele zu geben, Sydah. Es tut mir genauso leid wie dir, dass Tarin seine Seele Abaddon versprochen hat.«

»Er sagte, er hätte jemandem das Leben gerettet, und dass er deswegen seine Seele verlieren wird, das ist doch ungerecht.«

»Ich weiß«, sagte der Zauberer.

»Weißt du auch, wem er das Leben gerettet hat?«

Der Zauberer zuckte mit den Schultern. »Nein.«

Sydah fand sich mit der Antwort des Zauberers ab, obwohl er das Gefühl hatte, dass der Zauberer wieder einmal mehr zu wissen schien, als er zugab.

»Ich... Ich... habe –«, Sydah rieb sich die Augen vor Müdigkeit, »– ich glaube, ich habe, Adena in den Ruinen von Ethyr gesehen. Wie ist so etwas nur möglich, Zauberer?«, flüsterte er.

»Es könnte ein Trugbild gewesen sein, Sydah.«

»Nein, das denke ich nicht. O mein Sternengott, ich würde alles dafür geben, um sie noch einmal zu sehen«, betete er.

»Vielleicht war dort wirklich jemand, der Adena ähnlich sah.« Der Zauberer klang nicht sehr überzeugend.

Sydah stutzte. »Ich konnte ihre Anwesenheit spüren, Zauberer. Sie war dort.«

Der Zauberer fuhr sich mit der Hand durch den langen Bart. Über seine Lippen wollte gerade eine Erklärung kommen, doch Sydah fuhr ihm ins Wort: »Der Wächter hat mir gesagt, dass du mir meine Fragen beantworten kannst. Ich fragte ihn, wie sein Name ist und welche Frau mir in den Ruinen erschienen ist und woher der Wächter meinen Vater kannte – also.« Sydah forderte den Zauberer auf, ihm die Antworten zu geben.

»Ich könnte dir den Namen des Wächters verraten – aber wofür brauchst du ihn? Er ist der Wächter der Alten-Welt, das genügt doch vollkommen. Namen sind nicht von Bedeutung, Sydah, ich bin doch auch nur der weißbärtige Zauberer für dich. Oder kennst du meinen wirklichen Namen, Sydah? Hat er dich je interessiert? Nein – sonst hättest du mich doch danach gefragt. Für dich bin ich der weißbärtige Zauberer, und er ist halt der Wächter der ...«

Der Zauberer schwieg und versuchte Sydahs Blick auszuweichen.

»Warum sagst du mir nicht, was ich wissen will? Du redest nur wirres Zeug, Zauberer.«

»Geduld, Sydah. Du musst dich in ...«

»Hör auf über meine Geduld zu reden, Zauberer«, fuhr Sydah ihn verärgert an.

Yil und Tarin sahen Sydah entrüstet an. Asbéert, der die Barste versorgte, hob den Blick.

»Jeder sagt mir, dass ich mich in Geduld üben muss – das mag ja auch sein. Aber morgen schon könnte ich im Kampf sterben, und ich würde gerne vorher wissen, was du über Adena und meine Eltern zu sagen hast!«

Sydah wandte sich seiner Schwester zu. Er spürte, wie sich ihr Blick in seinen Nacken bohrte, und er sah auch Tarins verärgerte Miene. »Ich habe ein Recht zu erfahren, was er über Adena und unsere Eltern weiß!« Dann wandte sich Sydah wieder dem Zauberer zu.

»Du hast Freunde, die dich beschützen werden, und du hast den Elb-Holz-Stab in deinem Besitz – ich bin davon überzeugt, dass du die Schlacht überleben wirst.«

»Bist du jetzt auch schon unter die Wahrsager gegangen, Zauberer?« Die Verärgerung in Sydah wuchs, dennoch bereute er sogleich die Worte, die er dem Zauberer an den Kopf geworfen hatte. Sollte er sich bei dem Zauberer entschuldigen?

»Du vergreifst dich in deinem Ton, Bruder!« Sydah beachtete die Bemerkung seiner Schwester nicht.

»Ich kann dir – nein, darf dir im Augenblick nichts preisgeben, Sydah, aber glaube mir, eines Tages wirst du alles in Erfahrung bringen.«

Sydah wartete einen Moment und legte sich wortlos hin. Es hatte keinen Zweck den Zauberer weiter zu befragen. Er würde ihm derzeit keine Antworten geben.

»Sei nicht wütend auf mich, Sydah«, sagte der Zauberer.

Sydah blieb stumm und starrte gedankenvoll in den wolkigen Abendhimmel.

»Gut, wenn du nicht mehr mit mir reden ...«, sagte der Zauberer in ruhigem Ton.

»Ich bin nicht wütend auf dich. Es ist nur ...« Sydah suchte nach den richtigen Wörter.

»Wir sollten jetzt etwas Ruhe finden«, sagte der Zauberer.

»Ich muss mich bei dir entschuldigen«, sagte Sydah.

Der Zauberer nickte zufrieden. »Es gibt nichts, wofür du dich entschuldigen musst, Sydah. Ich kann dich verstehen – an deiner Stelle würde ich auch auf Antworten beharren.«

Sydah sah zu Asbéert, der den Bogen in der Hand hielt und sich neben seiner Decke niederließ. Asbéert bog den Bogenschaft und hing die Sehne aus

158

den eingekerbten Hornspitzen.

»Das ist ein guter Bogen.« Sydah suchte ein Gespräch mit ihm.

»Ja, das ist er«, erwiderte Asbéert und fuhr mit der Hand über die kräftige Mitte.

»Ich habe ihn von meinem Bruder bekommen«, sagte Asbéert. »Er war Bogenmacher.«

»Er war?«, fragte Sydah. »Was ist geschehen?«

»Die meisten Bögen für den König werden in Aradil hergestellt«, fing Asbéert an und rückte seinen Spitzhut zurecht, »aber die besten Bögen kamen aus Aharon, und das sage ich nicht nur so, weil es mein Bruder war, der die Bögen hergestellt hatte.« Asbéert trank einen Schluck Wasser aus dem Lederbeutel, bevor er weitersprach. »Mein Bruder verarbeitete die Margutbäume, die weit in einem südlichen Land geschlagen wurden, wo die Sonne heller scheint. Er nahm das Stammholz dieser Bäume und fertigte daraus die Bögen an.« Asbéert umfasste den Bogen mit seiner linken Hand. »Siehst du, wie feinporig das Holz ist, und es hat keinerlei Ansätze.« Asbéert ließ seine Hand über das tiefbraune Holz gleiten. »Der Bogenschaft besteht aus einem einzigen wundervoll geglättetem Stück Holz«, schwärmte er. »Das Holz ist sehr schwer zu bearbeiten. Es gibt nur wenige, die einen so beeindruckenden Bogen aus dem Margut erschaffen können, und das wusste auch der König zu schätzen.« Asbéert rollte die Sehne auf und steckte sie in einen Beutel. Es war für den Bogen besser, wenn er nicht die ganze Zeit unter Spannung stand. »Die Dämonen fanden heraus, dass mein Bruder die Bögen anfertigte, mit denen man weit und genau schießen konnte – und die Pfeile, die ebenfalls aus dem Margut gemacht wurden, durchdrangen mit ihren metallischen Pfeilspitzen mühelos die dämonischen Hornbrustpanzer. Und so kam es schließlich, dass die Dämonen ihn und seine Familie töteten und sein ganzes Hab und Gut verbrannten.«

»Das tut mir wirklich leid, Asbéert«, sagte Sydah.

»Es ist schon eine lange Zeit her, und ich habe mich mit seinem Tod abgefunden«, sagte Asbéert. »Der Sternengott hat den Bogen erschaffen, hat einmal eine Zauberin aus Methys gesagt ...«

»Ja, ich weiß, Asbéert, und sie sagte, dass sich der Bogen den Schützen aussucht und mit ihm eine Verbindung eingeht – der Bogen und der Schütze werden unzertrennlich – ein Leben lang.«

»Kennst du die Zauberin persönlich?«, fragte Asbéert neugierig.

»Ja, ihr Name war Adena.«

Asbéert lauschte.

»Ich wollte sie zur Frau nehmen.« Sydah schluckte. »Myr hat sie getötet.«

»Die verdammte Dämonenbrut«, fluchte er. »Wir beide haben großen Kummer erlitten.«

»Ja, das haben wir«, sagte Sydah. »Aber Adena ist noch nicht ganz von mir gegangen.«

Asbéert nickte verständnisvoll und sagte: »Ja, es gibt Geschichten über Geister, die in der Zwischenwelt verweilen und nicht ins Licht gehen können, weil sie noch nicht bereit dafür sind. Adenas Geist ist vielleicht in der Zwischenwelt geblieben, um dich zu beschützen.«

Sydah sah verwirrt aus. »Du glaubst doch nicht etwa an Geister, Asbéert?«

Asbéert legte seinen Spitzhut ab und schwieg.

»Ich glaube, da hast du mich eben falsch verstanden, Asbéert. Ich träume sehr oft von Adena, und an manchen Tagen sehne ich mich so stark nach ihr, dass ... es klingt vielleicht verrückt ... aber es ist dann so, als wäre sie ganz nahe bei mir. Jedoch, dass Adena jetzt ein Geist sein soll, das kann ich nicht glauben«, erklärte Sydah.

Asbéert nickte. »Vermutlich hast du Recht, Sydah, und es gibt keine Geister«, sagte er, »aber was wäre, wenn es sie doch gäbe?«

»Was sollte schon sein?«, sagte Sydah und schüttelte den Kopf. »Sie sind tot.«

Asbéert zupfte sich am Ohr. »Wir sollten schlafen, damit wir morgen ausgeruht in den Kampf ziehen können.«

»Ja«, erwiderte Sydah und dachte noch eine Weile über die Worte von Asbéert nach.

Als der Zauberer den Schutzzauber über das Lager gelegt hatte, dauerte es nicht lange, bis alle eingeschlafen waren.

***

Das Grau der Morgendämmerung löste sich langsam auf. Sydah stand bereits auf dem Hügelkamm und sah nach Briard. Die Bogenschützen sammelten sich an der Brustwehr und erwarteten den Angriff der Dämonen.

»Ich weiß nicht, ob ich Myr die ganze Zeit in Schach halten kann.« Der weißbärtige Zauberer trat an Sydahs Seite. Der leichte Nordwind spielte mit seinen schulterlangen, grauen Haaren.

Sydah wandte sich ihm zu.

»Myrs schwarze Magie ist stark, Sydah.«

»Deine Magie ist stärker, Zauberer«, sagte Sydah überzeugt, »du wirst nicht zulassen, dass Myr die Oberhand gewinnt, das weiß ich.«

»Danke für dein Vertrauen, Sydah«, sagte der Zauberer, »aber wenn es zum Kampf kommt, solltest du Myr so schnell wie möglich ...«

Sydah winkte ab. »Myr kann dich nicht bezwingen, Zauberer. Die Bogenschützen werden die Dämonen in Schach halten. Und falls die dämonische Armee doch den Festungswall überwinden sollte, erwartet sie eine erfahrene Truppe Schwert- und Lanzenkämpfer.« Sydah hob den Elb-Holz-Stab. »Und ich werde Myrs dämonisches Leben ein Ende setzen.«

»Deine Einstellung gefällt mir, Sydah.« Asbéert kam mit lautlosen Schritten an und legte Sydah die Hand auf die Schulter. »Wir werden sie bezwingen, gemeinsam.«

Yil und Tarin kamen hinzu. »Ja, das werden wir, Bruder.«

Tarin sah Sydah an, dann Asbéert und schließlich den Zauberer. »Ja, wir werden sie schlagen – hoffe ich.«

»Sei unbesorgt, Tarin, das wird schon werden«, sagte Asbéert.

Aus den Nebelbänken schälte sich ein gewaltiges, dämonisches Reiterheer heraus, das sich auf Briard zubewegte.

»Höllenbarste«, hauchte Sydah. Er hatte schon aus Erzählungen von ihnen gehört, aber noch nie einen zu Gesicht bekommen. Ihn fröstelte es beim Anblick der Reittiere mit dem schwarzen, glatten Fell, der schwarzen Mähne und dem widerlichen Totenschädel. Die leeren Augenhöhlen glühten rötlich, als würde ein Feuer in ihnen brennen.

Die königlichen Bogenschützen legten ihre Pfeile an, doch die Reitereinheit blieb aus der Schussweite. Die Schädel der Höllenbarste hoben sich, und ein tiefes Schnaufen drang in Richtung Briard.

Allmählich lösten sich die Nebelbänke auf, und nun sahen Sydah und seine Gefährten, welch ein gewaltiges, dämonisches Heer sich dort gesammelt hatte und auf Briard vorrückte. Myr bewegte sich geschmeidig über den Boden fort, an der Spitze des Heeres.

»Die Schlacht wird bald beginnen«, sagte der weißbärtige Zauberer. »Möge der Sternengott –«

»– und deine Magie uns beistehen«, beendete Sydah den Satz des Zauberers.

Die königlichen Trompeter bliesen zur Kampfbereitschaft, während die schwarzgepanzerte, feindliche Fußtruppe anrückte. Die dämonische Reitereinheit hielt sich noch zurück. Dämonische Soldaten brachten große, wuchtige Katapulte in Stellung, mit denen Felsbrocken gegen den Festungswall geschleudert werden konnten.

Tarin fasste Yils Hand.

»Ich kann nicht bei dir bleiben Tarin«, sagte sie sanft. »Der Zauberer wird auf dich Acht geben.«

»Nein, Yil muss bei Tarin bleiben!«, forderte er und rollte die Augen. »Dort ist es zu gefährlich für Yil«, nickte Tarin, »viel zu gefährlich.« Er schüttelte den Kopf.

»Ich werde zu dir zurückkommen, nach der Schlacht.«

»Versprichst du das Tarin?«

»Ja, das tue ich.«

Tarin ließ Yils Hand nur widerwillig los und begab sich an die Seite des Zauberers, der alle Mühe hatte Myrs Magie zu unterdrücken. Die Höllenschlange konnte zwar nichts ausrichten, aber die Höllenarmee mit ihren wuchtigen Geräten und Waffen schon.

Myr brachte die Armee in Stellung. Dann zischte sie bösartig, und eine Totenstille breitete sich aus.

»Was ist los?«, fragte Tarin erschrocken.

»Myr gibt das Zeichen zum ...« Sydah wollte antworten, doch die Schlacht hatte schon begonnen. Ein Katapult schleuderte einen Felsbrocken in Richtung Briard, der donnernd in den Festungswall einschlug. Ein Jubel ging durch die Reihen der dämonischen Einheiten, und elf weitere Katapulte schleuderten ihre todbringende Ladung der Stadt entgegen. Die schweren Brocken schlugen in den Festungswall ein oder flogen darüber hinweg, um in der Stadt niederzugehen.

Als langsam die Sonne hinter den gewaltigen Katapulten aufging, erklangen dämonische Fanfaren. Viermal wurde sie geblasen, und als der letzte Ton verklungen war, kamen die Katapulte wieder zum Einsatz.

»Wir sollten los!«, sagte Sydah.

Der Zauberer hob die Hand. »Nein, wartet noch einen Moment!«

Wieder und wieder erklangen die dämonischen Fanfaren, und die Katapulte taten ihre Arbeit.

Als die ersten dämonischen Armbrustschützen vorrückten, gab der König ein Signal mit der Hand, und die Trompeter bliesen zum Angriff. Die Bogenschützen ließen einen Pfeilregen auf die Dämonen los. Hunderte fanden den Tod.

»Ihr sollt aus der Schussweite bleiben, ihr Narren«, zischte Myr boshaft. Die Worte hallten, bis auf den Hügelkamm hinauf, wo Sydah mit seinen Begleitern stand.

»Seht!« Der Zauberer deutete in Richtung Briard. Hinter dem Südtor brachten Soldaten eine Schleudermaschine in Stellung.

»Ich wusste nicht, dass Briard eine solche Waffe besitzt«, staunte Sydah.

»Leider ist bis jetzt nur die eine Maschine gebaut worden«, sagte der Zauberer.

Felsbrocken schlugen vor dem südlichen Stadttor ein. Der König lief die Brustwehr entlang, gefolgt von Tourag und den Söldnern und blieb oberhalb des südlichen Stadttors stehen.

Der südliche Festungswall bebte und das Holz barst unterhalb der Brustwehr, als es von zwei wuchtigen Brocken getroffen wurde. Holzsplitter wirbelten umher und verletzten zwei Bogenschützen so schwer, dass sie blutüberströmt zusammenbrachen.

Zwei Soldaten richteten die Schleudermaschine aus und hievten einen kleinen Felsbrocken auf die lederne Schleuder. Nach dem Befehl des Königs betätigte ein Soldat die Schleudermaschine. Das Gegengewicht ließ das Schleuderseil emporsteigen, und der kleine Felsbrocken flog aus der Schleuder über den Festungswall, in Richtung des feindlichen Heeres.

»Was soll denn das?« Mit spottendem Blick verfolgte Sydah die Flugbahn des kleinen Felsbrockens. »Was will der König damit erreichen?« Der Fels schlug kurz vor einem Katapult ein.

Myr zischte vergnügt. Laute Spottrufe und schallendes Gelächter mussten die königlichen Soldaten hinnehmen. Dämonische Fanfaren erklangen, und die Katapulte wurden abgefeuert. Gefolgt von Gejohle schlugen die Felsbrocken in den Festungswall ein, und dieses Mal traf jedes Geschoss, wieder splitterte das Holz und viele Bogenschützen entlang der Brustwehr brachen verletzt oder tödlich getroffen zusammen.

Vier königliche Soldaten schoben einen brennenden Karren vor sich her und blieben neben der Schleudermaschine stehen.

»Was hat der König vor?« Sydah verfolgte neugierig das Geschehen, wie auch Yil und Tarin.

»Wart's ab, Sydah«, lächelte der Zauberer. »Der kleine Fels war sicherlich nur ein Testschuss.«

Asbéert zwinkerte Sydah zu.

»Ich weiß. Ich muss mich in Geduld üben«, leierte Sydah herunter, als er Asbéert fest in die Augen blickte.

»Genau«, gab Asbéert schmunzelnd zurück.

Die vier Soldaten hievten mit Eisenstangen eine brennende Kugel aus dem Karren und legten sie auf die Schleuder, zum Abschuss bereit.

»Die Maschine wird abbrennen«, vermutete Sydah.

»Nein, das wird sie nicht«, sagte Asbéert. »Das Leder und das Holz der Schleuder sind feuerbeständig ...«

»Wie das?«, fragte Sydah.

»Durch eine besondere Flüssigkeit.« Asbéert hob die Schultern. »Mehr kann ich dir dazu nicht sagen.«

»Die brennende Kugel sieht verdammt gefährlich aus«, stellte Sydah fest.

»Das ist eine hohle Kugel, die mit einem Pulver gefüllt ist, das beim Kontakt mit Feuer explodiert«, erklärte Asbéert.

Sydah staunte.

Asbéert lächelte wissend und sagte noch: »Die Kugel hält dem Feuer stand. Erst beim Aufprall wird sie auseinanderbrechen und dann ..., aber siehe selbst!«

Zwei Soldaten, die neben dem König standen, gaben den Soldaten an der Schleudermaschine letzte Anweisungen. Der König nickte den Soldaten an der Schleudermaschine zu, und kurz darauf wirbelte die Kugel in hohem Bogen funkensprühend über den Festungswall. Lichterloh brennend wie ein Komet fiel sie schließlich vom Himmel herab und zog einen feuerroten Schweif hinter sich her. Sie steuerte direkt auf ein Katapult zu und brach beim Auftreffen in gleißender Helligkeit auseinander. Es gab eine Explosion, und das Katapult zersprang in Hunderte brennende Holzteile. Dämonen, die nicht rechtzeitig geflohen waren, wurden von den umherfliegenden Trümmern aufgespießt. Als nur noch lodernde Überreste an das Katapult erinnerten, spiegelten sich die Flammen in den glänzend schwarzen Hornbrustpanzern und Helmen der Dämonen wider, und dieses Mal drangen laute Spottrufe und schallendes Gelächter über die Brustwehr den Dämonen entgegen.

Der nächste Karren mit einer brennenden Kugel stand schon neben der Schleuder bereit. »Gut gemacht, Soldaten«, lobte der König, »weiter so!«, und die Soldaten bereiteten die Schleudermaschine zum nächsten Abschuss vor.

★★★

Das Erste, was Sydah mitbekam, war der helle Blitz rechts von ihm. Dann hörte er Asbéert, wie er aufgeregt einen Namen rief, der in einem Donnerschlag unterging. Für einen Moment lang war es vollkommen dunkel. Als es langsam wieder heller wurde, wandte sich Sydah verwirrt Asbéert zu. Yil und Tarin blickten sprachlos in Richtung des Zauberers, der wie in Trance dastand und sichtlich geschwächt wirkte.

»Was ist mit ihm?« Sydah fuhr der Schrecken
durch die Glieder, als er in das fahle Gesicht des
Zauberers blickte.

»Die Macht der Höllenschlange nimmt zu«, fluchte
Asbéert. »Myr hätte den Festungswall schon längst
zerstören können, doch den magische Schutzwall,
den der Zauberer um die Stadt gelegt hat, kann sie
nicht überwinden.« Asbéerts Blick wurde zunehmend
finsterer. »Doch Myrs Macht dürfen wir nicht un-
terschätzen – diese stinkende, widerwärtige Dämonenbrut«, schimpfte er. »Wir sollten ihnen schleu-
nigst unsere Pfeile durch ihre dämonischen Herzen
jagen und sie in die Hölle zurückschicken.«

»Ja, diese Bastarde sollten wir in die Hölle
schicken.« Tarin war Feuer und Flamme. »Dort können sie dann im Höllenfeuer schmoren, bis in alle
Ewigkeit.«

»Es wird ein schwerer Kampf werden, Asbéert, die
Dämonen sind uns zahlreich überlegen«, sagte Sydah.

Asbéert atmete erleichtert auf, als der weißbärtige Zauberer wieder an Kraft gewann.

»Gottverdammt, Sydah, das weiß ich selber!«,
schnauzte Asbéert Sydah an. Dann richtete er seinen Blick wieder auf den Zauberer. »Geht es wieder, Meister?«, fragte er besorgt.

»Ja, Asbéert, ich habe wieder alles unter Kon-
trolle.« Die Stimme des Zauberers klang geschwächt. »Ich weiß nur nicht, wie lange ich Myr
noch aufhalten kann.«

»Wie sollen wir vorgehen?«, fragte Yil. »Wir
können ja schlecht den Hügel hinab reiten und uns
diesen Bastarden stellen.«

»Warum denn nicht?« Zorn flammte in Sydah auf.
»Wir werden kämpfen und ...«

»... sterben, Bruder«, sagte Yil.

»Deine Schwester hat Recht, Sydah. Wenn wir zu dritt in den Kampf ziehen, werden wir das nicht lange überleben«, sagte Asbéert. »Wir müssen uns einen Plan zurechtlegen.«

»Der Zauberer könnte uns doch unterstützen«, schlug Sydah vor.

»Er muss Myrs Magie entgegenwirken und kann uns nicht helfen«, wandte Asbéert ein. »Wenn Myr die Oberhand gewinnt und ihre Macht einsetzen kann, wird der Festungswall zerstört und Briard wird fallen.«

»Ja«, brummte Sydah.

»Wir müssen uns anschleichen.« Tarin blickte schüchtern in die Runde. »Ich wollte nur ...« Tarin schwieg.

»Das ist keine so schlechte Idee, Tarin«, sagte Asbéert. »Jedenfalls besser, als einen offenen Kampf zu riskieren.«

»Aber ohne zu kämpfen, werden wir nicht bis zu Myr vordringen können«, sagte Sydah und sah zu Tarin hinüber. »Aber trotzdem ist dein Vorschlag besser als meiner.«

Yil rückte den Schwertgürtel zurecht. Tarin zitterte, als Yil sagte: »Wir sollten bald handeln!«

Sydah befestigte den Elb-Holz-Stab an seinem Waffengürtel. »Das sollten wir«, sagte er fest entschlossen.

Sydah sah dem Zauberer direkt in die Augen, während Flecken weißen Lichts über das Gesicht des Zauberers tanzten.

»Du kannst es auch sehen, nicht wahr, Sydah?«, sagte Asbéert.

»Ja.«

»Was denn? Was kann er denn sehen?« Tarin war

natürlich neugierig.

»Die Form der weißen Magie«, sagte Yil. »Ich sehe sie auch.«

»So?« Tarin staunte.

»Das hat nichts Gutes zu bedeuten.« Asbéert atmete schwer. »Mein Meister muss seine gesamte magische Kraft aufwenden, um Myrs Magie entgegenzuwirken.« Asbéert wandte sich Sydah und Yil zu. »Es wird wohl bald eine Entscheidung zwischen der weißen und der schwarzen Magie fallen.«

»Warum kann ich die weiße Magie nicht sehen?« Tarin fand keine Erklärung dafür.

»Ich vermute, weil du ...«

»... weil du dafür noch nicht bereit bist«, unterbrach Yil ihren Bruder.

»So, und wann bin ich ...«

Der Zauberer brach zusammen. Er schlug die Spitze des Zauberstabs in den Boden und rief erschöpft: »Etenimor - Urgal!«

»Meister!« Asbéert stand der Schrecken im Gesicht. »Wartet, ich werde Euch helfen.«

Der Zauberer streckte Asbéert die Handfläche entgegen. »Nein!«, gab er deutlich zu verstehen und richtete sich wieder auf.

Plötzlich tauchte Myrs gewaltiger Schlangenkopf schemenhaft wie ein Geisterbild vor dem Zauberer auf. Ihre Augen glühten, als ob das Höllenfeuer in ihnen brennen würde. Der Schlangenkopf drehte sich Sydah zu. »Sag mir, Sydah«, zischte sie mitleidlos. »Was würdest du tun, um das Leben deiner Geliebten zu retten?«

Die Worte ließen Sydah beinahe in Ohnmacht fallen.

»Eine Seele für ein Leben, das ist doch fair, Sydah, oder?«

»Nein, das ist es nicht!« Sydah wusste nicht, woher Tarin den Mut nahm, der Höllenschlange zu antworten. »Nein, das ist es wirklich nicht!«, brüllte Tarin. »Tu's nicht, Sydah«, jammerte Tarin.

»Ich werde es nicht tun! Ich werde meine Seele nicht hergeben.« Sydahs Stimme klang ruhig, während er Myr fest in die lodernden Augen blickte.

»Doch, das wirst du, Sydah«, zischte Myr. »Eines Tages wirst du es tun.«

Sydah hätte zu gern sein Schwert genommen und mit einem Schlag den Schlangenkopf gespalten, doch er wusste, dass er Myrs magischer Erscheinung keine Verletzungen zufügen konnte. Die Schlangenzunge schnellte hervor und zischend drehte sich der Schlangenkopf dem Zauberer zu.

»Etenimor – Urgal!« Die Stimme des Zauberers klang wieder deutlich fester. Die Spitze des Zauberstabs zeigte auf den Schlangenkopf und wieder sagte er mit fester Stimme: »Etenimor – Urgal!«

Myr zischte die Worte heraus, und es schien, als würde sie dabei den Zauberer spöttisch angrinsen: »Du kannst mich nicht mehr aufhalten. Deine Zeit ist abgelaufen, weißbärtiger, alter Mann.«

Ein Blitz fuhr aus Myrs Augen, direkt auf den Zauberer zu. Dann verschwand Myrs Erscheinung, und der Zauberer lag geschlagen und verletzt am Boden. Die tanzenden Flecken weißen Lichts auf seinem Gesicht waren verschwunden. Sein Blick war leer, als er zu Sydah sagte: »Du musst jetzt los! Ich kann die Höllenschlange nicht mehr aufhalten.«

Asbéert half seinem Meister auf die Beine.

»Danke, Asbéert, ich werde es überleben. Ich werde hier bleiben, mit meinen Verletzungen würde ich euch nur behindern«, sagte der Zauberer.

Asbéert wandte sich Sydah zu. »Mein Bogen wird dir den Rücken freihalten.«

»Und ich werde mit meinem Schwert an deiner Seite kämpfen, Bruder!«, sagte Yil.

Sydah nickte.

»Äh, dann wird Tarin hier beim Zauberer bleiben?«, fragte Tarin zurückhaltend.

»Ja!«, antwortete Yil.

»Mögen die Winde mit Euch sein, Meister«, verabschiedete sich Asbéert.

»Mögen sie mit euch allen sein«, gab der Zauberer zurück.

»Uns bleibt wohl jetzt keine Zeit mehr, um uns anzuschleichen.« Sydah hob die Augenbrauen.

»Der Wegzauber kann uns nach Briard bringen«, schlug Asbéert vor. »Wenn wir mit der königlichen Armee einen Ausfall ...«

»Es sind zu wenige Soldaten. Wir können keinen offenen Kampf riskieren«, unterbrach Sydah.

»Ich will die Dämonenarmee ja auch nicht in einem Kampf besiegen«, sagte Asbéert. »Ich will sie ablenken, so dass du nah genug an Myr herankommst.«

»Du weißt, Asbeert, zu viele Wegzauber hintereinander können gesundheitliche Schäden verursachen, wie ...«

»Ja, das weiß ich, Meister«, sagte Asbéert. »Entschuldigt, dass ich Euch unterbrach – aber, was bleibt uns anderes übrig?«

»Die Schleudermaschine ist zwar gut, sie wird aber nicht alle dämonischen Katapulte zerstören können«, sagte Sydah plötzlich und deutete nach Briard.

Ein Name kreiste Sydah im Kopf umher: Arydan.

»Was hast du, Bruder?«

»Ich weiß jetzt, was ich zu tun habe«, sagte er.
»Ich werde nach Arydan rufen und ihn um Hilfe bitten.« Sydah nickte. »Jetzt ist der Zeitpunkt gekommen, an dem er sein Versprechen einlösen kann.«

»Hat Arydan dir auch versprochen, dass er dich
in einem Krieg unterstützen wird?«, fragte der
Zauberer.

»Nein«, sagte Sydah, »aber er hat ...«

Der weißbärtige Zauberer hob den Finger. »Arydan
hat dir versprochen, dich und deine Freunde zu beschützen, Sydah«, machte der Zauberer deutlich
klar. »Ein Drache wird sich niemals in einen
Krieg ...«

Sydah winkte ab. »Ich werde ihn trotzdem rufen.«

»Gut«, sagte der Zauberer, »zu verlieren haben
wir ja nichts.«

»Außer unser Leben«, wandte Asbéert ein. »Ich
traue Arydan nicht.«

»Warum traust du ihm nicht?« Sydah war sichtlich
erstaunt.

»Er ist ein Drache«, sagte Asbéert, »darum!«

»Er ist mein Freund«, hielt Sydah dagegen. »Arydan wird niemandem etwas zu Leide tun.«

»Wenn du es sagst, Sydah.« Asbéert zuckte mit
den Schulter und ging.

»Was hat er?«, fragte Sydah den Zauberer.

»Die Drachen hassen uns Zauberer, Sydah«, sagte
er.

»Ihr seid doch gute Zauberer.«

»Ja«, sagte der Zauberer, »aber ich glaube, die
Drachen machen da keinen Unterschied, ob es nun
gute oder böse Zauberer sind. Sie sehen alle Zauberer als Feinde an.«

»Sie werden euch nichts tun. Ich bin ein Drachenmeister«, sagte Sydah selbstbewusst, »und sie

werden mir gehorchen!«

Sydah kehrte in sich und senkte den Blick. Dann rief er im Stillen den Namen des Drachen.

»Wir haben nicht soviel Zeit«, ermahnte Asbéert.

»Wir sollten sie uns aber trotzdem nehmen«, stand Yil ihrem Bruder bei.

Sydah ließ sich nicht beirren.

Immer und immer wieder rief er im Stillen einen Namen: Arydan, Arydan ... bis ein gewaltiger Schatten über ihn hinwegglitt. Als Sydah aufsah, entdeckte er den Schwarzdrachen. Arydan hatte ihn tatsächlich gehört und war gekommen. Sydah konnte bereits die brausende Luft zwischen den mächtigen Flügeln des Drachen hören, als er zur Landung ansetzte.

»Du hast mich gerufen, Sydah«, sagte der Drache. »Wie kann ich dir helfen?«

Sydah zögerte einen Moment, dann sagte er mit fester Stimme: »Du kannst die dämonischen Katapulte zerstören.«

Arydans finsterer Blick fiel auf den Zauberer. »Ihr habt doch einen Zauberer bei euch«, sagte Arydan abwertend. »Soll er euch doch helfen.«

»Der weißbärtige Zauberer kann uns nicht helfen, Arydan«, erklärte Sydah, »nur du und deine Artgenossen können die dämonischen Katapulte zerstören.«

»Was sagt der Drache?«, wollte Yil wissen. »Hilft er uns, oder hilft er uns nicht?«

Arydans feuerrote Augen blickten zornig, als Yil an die Seite ihres Bruders trat.

»Ich weiß es noch nicht, Yil«, sagte Sydah, »aber halt dich etwas zurück!«, ermahnte er seine Schwester deutlich.

»Warum sollten wir euch helfen?«, fragte Arydan.

»Wir liegen nicht im Streit mit den Dämonen.«

Sydah schwieg.

»Wenn wir uns in den Krieg einmischen, machen wir die Dämonen zu unseren Feinden«, sagte Arydan.

»Sie sind schon eure Feinde«, sagte Sydah. »Was glaubst du denn, was mit euch passiert, wenn die Dämonen Estalor erobert haben?« Sydah hielt den durchdringenden Blick des Drachen stand. »Sie werden euch jagen«, sagte er, »und dann werden sie euch versklaven oder töten.«

»Bist du dir da so sicher?«, sagte Arydan.

»Nein«, gab Sydah zu, »aber ich denke, ...«

»Wer wird uns vor den dämonischen Kräften schützen, wenn wir die Katapulte angreifen?«, unterbrach Arydan.

»Der weißbärtige Zauberer wird euch beistehen.«

Plötzlich stieß Arydan einen langen, tiefen Ruf aus, bei dem sich Sydahs Nackenhaare sträubten. Hatte er dem Drachen die falsche Antwort gegeben? Vermutlich, denn die Drachen glaubten ja, dass alle Zauberer ihre Feinde waren.

»Wir werden euch helfen«, sagte Arydan zu Sydahs Verwunderung. »Nachdem wir die Katapulte zerstört haben, werden wir uns aber wieder zurückziehen.«

Was Arydan dazu bewogen hatte, seine Meinung zu ändern, hinterfragte Sydah nicht. Sydah war über die Entscheidung Arydans erleichtert und wollte nicht, dass der Drache sich das noch einmal anders überlegte.

Arydan streckte den mächtigen Drachenkopf dem Himmel entgegen, als seine Artgenossen aus Richtung Westen kamen, und stieß ein gewaltiges Drachenfeuer aus. Dann nahmen Arydans Artgenossen Kurs auf die dämonischen Katapulte.

»Ich danke dir, Arydan«, sagte Sydah und verneigte sich. »Soll ich dich in den Kampf begleiten?«, fragte Sydah.

»Nein«, sagte Arydan. »Dein Platz ist hier.« Der Schwarzdrache breitete seine Flügel aus und stieg empor.

Obwohl der Zauberer geschwächt war, gelang es ihm einen Zauber auszuüben, der verhinderte, dass Myr ihre schwarze Magie gegen die Drachen einsetzen konnte. Dämonische Armbrustschützen formierten sich zur Abwehr und warteten auf das Signal. Als die dämonischen Fanfaren erklangen, wurden die Armbrustbolzen abgefeuert und jagten den Drachen entgegen. Doch sie konnten die dicken Drachenschuppen nicht durchdringen.

Katapulte wurden auf die Drachen ausgerichtet und die ersten schleuderten ihre Ladung ab. Die Drachen wichen den Geschossen geschickt aus. Als die nächsten Katapulte abgefeuert wurden, verfehlte ein Geschoss Arydan nur knapp. Ein weiteres Geschoss traf einen Drachen am Kopf. Der Drache geriet ins Taumeln und stürzte in die Tiefe. Doch kurz vor dem Aufprall stieg er wieder auf und setzte den Angriff auf die Katapulte fort.

Die Drachen kamen unaufhaltsam und mit ihnen ihr tödliches Drachenfeuer. Ein Katapult nach dem anderen wurde angegriffen und zerstört. Die dämonische Armee verfiel in Panik. Die Armbrustschützen lösten ihre Formation auf und flohen vor dem Drachenfeuer.

»Danke, Arydan«, flüsterte Sydah, als das letzte Katapult lichterloh brannte.

»Wir könnten die Schlacht gewinnen, wenn die Drachen weiter für uns kämpfen würden«, sagte Asbéert an Sydah gewandt.

»Es ist nicht ihr Krieg«, verteidigte Sydah die

Entscheidung der Drachen. »Die Katapulte sind alle zerstört. Wir werden den Kampf gewinnen«, war Sydah überzeugt.

»Dann werde ich jetzt alles für den Wegzauber vorbereiten«, sagte der Zauberer, als die Drachen ihre Arbeit getan hatten und sich langsam zurückzogen. Doch plötzlich hielt er inne und hauchte: »Es hat begonnen.«

»Was hat begonnen?«, fragte Sydah.

»Myr hat meinen magischen Schutzwall überwunden.«

Sydah wandte sich Briard zu. Von den brennenden Überresten der Katapulte zogen dunkle Rauchschwaden über die feindliche Linie hinweg. Zwar waren die feindlichen Katapulte zerstört – doch Myr konnte jetzt ihre magischen Kräfte einsetzen. Sydah musste hilflos zusehen, wie das südliche Stadttor und ein großer Teil des Festungswalls links und rechts davon durch eine unsichtbare Kraft auseinander gerissen wurde. Das berstende Holz flog davon oder fiel übereinander und türmte sich zwischen dem zerstörten Festungswall zu einem Trümmerfeld auf, unüberwindbar für den Feind. Viele Bogenschützen und Fußsoldaten verloren dabei ihr Leben. Myr konnte ihre magische Kraft nochmals einsetzen und schlug eine kleine Bresche durch das Trümmerfeld, bevor der Zauberer seinen magischen Schutzwall wieder verstärken konnte.

»Wo ist der König?« Sydahs Herz raste.

»Dort ist er, Bruder. Links von dem zerstörten Tor, auf dem Festungswall.«

»Briard ist verloren«, flüsterte Sydah, als die johlende Dämonenhorde vor Freude mit ihren Schwertern auf die Schilde klopfte.

»Nicht solang wir noch atmen, Bruder.« Yil stieg

auf Ada. Asbéert folgte ihr zu den Barsten.

»O mein Sternengott«, sagte Sydah betrübt, »lass uns in dieser schweren Zeit nicht allein. Lass uns am heutigen Tag erleben, wie wir das Dämonenpack besiegen und in die Hölle zurückschicken«, betete er, »und bring uns sicher durch den Kampf. Ich bitte dich Sternengott, sorge dafür, dass meiner Schwester nichts geschieht. Ich habe schon Vater und Mutter verloren. Ich will meine Schwester nicht auch noch verlieren, bitte gebe Acht auf sie.«

»Schnell, Sydah, du musst gehen!«, drängte der Zauberer.

Sydah nickte.

»Die Bauern aus der Gegend hier«, sagte Asbéert, als Sydah auf Sturmwind saß, »nennen das Land um Briard den Vorhof zur Hölle.«

»Warum?«, fragte Sydah mit einem kalten Schauer im Nacken.

»Sie sind alle ein wenig verrückt«, lachte Asbéert. »Oder, was denkst du?«

Sydah schüttelte den Kopf. »Ich weiß es nicht.«

Asbéerts Gesicht nahm wieder einen ernsten Ausdruck an. »Vor Jahren hatte fast jeder Bauer in dieser Gegend eine Missernte«, erklärte er, »und so kam es, dass sie das Land um Briard den Vorhof zur Hölle nannten.«

* * *

Das hektische, wilde Durcheinander war das Erste, was Sydah mitbekam. Die Trompeter bliesen Alarm, und etwa hundert königliche Fußsoldaten mit Schwertern und Lanzen bewaffnet standen am Trümmerfeld bereit, um die Bresche zu verteidigen, doch es erschien kein einziger Feind. Etwa genauso viele Bogenschützen bildeten eine Linie hinter den Soldaten, spannten die Sehnen und warteten ab.

»Wie kommt ihr hierher?«, fragte der König, der mit Tourag, Ian und den Söldnern hinter Sydah und seinen Gefährten auftauchte.

»Durch einen Wegzauber«, erklärte Sydah.

»Wo ist der Zauberer?« Ein besorgter Ausdruck lag auf König Oens Gesicht.

»Er ist leicht verletzt auf einem Hügel vor der Stadt«, antwortete Asbéert.

»Gut, er lebt.« Erleichterung lag in der Stimme des Königs.

»Wir sollten einen Ausfall riskieren, um die Dämonenarmee abzulenken, während Sydah die Höllenschlange bekämpft«, sprach Asbéert den König an.

»Wir hätten Schwierigkeiten die Bresche mit den Barsten zu überwinden – und nur mit Fußsoldaten und Bogenschützen kämen wir nicht weit.« Der König war von dem Vorschlag nicht begeistert.

»Dann sollten wir das gesamte Trümmerfeld ...« Sydah wandte sich dem zerstörten Festungswall zu, als ein Grollen von dort zu hören war. Ein Teil des Trümmerfelds schwebte in der Luft, als würden riesige unsichtbare Hände sie halten. Dann wurden die Überreste des Festungswalls weit weg geschleudert, in Richtung des Feindes.

»Mein Meister ist noch nicht besiegt«, sagte Asbéert fröhlich, als er auf dem Hügelkamm den Zauberer erblickte, wie er mit gezücktem Zauberstab dort Stand, und Sydah kam es so vor, als hätte der weißbärtige Zauberer seine Gedanken gelesen, als sein Blick auf der großen Lücke ruhte, die nun durch das Trümmerfeld führte.

Die königliche Armee ritt durch die Lücke und

sammelte sich vor dem zerstörten Festungswall. Fußsoldaten und Bogenschützen folgten ihnen wortlos. So zahlreich wie die Sandkörner am Strand lag der Feind vor ihnen.

Sydah, Yil, Tourag, Ian und seine Söldner saßen auf ihren Barsten in der ersten Reihe nebeneinander und sahen, wie der Anblick des Feindes den König mit Kampfgeist erfüllte.

»Ich will heute einen guten Kampf von euch sehen, Männer«, sagte der König, während er die Linie abritt. »Linie bilden!«, rief er den Reitern zu. »Die Fußsoldaten werden die Stellung halten, falls die Dämonen durchbrechen sollten. Wenn ich gleich zurückkehre, will ich keinen einzigen Dämon in Briard sehen!«

»An Zuversicht fehlt es ihm ja nicht«, sagte Sydah und wandte sich seiner Schwester zu.

»Ja, König Oen versucht seinen Soldaten Mut zu machen.«

»Warum greifen die Dämonen nicht an?«, fragte Sydah.

»Warum sollten sie?«, entgegnete Yil. »Sie brauchen doch nur zu warten, bis wir kommen. Warum also sollten sie sich die Mühe machen und stürmen?«

Der König blieb schweigsam stehen. Die Sonne stand hoch über den tief liegenden Wolken. Während sich die königliche Armee weiter sammelte, zogen die Wolken näher.

»Es sieht aus, als würde die Pforte zur Hölle geöffnet«, hörte Sydah einen Soldaten sagen.

Der König galoppierte vor seiner Armee entlang, die sich zum Kampf ordnete. »Linie bilden!«, rief der König. Ihm dauerte die Aufstellung viel zu lang. »Folgt den Befehlen eurer Anführer!«

»Verdammt, ich sehe kein Ende des feindlichen

Heeres«, sagte Yil.

»Es sind viele, verdammt viele«, erwiderte Sydah.

»Das ist gut so«, schwärmte Tourag. »Die Bastarde werden meinen Bogen und meine Axt zu spüren bekommen – danach werden wir das Ende der Reihe sehen können«, knurrte Tourag.

»Wie viele mögen das sein?« Yil wandte sich ihrem Bruder zu.

»Tausende, verdammt«, fluchte Ian, der neben Sydah auf dem Barst saß.

Der König rief: »Durch die Gnade unseres Sternengottes werden wir heute gut kämpfen – und wir werden siegen!«

»Ich komme mit euch.« Sydah drehte sich um und sah Asbéert ins Gesicht. »Was soll ich soweit hinter der Linie? Ich werde dir mit meinem Bogen Deckung geben, Sydah, so wie ich es dir versprochen habe.«

»Aber der König hat dir etwas anderes befohlen«, sagte Sydah.

Asbéert zuckte mit den Schultern und lächelte. »Mein versprechen galt dir und meinem Meister – nicht dem König. Ich werde dir zur Seite stehen und die Dämonen zur Hölle zurückschicken – mit dem Bogen und den Briddolchen.«

»Gut so, Asbéert«, grinste Tourag, »du gefällst mir, Aharer. Nach dem Kampf möchte ich, dass du auf deinem Sakain spielst und ein Siegeslied singst.«

»Das werde ich, Tourag«, nickte Asbéert.

»Gütiger Sternengott«, sagte ein Söldner. Die feindliche Armee war riesenhaft und die königliche klein. »Sternengott helfe uns«, kam es über seine Lippen.

»Ja, irgendwer sollte uns wirklich helfen«, sagte Ian. »Hast du etwa Angst um dein Leben?«, fragte er seinen Kameraden.

»Wer ich?«, fragte der Söldner fassungslos und sah seinen Anführer fordernd an. »Ich denke an all die Frauen und Kinder in Briard – falls wir verlieren, werden die Dämonen sie töten, schänden oder versklaven – daran musste ich denken, Ian.«

»Das wird nicht geschehen«, sagte Ian, nahm die Axt vom Kampfgürtel und schwang sie über den Kopf. »Wir werden sie alle töten.«

»Los bezieht endlich Stellung!«, rief der König den Fußsoldaten und Bogenschützen zu. »Setzt eure verdammten Beine in Bewegung.«

»Ein Wunder, dass die Dämonen noch nicht angegriffen haben«, sagte Sydah.

»Ich sagte dir ja, Bruder, dass sie nur zu warten brauchen, bis wir kommen.«

Sydah deutete auf den Hügelkamm. »Oder dem Zauberer steht wieder seine ganze magische Kraft zur Verfügung, und er hält sie auf.«

Yil hob die Augenbrauen. »Er wird Myr in Schach halten können, aber nicht die ganze dämonische Armee, Bruder.«

»Bewegt euch!«, rief der König, und endlich war die Armee kampfbereit. Die Bogenschützen standen hinter den Fußsoldaten, die mit Lanzen und Schwertern bewaffnet waren. Durch die dämonischen Fanfaren und das wilde Getöse des Feindes hatten die Reiter große Mühe ihre Barste ruhig zu halten.

Ada scheute. »Ruhig, Ada, sei ganz ruhig.« Sanft streichelte Yil über die prachtvolle Mähne des Tieres.

Ian drehte sich im Sattel um. »Ich habe schon mehr Männer auf Märkten und Festen zu Gesicht bekommen.« Ian deutete auf die kaum fünfhundert Männer, die eine ärmlich kurze Linie vor dem zerstörten Festungswall bildeten. Die Anzahl der Bogenschützen dahinter war noch wesentlich geringer. Die Bogenschützen standen in ungebundener Kampfordnung, während die Fußsoldaten Seite an Seite in zwei Reihen Stellung bezogen hatten. Ein Reiter mit blauem Wappenschild ritt vor den Fußsoldaten entlang.

»Rammt eure Speere in den Boden!«, hörte Sydah den Befehl.

»Er lässt schon mal Stellung beziehen, falls ein paar Dämonen mit ihren Höllenbarsten unsere Linie durchbrechen sollten«, erklärte Ian.

»Warum verlassen wir Briard nicht einfach?«, hörte Ian einen Soldaten in zweiter Reihe sagen.

»Es steht dir frei zu gehen.« Ian wandte sich ihm seelenruhig zu. »Aber sollte ich den Kampf überleben, werde ich einem Feigling wie dir den Schädel einschlagen, wenn er eines Tages wieder in Briard auftauchen sollte.« Ian starrte nun wütend auf den Soldaten.

»Ich wette, die Bastarde lachen über uns«, sagte ein Söldner.

»Ja, ich denke die bepissen sich vor Lachen, während sie diesen jämmerlichen Haufen Soldaten beobachten, der einen Vormittag braucht, um sich in Stellung zu bringen«, nörgelte Tourag.

Sydah hörte, wie Myr ein zischendes Zeichen gab, und einige Dämonen auf Höllenbarsten setzten sich in Bewegung. Sie ritten nahe an die königliche Armee heran, blieben jedoch aus der Schussweite der Bogenschützen. Die Dämonen ritten im Kreis und verhöhnten die kleine königliche Armee, bevor sie wieder zu ihrer Einheit zurückkehrten und sich einordneten.

Es schien, als hätte sich der Sternengott von Briard abgewandt, denn plötzlich setzte ein heftiger Regen ein. Die Tropfen fielen mit tückischer Dichte für die Bogenschützen vom Himmel.

»Kein gutes Wetter um genau zu schießen«, fluchte Asbéert.

Sydah sah, wie der Befehlshaber mit dem blauem Wappenschild die Linie der Fußsoldaten abritt. Seine Stimme ging jedoch im Rauschen der Regentropfen unter. Kurz nachdem ein lautes Donnergrollen in der Ferne zu hören war, gab der König seinem Barst die Sporen.

***

Kalt und unablässig fielen die Regentropfen vom Himmel herunter.

»Aschei! Gottverdammter Regen«, fluchte Sydah. »Ich hasse diesen gottverdammten Regen«, knurrte er.

Sydah und Yil ritten Seite an Seite dem gewaltigen Dämonenheer entgegen. Hass spiegelte sich in den Augen von Sydah wider, als er Myr weit hinter der feindlichen Linie erblickte – er sehnte sich nach Vergeltung. Das schreckliche Bild von Adenas Tod geisterte wieder in seinem Kopf herum. Die königliche Armee ritt in vollem Galopp auf die feindliche Linie zu. Die dämonische Fußtruppe erwartete sie bereits mit Speeren und Schwertern, während die dämonische Reiterarmee weit hinter der Linie auf Befehle wartete. Das königliche Heer näherte sich mit solch einer Furchtlosigkeit und Bitterkeit dem Feind, dass die feindliche Linie unwillkürlich einige Schritte zurückwich. Ein bösartiges Zischen von Myr drang sie wieder nach vorn.

Dann trafen die Waffen aufeinander – überall hörte man das Geräusch wie Stahl auf Stahl traf. Sydah sah, wie Tourag mit seiner Axt einen Dämon niederstreckte und wie Ian unter wildem Ruf einem Feind mit seinem Breitschwert den schwarzen Helm vom Kopf schlug und seinen Oberkörper geschickt im Sattel drehte und ihm dann den Schädel spaltete. Sydah blickte besorgt zu Yil und wäre dabei fast vom Barst gefallen. Yil ritt in vollem Galopp und traf mit solch einer Wucht den schwarzen Horn- brustpanzer des Feindes, dass ihr sichelförmiges Schwert ihn mühelos durchdrang und sich tief in das dämonische Herz bohrte. Röchelnd kippte der Dämon zur Seite, während Yil auf den nächsten Feind zuritt. Schreckliche Szenen spielten sich auf dem Schlachtfeld ab, und nicht nur Feinde sah Sydah sterben, sondern auch königliche Soldaten. Eine Lanze mit gezackter Spitze bohrte sich in den Leib eines Soldaten, der neben Sydah ritt. Der Soldat wurde aus dem Sattel gehoben. Noch während er zu Boden fiel, stürmte der Feind auf ihn zu und stach ihn mit seinem Schwert in die Brust.

»Tötet die Bastarde«, hörte Sydah einen Soldaten rufen, während sich sein Schwert in den Brustkorb eines Dämons bohrte. »Tötet sie!« Der Soldat ga- loppierte an Sydah vorbei, schmetterte die Hammer- seite seiner Kriegsaxt auf den Schädel des Dämons, der seinen Kameraden getötet hatte.

Ein anderer Soldat, der vom Barst gefallen war, suchte einen festen Tritt zwischen all den Leichen und verteidigte sich gegen den Angriff eines Fein- des. Der Soldat streifte mit seinem Schwert den Hals eines Dämons, der daraufhin zuckend zusammenbrach. Geschwind drehte sich der Soldat um und duckte sich rasch, als eine Lanzenspitze auf ihn zukam. Die Spitze verfehlte nur knapp sein Gesicht. Der Soldat griff an und krachend schlug sein Schwert gegen den schwarzgepanzerten Feind, doch der Dämon blieb unverletzt. Als der Dämon mit seiner Lanze zustoßen wollte, riss Sydah die Zügel herum, um dem Soldaten zu Hilfe zu kommen, doch ein königlicher Reiter war schneller und schlug mit einem mächtigen Kriegshammer dem Dämon den Schädel ein.

Die königliche Reiterarmee kämpfte sich unaufhaltsam vor und durchbrach bereits die dritte Feindreihe. Sydah hörte, wie Myr laut zischend sagte: »Reitet ihnen entgegen und macht sie alle nieder!« Die dämonische Armee setzte sich in Bewegung, und langsam trieben die dämonischen Reiter ihre Höllenbarste zum Galopp an.

Der König erhob sein Schwert, und die Armee teilte sich. Die eine Hälfte des Heeres stellte sich der übermächtigen dämonischen Reiterarmee, während die andere Hälfte zusammen mit Sydah, Yil, Tourag und Ian und seinen Söldnern der Einheit entgegenritt, die sich vor Myr aufgestellt hatte.

»Halt dich ein wenig zurück, Yil!«, rief Sydah, kurz bevor sie auf eine weitere feindliche Linie von Fußsoldaten trafen.

»Mach dir keine Sorgen um mich, Bruder, mein Schwert wird mich beschützen«, rief sie. »Du musst deine Aufgabe erledigen! Los, reite weiter!«

Bevor Sydah etwas sagen konnte, trafen sie auf den Feind. Ada rutschte auf dem schlammigen Untergrund aus, als ein Höllenbarst sie streifte, und ging zu Boden. Sydah sah wie Yil im hohen Bogen aus dem Sattel flog und riss zugleich Sturmwind herum. Er ritt in vollem Galopp und stieß einem Feind das Schwert in den Hals, der sich gerade mit einer großen Axt mit zwei Schneideflächen auf Yil stürzen wollte. Ada kam wieder auf die Beine, und auch Yil rappelte sich auf. Sie rieb den Schlamm aus ihrem Gesicht, lief los und stieß sich vom Boden ab. Mit einem gewaltigen Satz sprang sie über einen Kreis Reiter hinweg, deren Höllenbarste scheuten. Einige von den Biestern gingen durch und trampelten über das von Leichen übersäte Schlachtfeld. Yil schwang ihr sichelförmiges Schwert und streckte einen Höllenbarst nieder. Der Reiter fiel ihr vor die Füße. Gnadenlos schlug sie mit ihrem Schwert den Hornbrustpanzer entzwei. Das Schwert drang in das Fleisch ein, und Blut strömte aus einer tödlichen Wunde. Gewandt bewegte sich Yil auf ihre Feinde zu und erledigte drei von ihnen, bevor sie sich wieder ihrem Bruder zuwandte. »Los, geh!«, rief sie.

Das Gesicht Sydahs war gerötet und sein Herz raste, als er auf den blutverschmierten, ledernen Kampfanzug seiner Schwester blickte. Am linken Arm hatte Yil eine Stichwunde davongetragen.

»Los!«, rief sie wieder. »Wie oft muss ich dir das noch sagen, Bruder? Reite endlich los!«

Sydah zerrte an Sturmwinds Zügeln und ritt Myr entgegen, so als wäre der schwarze Dämon persönlich hinter ihm her. Sydah bahnte sich mit seinem Schwert Gron einen Weg durch die feindlichen Reihen und schlug Hornbrustpanzer und Schädel entzwei. Sydah kam es zeitweise so vor, als würde sein Schwert ein Eigenleben führen. Jeder Dämon, der sich ihm in den Weg stellte, bezahlte mit dem Leben. Sydah sah dem Tod mehrfach in die Augen, und trotz der gnadenlosen Schlacht, die um ihn herum tobte, gingen ihm die Worte seines Vaters durch den Kopf. *Gebrauch das Schwert klug, mein Sohn*, hatte sein Vater zu ihm gesagt, *denn eines Tages wird Gron dir gehören, und du wirst dann eine große Verantwortung übernehmen müssen, mein Sohn.*

War diese Schlacht und der bevorstehende Kampf mit der Höllenschlange die Verantwortung, über die sein Vater damals mit ihm gesprochen hatte?

Sydah schüttelte den Kopf. Unmöglich, dachte er. Wie hätte sein Vater in die Zukunft schauen sollen? Sydah hatte einen Herzschlag lang das Gefühl, als herrsche Stille um ihn herum, dann ließ er sein Schwert kreisen und tötete seine Feinde, einen nach dem anderen.

»Du bist ein Teufelskerl«, schwärmte Tourag, der an Sydahs Seite ritt und mit seiner Axt auf die Dämonen einschlug. Ian nickte Tourag zu, während er lässig einen Dämon mit seinem Breitschwert köpfte. Asbéert saß etwas abseits auf seinem Barst und hielt sich aus den Kampfhandlungen heraus. Er spannte den Bogen bis zum Ohr, dann schickte er den Pfeil auf seine tödliche Reise. Der Pfeil verfehlte den Hals eines Dämons und zischte an Tourags Ohr vorbei. Asbéert grinste zufrieden und wischte die Regentropfen aus seinem Gesicht, als sich die Pfeilspitze in die Stirn eines Feindes bohrte, der sofort rücklings von seinem Höllenbarst fiel. Sydah atmete erleichtert auf, denn dem Schwerthieb des Dämons hätte er nicht mehr entkommen können.

»Du weißt, was du tun solltest, oder?«, sagte eine Stimme in seinem Kopf. »Du solltest dich unverzüglich Myr stellen und nicht versuchen das Dämonenheer zu schlagen, das ist nicht deine Aufgabe, Sydah Aschaneé.«

»Adena«, flüsterte Sydah. »Bist du hier?«

»Such dir einen Weg durch die feindlichen Reihen und vermeide den Kampf, wenn möglich!«, sagte die Stimme in seinem Kopf. »Ianau, Sydah.«

Sydah sah das glitzernde Metall eines Breitschwerts dicht vor seinen Augen vorbeischießen. Dann hörte er, wie etwas brach und sah seitlich von ihm einen Dämon mit gespaltenem Hornbrustpanzer von einem Höllenbarst fallen.

»Was ist los mit dir, Sydah?« Ians Stimme hörte sich verärgert an. »Wo bist du mit deinen Gedanken«, fauchte er.

»Das war knapp«, brummte Tourag, »verdammt knapp – zu knapp«, schimpfte er.

»Danke, Ian«, sagte Sydah kleinlaut.

»Ja, schon gut«, sagte Ian. »Versprich mir nicht zu sterben, Sydah!«

»Ja«, nickte Sydah.

»Ich hasse den verfluchten Krieg«, sagte Ian betrübt.

Tourag sagte verstört: »Du bist doch Söldner, oder?«

»Trotzdem hasse ich den Krieg, Tourag.«

Tourag lachte laut, während er seinem Barst die Sporen gab. »Und ich liebe ihn«, rief er. »Ich liebe den Krieg – und ich liebe meinen Bogen und meine Axt.« Tourag schlug einem Feind die Axt seitlich gegen den Schädel. Der Dämon taumelte, und Tourag spaltete ihm den Schädel. Mit einem lauten Kampfruf galoppierte er auf den nächsten Feind zu. Ian warf ihm ein geringschätzendes Lächeln hinterher.

»Ianau, Adena«, flüsterte Sydah und ritt mit Sturmwind los. Er versuchte dem Kampf aus dem Weg

zu gehen und hielt Ausschau nach einer Lücke in
den feindlichen Reihen.

* * *

Sydah bahnte sich einen Weg durch die feindliche
Linie und näherte sich Myr, doch die Höllenschlange wurde von einem magischen Schutzschild umgeben.
Trommelnde Hufe machten Sydah auf mehrere Angrei-
fer hinter sich aufmerksam. Sydah blickte zurück.
Das Kampfgeschrei von drei Verfolgern dröhnte in
seinen Ohren und Sturmwind scheute. Seine Hand
schloss sich eisern um den Schwertgriff. Doch
plötzlich schlitterte sein Barst auf dem matschi-
gen Untergrund. Sydah verlor den Halt. Wie in
Zeitlupe rutsche er seitwärts vom Sattel, an
Sturmwind herab und fiel schließlich zu Boden. Er
richtete sich auf und stellte sich mit Gron
furchtlos seinen Feinden. Eine große Axt mit zwei
Schneideflächen sauste auf ihn nieder. Geschickt
trat Sydah einen Schritt zur Seite und wich dem
Axthieb aus. Er schwang in hohem Bogen sein
Schwert. Grons Klinge durchschnitt die regnerische
Luft und verletzte die Waffenhand des Dämons so
schwer, dass er sofort die schwere Kampfaxt fallen
ließ. Mit einer geschmeidigen Bewegung wich Sydah
einem Schwerthieb aus. Schnell wandte er sich dem
Feind zu und duckte sich geschwind, als das feindliche, schwarze Schwert mit den Widerhaken an der
Klinge auf ihn niedersauste.
Sydah holte zum Schlag aus und stolperte rücklings über einen toten Dämon. »Aschei!«, fluchte
er und fiel hart zu Boden. Das Schwert flog ihm
aus der Hand, der Knauf des Elb-Holz-Stabs rammte
beim Sturz in seine Rippen. Der Atem entwich Sydah

qualvoll, und er krümmte sich vor Schmerzen. Sydah taste nach dem Stab. Er hing noch fest am Waffengürtel. Sydah versuchte schnell wieder auf die Beine zu kommen, als ihn ein Dämon am linken Arm packte. Sydah wollte ihm einen Fausthieb verpassen, als ein anderer Dämon Sydahs rechten Arm festhielt. Ein dritter Dämon ritt auf Sydah zu, mit einem schrecklichen Lächeln auf den Lippen senkte er den Speer. Dann blieb der Dämon auf dem Höllenbarst vor Sydah stehen, und die Speerspitze zeigte auf Sydahs Herz.

»Du hast etwas, das mein Herr begehrt.« Der Dämon grinste gefährlich. »Ich werde dir meinen Speer in den Leib rammen und mir den Elb-Holz-Stab holen, während du qualvoll stirbst«, fauchte er.

»Du bist wirklich ein wahrer Held – mutig von dir einen Wehrlosen zu töten, aber mehr habe ich von euch Bastarden auch nicht erwartet«, schimpfte Sydah und bekam einen Schlag auf den Kopf.

»Lass das!«, fauchte der Dämon seinen Kampfgefährten an. »Ich will, dass er bei Bewusstsein ist, wenn ich ihm die Speerspitze in den Leib stoße.«

Sydahs Ende nahte. Der Dämon spannte seine Armmuskeln. Sollte das dämonische Lächeln das Letzte sein, was er in seinem Leben zu sehen bekommen würde, bevor er den Weg zum Sternengott antrat?, ging es ihm durch den Kopf.

»Wir haben keine Zeit, um mit dem Gesindel zu plaudern, Sydah«, hörte Sydah Ians Stimme und sah, wie der Dämon tödlich verwundet von seinem Höllenbarst fiel. Ian sprang vom Barst und wütete wie ein Orkan. Sydah starrte Ian einfach bloß an. Noch bevor der Dämon, der Sydah am rechten Arm festhielt, sein Schwert erheben konnte, steckte Ians

Breitschwert in seinem Hals. Der Dämon röchelte und Blut floss aus seinem Mund, als Ian das Schwert aus der Wunde zog. Schnell wandte sich Ian dem dritten Dämon zu, der Sydah bereits losgelassen hatte. Der Dämon hielt Ian sein schwarzes Schwert entgegen. Plötzlich flog ein Pfeil dicht an Ians linkem Ohr vorbei und bohrte sich in den Hornbrustpanzer des Dämons. Lautlos und mit starrem Blick fiel der Dämon zu Boden.

»Gottverdammt, Tourag«, schimpfte Ian.

»Ich will auch meinen Spaß haben«, knurrte Tourag. Seine Axt hing am Waffengürtel. Blitzschnell nahm er einen Pfeil aus dem Köcher und legte ihn über den Bogenschaft.

»Was soll ...« Noch bevor Ian den Satz zu Ende sprechen konnte, hob Tourag den Bogen und spannte die Sehne. Dann schoss er den Pfeil auf Ian ab. Tourag grinste, während der Pfeil an Ian vorbeiflog und einen Dämonen erledigte, der hinter Sydah aufgetaucht war.

»Guter Schuss, Tourag«, bestätigte ein Söldner.

»Ja«, knurrte Ian.

»Was ist los, Sydah?«, fragte Ian. »Willst du hier Wurzeln schlagen. Nimm deinen Elb-Holz-Stab und töte endlich das verfluchte Biest!« Ian lächelte. »Ich hab hier noch zu tun, also bis später, Sydah.« Ian schwang sich auf den Barst und hielt mit seinen Kampfgefährten Sydah den Rücken frei.

Asbéert kam angeritten und sagte: »Entschuldigt, Freunde, aber ich wurde aufgehalten.«

Tourag grinste über beide Ohren. »Ach, ja. Von wem denn?«, fragte er.

Asbéert spannte den Bogen und schoss. »So, der hält mich nicht mehr auf«, sagte er grimmig, als

ein Dämon vom Pfeil tödlich getroffen vom Höllenbarst fiel.

Sydah griff nach seinem Schwert und steckte es
in die Scheide. Dann nahm er den Elb-Holz-Stab vom
Waffengürtel. Die Spitze des Stabes leuchtete hell
auf. Während er durch den magischen Schutzschild
trat, fuhr ein greller Blitz hinter dem dämonischen Lager zur Erde nieder, und ein gewaltiger
Donner rollte über den Himmel.

Myr zischte: »Kommt her!«, rief sie ihren Soldaten zu, doch ein zweiter Schutzschild legte sich
um den von Myr.

Myr blickte in die Richtung des Zauberers. »Das
wird deinem Schützling auch nicht das Leben retten.«

Zischend wand sich die Schlange über den Boden,
und schnell kam sie auf Sydah zu – zu schnell, wie
er fand.

»Du Bestie!«, schrie Yil und fügte der Schlange
einen langen Schnitt am äußeren Ende ihres Rumpfes
zu.

»Yil?« Sydah stand die Verblüffung ins Gesicht
geschrieben. »Wie kommst du hierher?«

»Bevor der Zauberer den Schutzschild heraufbe-
schwor, hat er einen Spalt in Myrs Schutzschild
gerissen, durch den ich gekommen bin ...«

»Und warum bist du hier?«, unterbrach Sydah.

Myr zischte und war schon gefährlich nahe.

»Ich habe das Schlachtfeld verlassen und bin zum
Zauberer geritten. Jetzt frag nicht so viel, Sydah, sondern nimm den Knochensplitter! Er wird
dich vor Myrs Magie beschützen«, rief sie und warf
Sydah den Knochensplitter zu, den sie auf ein Lederband gefädelt hatte. »Du musst ihn dir um den
Hals hängen!«, rief sie – gleichzeitig wandte sich

die Schlange Yil zu, und ein Feuerball fuhr aus ihren glühenden Augen heraus.

»Wo hat eine Schlange ihr Herz - verflucht«, rief Sydah. »Wo?«

Sydah sah, wie das Feuer seine Schwester nur knapp verfehlte.

»Fünf Armlängen unterhalb ihres Kopfes befindet sich ihr schwarzes Herz, Sydah«, hörte er die Stimme in seinem Kopf.

Sydah stutzte. »Fünf Armlängen unterhalb ihres Kopfes«, wiederholte er.

»Ja, Sydah«, bestätigte die Stimme.

Sydah trat der Schlange entgegen. Vor der schwarzen Magie konnte ihn der Knochensplitter beschützen, jedoch vor dem Schwanz der Schlange nicht. Die grünen, dolchartigen Schuppen streiften ihn am Kopf, und er ging halb benommen zu Boden. Der Elb-Holz-Stab flog ihm aus der Hand.

»Bruder!« Yil duckte sich und ließ sich in einer fließenden Bewegung auf allen vieren herab. Der Schlangenschwanz verfehlte sie knapp. »Bruder!«, rief sie wieder.

Die Stimme seiner Schwester kam ihm unendlich weit vor. Er bewegte langsam den blutverschmierten Kopf. Aus den Augenwinkeln heraus sah er schemenhaft, wie seine Schwester das Schwert fallen ließ und bewegungslos vor Myrs gewaltigem Kopf verharrte.

Schnell war Sydah wieder auf den Beinen, schnappte sich den Elb-Holz-Stab mit der rechten Hand und zog sein Schwert mit der linken Hand. Tief drang Gron in das Schlangenfleisch ein. Als Sydah das Schwert zurückzog, drehte Myr ihm ihren riesigen Kopf entgegen. Auge in Auge standen sich die Todfeinde gegenüber.

Der starke Regen prallte am magischen Schutzschild ab. Es schüttete mittlerweile so heftig, dass auf dem Schlachtfeld niemand mehr so richtig kämpfen wollte oder konnte.

»Ich werde dich töten«, zischte Myr herzlos, »ob mit oder ohne Magie, das spielt keine Rolle, du Winzling. Ich werde dich einfach zwischen meinen Kiefern zerquetschen wie eine reife Frucht.«

»Was ist los mit dir Myr, willst du dumme Sprüche klopfen oder kämpfen?«, knurrte Sydah.

Myr zischte laut.

»Komm endlich, du Höllenbastard.« Sydah hielt den Elb-Holz-Stab mit beiden Händen fest. »Also, ich habe heute noch etwas anderes vor. Komm schon!«, rief er.

Der Schlangenkopf schoss nach vorn, und die lange Zunge schnellte Sydah entgegen. Hastig sprang er zur Seite.

»Bardega!«, fluchte er laut.

Fünf Armlängen unterhalb ihres Kopfes befindet sich ihr schwarzes Herz – Sydah erinnerte sich an Adenas Worte und sah wirklich ein tiefschwarzes Herz durch die grüne, schuppige Schlangenhaut schimmern. Wieder musste er vor Myrs tödlicher Zunge ausweichen. Dann sprang er einen Schritt vor und lief auf die Höllenschlange zu. Er sah, wie Yil mit ihrem Schwert die Schlange verletzte. Myr zuckte zusammen. Diese Chance nutzte Sydah sofort für seinen Angriff. Mit beiden Händen stieß Sydah den Elb-Holz-Stab in das Schlangenfleisch, fünf Armlängen unterhalb des Kopfes drang er ein.

Für ein paar Herzschläge verstummte das Kampfgeschrei, während die dämonische und königliche Armee den Tod der Höllenschlange verfolgte. Myrs Körper wand sich in einem gleißendem Licht hin und her. Ob nun Dämon oder Estalorer – das laute, erbärmliche Zischen der Höllenschlange, das wie ein Hilferuf klang, löste einen kalten Schauer in jedem aus.

Der Schlangenkörper glühte und das Schwanzende fing an zu brennen. Das Feuer bahnte sich unaufhaltsam seinen Weg, bis zum Schlangenkopf. Sydah sah, wie Myrs teuflische Augen ein letztes Mal aufleuchteten. Dann lag nur noch ein Berg totes Fleisch vor seinen Füßen, und der Kampf war vorüber. Verwirrt und führungslos flohen die Dämonen in alle Himmelsrichtungen unter Jubel der königlichen Soldaten.

»Geschafft«, schnaufte Sydah. »Yil!«, rief er und atmete erleichtert aus, als er ihre Stimme hörte: »Das ist lieb von dir, Bruder, du machst dir Sorgen um mich.« Yil lächelte.

Sydah wandte sich in Richtung des Zauberers und hob vor Freude den Arm. Dann sah er hinter dem Zauberer Adena stehen.

»Adena!«, hauchte er und schon war sie wieder verschwunden.

»Yil, dort auf dem Hügel – Adena«, stotterte Sydah.

»Ich habe auch eine Frau gesehen«, sagte Yil, »aber ob es Adena war – sie hatte auf jeden Fall große Ähnlichkeit mit ihr.«

Sydahs Blick war starr auf den Hügel gerichtet.

»Der Kampf ist vorbei«, sagte Yil und legte den Arm auf die Schultern ihres Bruders. »Wir haben Myr und ihre Höllenbrut besiegt. Komm, Bruder, lass uns gehen!«

»Besiegt haben wir sie, ja, aber der Preis war hoch.« Sydah blickte auf das grausige Schlachtfeld.

»Wo ist der Elb-Holz-Stab, Bruder?«

»Verbrannt«, sagte Sydah bedrückt.

Hoffnungsschimmer

9 Die folgenden Tage war das gesamte Volk von Briard mit Aufräumungsarbeiten beschäftigt. Sydah, Yil und Tarin ritten zum südlichen Stadttor und schlossen sich einer Gruppe Soldaten an, die das Trümmerfeld dort beseitigte.

»Zuerst der verdammte Regen und jetzt die glühende Hitze«, fluchte Sydah und wischte sich mit dem Handrücken die Schweißtropfen von der Stirn.

Die Sonne stand hoch am Himmel. Weit und breit war keine einzige Wolke zu sehen.

»Wenn die Stadt so einigermaßen wieder hergerichtet ist und die Toten würdevoll beerdigt wurden, will der König ein Fest geben«, sagte Sydah und lud zersplittertes Holz auf einen Karren, vor den ein prächtiger Barst gespannt war.

»Oh, ein Fest.« Tarin schwärmte sofort von all den unzählbaren Leckerbissen, die ein König – Tarins Vorstellung nach – auf einem Fest auftischen würde. »Gibt es auch Springbockspieß?«

Sydah konnte ein helles, freudiges Leuchten in den Augen von Tarin erkennen.

»So viel du essen kannst, Tarin«, sagte er, und Tarin grinste bis über beide Ohren.

»Ein schöner Barst, nicht wahr?« Sydah wandte sich seiner Schwester zu.

»Ja, Bruder, es ist wirklich ein herrliches Tier«, schwärmte sie und strich dem Barst über die weiße Mähne.

»Was macht der König mit den toten Dämonen?«,

fragte Tarin, als er einen großen Karren mit leblosen Körpern vorbeifahren sah, der von zwei schweren Barsten gezogen wurde.

»Der König lässt sie zur nördlichen Grenze des Niemandslands bringen. Dort wird ein Massengrab ausgehoben, wo sie beerdigt werden«, erklärte Yil.

»Ich hätte das Dämonenpack zusammengetragen und auf einen Haufen geschmissen, und dann hätte ich es verbrannt«, hörten sie Tourags brummige Stimme näher kommen.

»Hast heute wieder besonders gute Laune, nicht wahr?«, warf Sydah ihm an den Kopf.

»Er ist schon den ganzen Tag mies gelaunt«, winkte Ian ab, der gerade einen Holzstamm schleppte und ihn auf den Karren lud.

»Ich hätte sie trotzdem alle verbrannt, das sage ich euch«, beharrte Tourag.

Sydah hob den Kopf und sah Tourag ins Gesicht. »Der König hat nun mal anders entschieden.«

»Ja, das hat er.« Aus Tourags Stimmlage schloss Sydah, dass die Entscheidung des Königs keineswegs seine Zustimmung gefunden hatte.

»Könnt ihr nicht etwas schneller arbeiten?«, rutschte es Tarin heraus. »Der König gibt das Fest erst, wenn die Arbeit getan ist.« Tarin schluckte, als er in die finstere Miene von Tourag blickte.

Ian kam auf Tarin zu. Sein steinernes Gesicht wurde mit einem Mal von einem breiten Grinsen geprägt. »Du gefällst mir, Tarin«, sagte Ian, der nun wie ein Berg vor Tarin stand. Ians blaue Augen strahlten Fröhlichkeit aus. »Tarin hat Recht, wir sollten nicht zu viel reden und mehr arbeiten – auch ich freue mich auf das Fest«, sagte er. »Das gilt besonders für dich, Tourag, arbeite endlich, anstatt uns die Ohren voll zu jammern!«

Tourags Laune hellte sich durch Ians Bemerkung jedenfalls nicht auf, im Gegenteil, er brummte mehr denn je.

»Komm mit, Tarin«, sagte Ian, »du kannst mir bei dem Baumstamm helfen.« Tarin trotte freudig hinterher.

Sydah schüttelte den Kopf und sagte: »Dass sich der verwegene Ian mit Tarin anfreunden würde, das hätte ich nie für möglich gehalten.«

»Tja, Bruder, er hat schneller das Gute in Tarin erkannt als du.«

Sydah schmollte, und sein Blick trübte sich ein. Yil musste lächeln. »Ach, komm schon, Bruder, nimm nicht alles so ernst, was ich zu dir sage.«

Sydah hievte mit seiner Schwester einen Felsbrocken auf den Karren, der daraufhin voll beladen abfuhr.

»Hier, nimm ein Schluck Wasser!«

Sydah nahm den ledernen Wasserbeutel entgegen.

»Danke.« Er zeigte wieder ein Lächeln.

»Hast du wieder gute Laune, Bruder?«

»Ich musste gerade an Tarin denken. Als ich ihn das erste Mal gesehen habe, wollte ich ihn tatsächlich mit meinem Schwert erschlagen. Aber dann ...« Sydah hielt inne. »Komm, lass uns dort in den Schatten gehen und eine kleine Pause machen«, schlug er vor. »Es wäre ein schwerer Fehler von mir gewesen, wenn ich Tarin etwas angetan hätte, das weiß ich nun, Yil.«

»Tarin hat weder Vater noch Mutter«, sagte Yil ernst. »Der erste wahre Freund den er gefunden hatte, war der weißbärtige Zauberer gewesen, und er hatte Tarin behandelt wie einen eigenen Sohn.« Yil sah ihrem Bruder fest in die Augen. »Tarin ist von den finsteren Mächten erschaffen worden und

nun ...«, Yil zeigte ein freudiges Lächeln, »...
ist er ein Geschöpf mit einer guten Seele, Bruder.«

Sydah nickte. »Er ist mehr als nur ein Geschöpf,
Yil, er ist unsere Freund.«

Sydah sah das freudige Strahlen in Yils Augen
und ging mit ihr in den Schatten eines großen Baumes, wo sie sich niederließen.

***

Es war ein warmer, klarer Tag, erfüllt vom Glockenläuten und von spielenden Trompetern und
Trommlern. Vereinzelt sahen Sydah und seine Gefährten auch einen Sakainspieler durch die Gassen
ziehen. Briard feierte seinen König und die Soldaten und deren Sieg. Sämtliche Gassen waren mit
bunten Fahnen und Blumen geschmückt. Überall standen Stände mit Essen und Fässer mit Mosch gefüllt,
auf die Tarin jedes Mal einen sehnsuchtsvollen
Blick warf.

»Sollen wir uns einen Becher Mosch holen?«,
fragte Yil.

Tarin sagte nichts, er nickte nur heftig.

»Soll ich dir auch einen Becher mitbringen, Bruder?«

»Ja, gerne.«

»Aschah Hal, Sydah«, grüßte Asbéert, der mit
Tourag, Ian und seinen Söldnern vorbeikam.

»Aschah Hal«, grüßte Sydah zurück.

»Wir gehen zum Platz der Güte«, sagte Asbéert,
»denn ich muss mein Versprechen einlösen und ein
Siegeslied singen, das ich auf meinem Sakain begleiten werde.« Asbéert schmunzelte. »Willst du
nicht mit uns kommen und meinen Künsten lauschen?«

»Ich habe befürchtet, dass du mir diese Frage stellen würdest, Asbéert«, gab Sydah grinsend zurück, »heute habe ich leider mein Schwert in meinem Gemach gelassen – mir blieb also nichts anderes übrig, als dir bis zum Ende zuzuhören – nein danke, Asbéert, aber vielleicht ein anderes Mal.«

»Er mag wohl deine Musik nicht«, schmunzelte Ian.

»Das ist eine lange Geschichte, Ian, aber ich könnte sie dir ja nach meinem Spiel erzählen.«

Yil und Tarin kamen zurück. Sydah nahm einen Becher Mosch von Yil entgegen.

»Willst du mit uns kommen, Tarin?«, fragte Ian. »Asbéert wird auf seinem Sakain spielen und dabei singen.«

Tarins Blick wanderte zu Yil.

»Wenn du willst, dann geh mit ihnen«, sagte sie. »Ich komme gleich mit meinem Bruder nach.«

Tarin marschierte freudig der Gruppe hinterher und trank an seinem Becher.

»Wohin geht ihr?«, rief Yil ihnen nach.

Asbéert drehte sich um. »Zum Platz der Güte. Ich freue mich, wenn du kommst, Yil.« Asbéert schenkte ihr ein ganz besonderes Lächeln. »Die schönste aller Blüten am Morgen bist du, Yil, ich warte auf dich.« Asbéert verneigte sich kurz.

»So ein Torreg«, schmollte Sydah leise.

»Was hat er dir nun schon wieder getan?«

»Er hat meinen Spruch benutzt«, schmollte Sydah weiter.

»Bring deinen Bruder auch mit – er wird sich an meine Musik gewöhnen müssen«, rief Asbéert, »und an meine Sprüche auch.«

»Was soll das nun wieder heißen, Schwester?«

Yil zuckte nur mit den Schulter.

Doch Sydah kannte seine Schwester gut, und er wusste, dass sie etwas verschwieg.

»Gut, wir werden kommen«, rief Sydah. »Ich muss vorher nur noch ein oder besser zwei Becher Mosch trinken, damit ich deine Musik ertragen kann.«

Asbéert lachte laut, und die Gruppe zog davon.

»Du liebst ihn, nicht wahr, Schwester?«

»Sagen wir mal so, ich finde ihn sehr nett.«

»Er ist ... Asbéert ist ganz in Ordnung«, gab Sydah zu.

»Ganz in Ordnung?«, fragte Yil mit gedämpfter Stimme.

»Komm, Schwester, wir holen uns noch einen Becher Mosch«, lenkte Sydah ab, »und dann gehen wir zur Stätte der Weissagung, dort wird ein Gebet für den Sternengott gehalten – es dauert nicht lange. Danach können wir zu Asbéert gehen und seine musikalische Fähigkeit bewundern.«

Yil schmunzelte. »Gehen wir zusammen beten, Bruder.« Sie hakte sich bei ihm ein, und sie gingen gemeinsam zur Gebetsstätte.

***

Sydah war mit seiner Schwester und Tarin am späten Nachmittag in den Palast zurückgekehrt, um sich auf das Festbankett vorzubereiten, das der König im Saal der Ahnen nur für geladene Gäste geben wollte.

»Springbockspieß ...«, schwärmte Tarin und rollte mit den Augen. »Wann fängt das Fest denn endlich an?« Tarin saß ungeduldig, zappelnd auf einem Stuhl.

»Du nimmst ja die Eigenschaften meines Bruders an, Tarin.« Yil sah zum Fenster, wo Sydah stand und nachdenklich in die Abenddämmerung blickte. Eine große, runde Sonne stand dunkelrot leuchtend am Horizont. »Geduld, Tarin, du musst dich in Geduld üben«, lächelte Yil.

»Ich musste an Adena denken.« Sydah atmete schwer, als er zu seiner Schwester sprach. »Sie erscheint mir in meinen Träumen und, wie ich glaube, wandelt sie als Geist in dieser Welt umher. Sie spricht manchmal zu mir – sie ist die Stimme in meinem Kopf, denke ich.«

»Ach, Bruder. Es bricht mir das Herz, dich so traurig zu sehen«, sagte Yil und nahm ihn liebevoll in den Arm. »Du hast sie sehr geliebt, ich weiß, aber ...«

»Ich tue es immer noch, Yil«, unterbrach er, »und ich werde es tun, solange ich lebe.«

Sie drückte ihn kurz und ließ ihn los.

»Wir sollten gehen, der König erwartet uns pünktlich«, sagte sie.

»Ja, ja, wir gehen zum Fest.« Tarin sprang auf, und der Stuhl kippte zu Boden.

»Du siehst gut aus, Schwester«, sagte Sydah, als er ihr neues, buntes Gewand wahrnahm, das sich wie eine zweite Haut um ihren Körper schmiegte.

»Danke.«

»Ich hoffe Asbéert fallen nicht die Augen aus dem Kopf«, gab er unfreundlich von sich, als er auf ihren Bauch blickte, der durch einen ovalen Ausschnitt zu sehen war.

»Ach, komm, Bruder, lass Asbéert endlich in Ruhe!«, sagte sie und wandte sich von ihm ab. »Komm, wir gehen, Tarin«, sagte sie und streckte ihm die Hand entgegen.

»Tarin ist aufgeregt«, sagte er, als er Yils Hand nahm.

»Hmm, Springbockfleisch«, sagte Yil.

»Ja«, schwärmte Tarin.

»Und Asbéert werden doch die Augen aus dem Kopf fallen«, schmollte Sydah, als er den weiten Ausschnitt am Rücken des Gewands erblickte.

Sydah folgte Yil und Tarin in den Saal der Ahnen, wo der König sie empfing: »Da seid ihr ja endlich.«

»Meine Schwester hat etwas länger gebraucht, um sich schön zu machen«, sagte Sydah und fing sich von Yil einen messerscharfen Blick ein.

»Und wie ich sehe, hat sich das Warten gelohnt«, sagte der König und verneigte sich kurz. Yils Wangen schimmerten rötlich. »Mit deiner Schönheit und Gutmütigkeit wird dir jedes Herz zu Füßen liegen, Yil.«

Der König richtete seine bescheidene Kleidung und umarmte sie väterlich.

»Ich freue mich, dass ihr hier seid«, sagte der König, als er Sydah umarmte.

»Deine Freunde sind auch schon da«, sagte er zu Tarin.

»Meine Freunde?«, fragte Tarin verdutzt.

»Ja, dort drüben beim Fass sind Ian und seine Söldner«, sagte der König. »Ian hat schon nach dir gefragt«, sagte er. »Geh zu ihnen, Tarin. Ich werde mit Yil und Sydah noch ein wenig plaudern.«

Sydah schüttelte den Kopf, als Ian Tarin freudig begrüßte und seine Söldner Tarin fröhlich auf die Schulter klopften.

»Das muss am Mosch liegen«, warf Sydah in die Runde.

»Dein Bruder hat aber schlechte Laune«, flüsterte der König Yil zu. »Es liegt wohl daran, dass du in deinem Gewand so gut aussiehst.« Der König zwinkerte Yil zu. »Dein Bruder weiß, dass jeder Mann dir zu Füßen liegen wird –«

»Aber ... ich ...« Yil fand nicht die richtigen Worte.

»– Asbéert wird sich freuen dich zu sehen«, sagte der König.

»Asbéert?« Yil stellte sich dumm.

»Ich bin zwar alt, Yil, aber noch nicht senil. Ich sehe doch, wie du und Asbéert euch anseht«, sagte der König. »Da kommt Asbéert ja.« Der König begrüßte den weißbärtigen Zauberer und Asbéert, der ein ledernes Gewand und seinen Spitzhut trug. Sein Sakain hielt er in der linken Hand.

Asbéert verneigte sich und zupfte kurz über die Saiten. »Ihr seht ganz bezaubernd aus, Yil. Ich werde gleich ein Lied für Euch spielen.« Asbéert beachtete Sydah mit keinem einzigen Blick.

»Ach, ist das schön, man müsste noch einmal jung sein«, schwärmte der Zauberer und wandte sich dabei an den König.

»Da hast du Recht. Wie schön war doch die erste Liebe, der erste Kuss ...« Der König hielt inne. »Freue dich für deine Schwester, Sydah«, lächelte er. »Wir sollten die beiden alleine lassen und uns einen Becher Mosch holen.«

»Ich werde mit euch kommen«, sagte der Zauberer.

Sydahs Blick verriet, dass er sich über Asbéert maßlos ärgerte. »Yil, willst du ...«

»Komm, Sydah!«, sagte der König. »Wir sollten gehen!«

»Ja, das sollten wir, ich weiß.«

* * *

»Das Essen ist vorbereitet«, verkündete der König.

Das Festmahl wurde aufgetischt, während die fünfzig geladenen Gäste an dem langen Tisch Platz nahmen, der mitten im Saal der Ahnen stand.

Der weißbärtige Zauberer trat an Ians Seite.

»Aschah Hal, Zauberer«, grüßte Ian und verneigte sich leicht.

»Aschah Hal, Ian«, erwiderte der Zauberer.

Sydah stand daneben und horchte.

»Hat das Medaillon dir geholfen?«, fragte Ian.

»Ja«, antwortete der Zauberer knapp und warf einen kurzen Blick zu Sydah.

»Woher kennt ihr euch?«, wollte Sydah wissen.

»Der Zauberer hatte sich verlaufen«, lächelte Ian, »und ich habe ihn wieder auf den richtigen Weg gebracht.«

Sydah wandte sich dem Zauberer zu.

»Ja, in der Tat. Ian hat mir vor einiger Zeit geholfen«, bestätigte der Zauberer.

»Kommt, der König hat sich an den Tisch begeben. Wir sollten ihn nicht warten lassen«, forderte Yil Sydah und die anderen auf.

Der König saß mittig an dem Tischende mit dem hohen Lehnstuhl, Tourag nahm rechts neben dem König Platz, Ian ließ sich neben Tourag nieder. Ians Söldner saßen schon links vom König – die Heeresführer hatten am anderen Tischende Platz genommen.

An den beiden Längsseiten verteilten sich die anderen Gäste. Sydah setzte sich an die Längsseite des Tisches rechts von Ian, neben Sydah ließ sich seine Schwester nieder. Tarin warf einen flüchtigen Blick zu Asbéert und setzte sich schnell neben Yil. Gegenüber von Sydah saß der weißbärtige Zauberer, links vom Zauberer fand Asbéert Platz.

»Ich wollte ja eigentlich eine Tischrede halten«, begann der König, »jedoch, glaube ich, dass eine zu lange Rede des Königs die Gäste langweilen würde, deswegen lasst uns jetzt die Becher erheben und gemeinsam auf den Sieg trinken.«

Nach einem Handzeichen des Königs begann eine Gruppe Musiker zu spielen und begleitete das Festmahl.

»Hier ist der Springbockspieß für Euch, wie Ihr ihn gewünscht habt, mein König«, sagte ein junger Mann und verneigte sich.

»Besten Dank«, gab der König zurück, »serviert den Spieß ...«

Tarins Augen glänzten vor Verlangen nach einem Stück saftigem Springbockfleisch.

»... meinem Freund«, sagte der König und deutete dabei auf Tarin.

»Ein Springbockspieß für mich?« Tarin konnte es nicht fassen.

»Ja, nur für dich, Tarin«, sagte der König, und für einen kurzen Moment verstummten die Gespräche am Tisch.

Der Spieß stand nun direkt vor Tarin. Der Diener überreichte Tarin ein Messer, das Tarin zögernd entgegennahm.

»Sei nicht so schüchtern, Tarin«, sagte der König, »und schneide dir ein großes Stück Fleisch vom Spieß ab!«

Das ließ sich Tarin kein zweites Mal sagen.

»Möchtest du auch ein Stück, Yil?«, fragte Tarin.

»Gerne, aber bitte nur ein kleines Stück.«

Sydah nahm wahr, wie sich der Zauberer konzentrierte. Er blickte an dem Zauberer vorbei und beobachtete das Licht der flackernden Fackeln an der Wand und den Öllampen, die auf Marmorsäulen standen. Sydahs Blick wanderte wieder zum Zauberer und ihm fiel der lange, gespenstische Schatten auf, der vom Zauberer auf den Tisch bis zu ihm hinübergeworfen wurde. Sydah vermutete, dass die Fackeln und Öllampen für den Schatten verantwortlich waren.

»Zauberer, ich habe da eine Frage«, sprach Sydah leise. »Könnte Adenas Geist tatsächlich in der Zwischenwelt geblieben sein?« Sydah sah den neugierigen Blick des Königs. Als der Zauberer nicht auf seine Frage reagierte, fragte Sydah mit anschwellender Stimme: »Könnte das sein, Zauberer?« Der Zauberer wandte sich Sydah zu, und der unheimliche Schatten verschwand. Sydah wunderte sich, dass niemand außer ihm den Schatten bemerkt hatte. Doch als der Zauberer antwortete, vergaß Sydah ihn nach dem Schatten zu fragen.

»Die Welt steckt voller Wunder, voller Magie und Geheimnisse, Sydah – was willst du von mir hören?«

»Die Wahrheit!«

Der Zauberer nahm einen Schluck zu sich.

»Wir sollten uns an diesem Abend amüsieren«, fuhr Asbéert dazwischen und erhob seinen Becher.

»Ein Sakainspieler – ein Schüler – ein Trunkenbold«, kam es von Sydah und mit seinem Blick forderte er Asbéert heraus, »der mir gute Ratschläge geben will!«, fügte er noch hinzu.

Niemand am Tisch ging auf Sydahs Bemerkung ein. Auch Asbéert sagte nichts. Sydah kauerte vor seiner Fleischbrühe und nahm widerwillig einen Löffel zu sich.

»Ja, gut – verdammt«, sagte er. »Es tut mir leid, Asbéert«, entschuldigte sich Sydah, »aber, wenn ich an Adena denke und mir klar wird, dass sie nicht mehr bei mir ist –«

Er schluckte.

»– und ich sie nie mehr in meinen Armen halten kann, dann ...«

»Ist schon gut, Sydah«, sagte Asbéert. »Ich verzeihe dir, falls du mir erlaubst, dass ich nach dem Essen mit deiner Schwester tanzen darf.« Asbéert grinste über das ganze Gesicht.

»Ja, natürlich«, winkte Sydah ab, »aber ich glaube, falls ich etwas dagegen hätte, würde es meine Schwester nicht kümmern.« Sydah wandte sich ihr zu. »Ich freue mich wirklich für dich, dass du jemanden gefunden hast, der deine Gefühle erwidert, Schwester.«

»Danke, Bruder!«

»Das ist lecker«, hörte Sydah Tarin sagen. Als er an seiner Schwester vorbei zu Tarin spähte, fragte Tarin: »Willst du auch ein Stück vom Spieß, Sydah?«

»Ja, aber nur ein kleines Stück«, sagte Sydah.

»Was weißt du über Adena?« Sydah wandte sich dem Zauberer zu und schob sich das Springbockfleisch in den Mund.

»Später, Sydah! Später!«, sagte der Zauberer. »Lass uns das Fest genießen! Wir haben einen großen Sieg errungen und du hast Vergeltung geübt, das soll fürs Erste genügen.«

»Und die Drachen, die hat er auch befreit«, wandte Tarin ein.

»Kommt, lasst uns auf den Sieg anstoßen!« Asbéert erhob wieder seinen Becher, und dieses Mal stieß Sydah mit ihm an.

Da schnallte ein einzelnes Horn durch den Raum, und ein Sänger bemühte sich um Aufmerksamkeit. Dann fing er leise an eine Melodie zu summen, und Asbéert begleitet ihn dabei auf seinem Sakain. Der

Liedermacher begann zu singen.

>*Ich singe von Schlachten und großen Taten,*
von mutigen Männern die sie schlugen.
Ich singe von einer finsteren Zeit,
in der entstand sehr großes Leid.
Doch unser König und sein mutiges Heer,
stellten sich der Übermacht
und gewannen die große Schlacht.«

Die Menge johlte, und der Sänger begann erneut mit dem Lied, und dann erst sang er die nächste Strophe.

Sydah spähte wieder an Yil vorbei und sah, dass Tarin den Gesang überhaupt nicht interessierte. Tarin widmete seine ganze Aufmerksamkeit dem Springbockspieß.

***

Sydah nahm eine blaue Beere vom Teller. »Ärgerlich, dass der Elb-Holz-Stab verbrannt ist.« Er hob den Kopf und sah den Zauberer an.

»Der Elb-Holz-Stab ist verbrannt?«, fragte der Zauberer verstört.

»Ja«, sagte Sydah und schob sich die Beeren in den Mund.

»Ein Feuer kann dem heiligen Stab nichts anhaben«, sagte der Zauberer mit verdutzter Miene.

Erst jetzt wurde Sydah mit schrecklicher Klarheit bewusst, welch einen verheerenden Fehler er gemacht hatte. Er hätte nach dem Elb-Holz-Stab suchen müssen und sich vergewissern, dass er tatsächlich vom Feuer zerstört wurde.

»Der Elb-Holz-Stab ist doch mit Myr verbrannt,

oder?« Sydah formulierte die Frage vorsichtig, in der Hoffnung, dass vielleicht doch noch diese Möglichkeit bestand.

Der Zauberer schüttelte den Kopf. »Nein, Sydah, das ist er nicht. Er kann nicht verbrannt werden – noch nicht einmal ein dämonisches Feuer kann ihn zerstören!«

Sydah fiel die Kinnlade herunter – er ärgerte sich über seine Dummheit. Für einen Moment lang herrschte Stille, bis auf die schmatzenden Geräusche, die Tarin beim Essen von sich gab.

»Was nun?«, knurrte Tourag.

»Wir sollten unverzüglich nach den Stab suchen«, schlug der König vor.

Sydah schloss die Augen, hob das Gesicht dem halbrunden Fenster entgegen und blickte in die Dämmerung, die ihm kalt und grau erschien. Der sonnige Tag war endgültig vorüber, und es zogen wieder Regenschauer über das Land. Sydah wandte sich wieder der Gesellschaft am Tisch zu und sah, wie der weißbärtige Zauberer geistesabwesend auf sein Essen blickte.

»Was hat der Zauberer?« Sydah stupste seine Schwester an.

»Es sieht aus, als würde er nachdenken«, sagte sie.

Leise drangen fremde Worte über die Lippen des Zauberers, und wieder breitete sich der lange, gespenstische Schatten aus, der vom Zauberer auf den Tisch bis zu Sydah hinübergeworfen wurde.

»Was faselt er da?« Sydah verstand keine einzige Silbe. »Und was ist das für ein seltsamer Schatten?«

»Beherrsch dich, Bruder!«

»Das ist die Sprache der Alten-Welt«, antwortete

Asbéert, der neben dem Zauberer saß und ihn wie alle anderen beobachtete. »Vermutlich beschwört er einen Zauber aus dieser Zeit herauf.«

»Ianatar!« Der Zauberer sprach mit einer festen Stimme, und seine Pupillen schimmerten rötlich. »Ianatar!« Diesmal hauchte er das Wort aus sich heraus, und das rötliche Schimmern in seinen Augen verschwand. Vor dem Zauberer erschien eine schwebende, durchsichtige, kopfgroße Kugel. Die Musiker hörten schlagartig auf zu spielen, und alle Gespräche verstummten. Der Zauberer starrte auf die Kugel und flüsterte: »Ich spüre eine schwarze Magie – sie ist stärker als jede, die ich kenne!« Lichter funkelten um die Kugel herum.

»Oh, das ist aber schön«, gab Tarin von sich, als er das Funkeln der Lichter beobachtete, die wie helle, kleine Sterne glänzten.

Plötzlich erlosch das Lichterfunkeln, und ein flimmerndes Bild erschien in der magischen Kugel. Als Sydah in der Kugel den Ort sah, wo Tage zuvor die erbitterte Schlacht stattgefunden hatte, fragte Tarin: »Sind das nicht die Überreste von der widerlichen Höllenschlange?« Niemand antwortete ihm. Nebel hing über dem Feld und in den tropfenden Bäumen. »Dem Sternengott sei Dank, dass sie nun tot ist«, sagte Tarin erleichtert.

»Safnag'uhl«, flüsterte der Zauberer.

»Safnag, wer?« Sydah konnte seinen Mund nicht halten.

Yil stupste ihn an. »Gib endlich Ruhe, Sydah!«

Eine schmale Gestalt mit einem grauen Umhang näherte sich den Überresten von Myr. Eine Kapuze verdeckte sein Gesicht.

»Hmm«, kam es von Tarin. »Ich glaube, ich kenne ihn.« Tarins Hände zitterten wie das Laub eines

Marguts, mit dem Windböen sein Spiel trieben.

Die Gestalt beugte sich nach vorn, und eine schmale Hand mit fünf dünnen, langen Fingern griff in den Haufen verbrannten Schlangenfleisch hinein.

»Das könnte ...« Tarin war sich seiner Antwort noch nicht sicher, obwohl der Zauberer vorhin einen Namen ausgesprochen hatte.

Die Gestalt zog irgendetwas aus dem Fleischberg hervor und drehte sich um.

Tarin zuckte wieder zusammen, und nun zitterte er am ganzen Leib. »Das ist der schwarze Dämon«, hauchte er.

»Er hat den Elb-Holz-Stab.« Sydah sprang auf und stieß dabei seinen Becher um. Verärgert blickte er in die Kugel und sah die kristallblauen Augen der schmalen Gestalt, in denen trotz aller Grausamkeit eine dämonische Schönheit lag. »Ja, Tarin hat Recht, das ist der schwarze Dämon«, brüllte Sydah.

»Ja, unter diesem Namen ist er auch bekannt«, gab der Zauberer zurück.

Dann sprach der Dämon. Seine Worte drangen aus der Kugel heraus und hallten im Raum wider. »Diese Schlacht haben wir verloren – aber die nächste Schlacht werden wir gewinnen.« Die dünne Hand des Dämons hielt den Elb-Holz-Stab fest umklammert, während er mit grausig schriller Stimme sprach: »Du weißt, wer ich bin, weißbärtiger Zauberer, und du weißt, über welche Macht ich verfüge. Glaubst du wirklich, dass du mich aufhalten kannst? – Du?«

Für einen scheinbar langen Augenblick trat eine Totenstille ein.

»Wir sehen uns wieder, Zauberer. Ich habe Zeit, unendlich viel Zeit und ...« Der Dämon schwieg und wandte sich vom Zauberer ab. Wortlos verschwand er im Nebelfeld.

Ein kurzes Zucken ging durch den Körper des Zauberers, und der Projektionszauber verschwand.

»Kennst du den Dämon genauer, Zauberer? Über welche Macht verfügt er? Können wir ihn bezwingen?«, wollte Sydah sofort wissen – er sprach für alle anderen, die natürlich auch auf Antworten warteten.

Tarin kannte die Antwort bereits, und er sagte mit zitternder Stimme: »Das war ein sehr sehr mächtiger Dämon – seine Macht ist groß – zu groß für uns – wir können ihn nicht besiegen – auch nicht mit einem Elb-Holz-Stab – nein, das geht nicht – niemals.« Tarin schüttelte heftig den Kopf.

»Die Macht von Safnag'uhl ist wirklich sehr groß«, sagte der Zauberer, »aber es gibt immer eine Möglichkeit, um auch den mächtigsten Dämon zu Fall zu bringen«, sagte er besonnen. »Wir wollen uns doch das Fest durch so einen kleinen Zwischenfall nicht verderben lassen, oder?« Der Zauberer erhob den Becher und trank. »Safnag'uhl hat nun den Elb-Holz-Stab, daran können wir im Augenblick nichts ändern, also lasst uns weiter feiern.«

»Die Dämonen werden keine Ruhe geben, bis sie uns besiegt haben.« Ian ballte vor Wut die Hand zur Faust. »Ich würde diesen Safnag'uhl gerne in die Finger bekommen.« Er schlug die Faust auf den Tisch.

»Ruhig Blut, Ian«, sagte der König, »spar dir deine Kräfte für die Dämonen auf!«

»Safnag'uhl wird einen neuen Anführer bestimmen und mit ihm eine Armee zu uns senden –«

Der Zauberer nippte an seinem Becher.

»– und Safnag'uhl wird mit einem besseren Plan und einer größeren Armee zurückkehren, davon gehe ich aus.«

Der Zauberer blickte in die Runde.

»Warum führt Safnag'uhl seine Armee nicht selber an?« Ians Stimme schwoll gefährlich an. »Er ist ein dämonischer Feigling«, spottete er.

»Er wird seine Gründe dafür haben«, die Stimme des Zauberers klang besonnen, »unterschätze Safnag'uhls Macht nicht, Ian – niemals.«

Asbéert fügte rügend hinzu: »Ja, Ian, unterschätze niemals die Macht dieses Dämons. Mit einem Wimpernschlag kann er dein Blut zum Kochen bringen – und mit einem weiteren Wimpernschlag kann er dafür sorgen, dass ...«

Ian winkte ab. »Unterschätz niemals mein Breitschwert und meine Kampfaxt, Asbéert – schnell könnte auch der mächtigste Dämon mit einem Wimpernschlag seinen Kopf verlieren«, erwiderte er.

Nachdem Ian zu Ende gesprochen hatte, begann der Zauberer mit einer Rede. »Lange vor dem ersten Zeitalter existierte ein Volk, das die alten Götter verehrte. Dieses Volk erbaute gewaltige Tempelanlagen und Städte ...«

»Woher willst du das denn wissen, Zauberer?« Tourag trank und belächelte die Rede.

»Schweig«, fuhr Sydah ihn an, »und lass den Zauberer zu Ende sprechen!«

Tourags steinerner Blick traf Sydah.

»Wenn ihr euch prügeln wollt«, ermahnte der König, »dann geht in den Hof!«

Tourag brummte.

»... also, wo war ich stehen geblieben?«, begann der Zauberer, als sich die Gemüter wieder beruhigt hatten. »Etwa fünfhundert Jahre vor dem ersten Zeitalter erbaute das alte Volk die Stadt Uhumbra.«

»Entschuldigt, dass ich dazwischenrede, Zauberer«, sagte Ian, »aber Uhumbra ist nur eine Legende – ein Mythos – die Geschichten über diese Stadt erzählt man sich an einem wärmendem Lagerfeuer, um sich die Zeit zu vertreiben.«

»Da irrst du dich gewaltig, Ian«, erwiderte der Zauberer. »Uhumbra hat es wirklich gegeben, und irgendwo auf diesem Planeten stehen noch die Überreste dieser einst so gewaltigen Stadt. Dort befand sich der Drachentempel, wo ein versteinertes Drachenei gehütet wurde – mit diesem Drachenei und mit den Kräften eines Zauberers erhält ein Drachenmeister die Macht über Leben und Tod der Drachen. Der Drachenmeister kann mit diesem Drachenei den Drachen Unverwundbarkeit bescheren und dann mit ihnen zusammen in den Krieg gegen die Dämonen ziehen.« Der Blick des Zauberers wanderte zu Sydah, wo er kurz ruhte. Dann wanderte sein Blick zum König. »Und es gibt dort ein Schwert, das den Namen eines alten Gottes trägt – Odeon.«

»Das Schwert soll mächtiger sein als alle Waffen dieser Welt«, sagte Ian, »und einem rechtmäßigen und gütigen König wird es all seine Macht zur Verfügung stellen.«

»Genauso ist es, Ian, genauso.« Der Zauberer nickte wissend.

»Und in Uhumbra soll es Gold und Edelsteine geben«, schwärmte Tourag, »in Hülle und Fülle. Sogar die Säulen und Dächer der Tempel sollen aus Gold bestanden haben.«

Tarin wurde hellhörig. »Gold und Edelsteine«, flüsterte er und legte das Messer beiseite. Er aß das Stück Springbockfleisch, das er sich zuvor vom Spieß abgeschnitten hatte und sagte: »Tarin würde gerne auf die Suche nach Uhumbra gehen.«

»Woher weißt du so viel über Uhumbra?«, fragte Tourag kritisch. »Es existieren keine Schriftrollen über diese Stadt und ihre Geschichte – und gelebt hast du zu dieser Zeit ja wohl noch nicht, Zauberer.«

»Das ewige Licht im Tempel von Penthesileá«, schmunzelte Asbéert. »Wir wissen bis heute nicht, wie lange das Licht schon brennt.«

»Und, was soll ich daraus schließen?«, fragte Tourag in seinem üblich brummigen Ton.

Asbéert zuckte mit den Schultern. »Denk einfach mal nach, Tourag!«, sagte er.

»Asbéert und ich haben in der nächsten Zeit viel zu tun«, lenkte der Zauberer ein. »Wir begeben uns auf die Suche nach Uhumbra!« Die Stimme des Zauberers klang fest und klar. »Asbéert macht sich zuerst auf den Weg nach Penthesileá, um zwei Priester von dort nach Briard zu bringen, die während meiner Abwesenheit mit ihrer Zauberkraft die Stadt verteidigen können.«

»Und ich werde euch auf der Suche nach Uhumbra begleiten«, sagte Tarin spontan.

»Mein kleiner Freund ist mutig«, nickte Ian froh, »das habe ich immer schon gewusst.«

»Ich denke, dass ich auch mitkommen werde«, sagte Sydah. »Du weißt, ich suche nach Antworten, und vielleicht werde ich sie auf unserer Reise erhalten.«

»Tja, wo mein Bruder hingeht, da gehe auch ich hin«, sagte Yil mit fester Stimme, jedoch fiel ihr Blick auf Asbéert.

Der Zauberer lächelte vergnügt. »Natürlich kommst du mit uns, Yil, ich würde dich nur ungern von deinem Bruder trennen.«

»Dann soll alles so geschehen, wie der Zauberer

es will«, sagte der König.

Der Zauberer neigte als Dank sein Haupt und sagte: »Wo uns unsere Reise überall hinführen wird, das weiß ich noch nicht. Den ersten Hinweis werden wir womöglich im Ioan-Gebirge finden. Dort gibt es eine alte Siedlung, die schon lange verlassen ist. Auch kann uns unsere Suche ins Niemandsland verschlagen.«

Ein Raunen ging durch den Raum. Nur Tarin sprach deutlich: »Im Niemandsland kenne ich mich genau aus. Ich könnte dort euer Führer sein.«

Der Zauberer war sichtlich zufrieden. »Ich freue mich, dass du uns deine Hilfe anbietest, Tarin.«

»Woher willst du eigentlich wissen, ob sich das Drachenei noch im Tempel befindet?«, fragte Tourag erst jetzt. »Denn nach der Legende wurde die Stadt in einem verheerenden Krieg zerstört – das Drachenei könnte dabei zerbrochen oder es könnte gar geraubt worden sein wie auch das Schwert.«

»Das Drachenei ist noch dort, Tourag, sowie auch das Schwert, das weiß ich ganz genau.« Der Zauberer sprach mit solch einer Bestimmtheit, dass niemand fragte, woher er die Gewissheit hatte. »Nur, wo Uhumbra liegt, das weiß ich leider nicht.«

Sydah schien es so, als würde sich das Festbankett dem Ende zuneigen. Die Gespräche verstummten langsam und Müdigkeit breitete sich unter den Gästen aus, wofür sicherlich der rege Konsum an Mosch verantwortlich war. Er sah, wie Tarin vor seinem Springbockspieß kauerte. Doch dann forderte der König Yil auf und eröffnete mit ihr den Tanz.

»Ich glaube, ich sollte mich jetzt zurückziehen«, sagte der Zauberer. »Morgen habe ich noch viel zu tun – in meinem Alter brauche ich ein bisschen mehr Ruhe.«

»Du bist doch noch nicht alt, Zauberer«, winkte Sydah ab, »ein bisschen grau vielleicht – aber doch nicht alt.«

Der Zauberer lächelte leicht und erhob sich langsam. »Ich werde in meine Kammer gehen und noch etwas lesen und mir dabei ein Rauchrohr anzünden.« Der Zauberer verabschiedete sich.

»Oh, was für ein bezauberndes Geschöpf«, schwärmte Tourag, als er eine dunkelhäutige Frau mit langen, glatten, schwarzen Haaren sah, die sich eine Haarsträhne aus dem Gesicht strich und über eins ihrer spitzen Ohren steckte. Tourag hielt nichts mehr am Platz – schon war er verschwunden und forderte die Frau zum Tanz auf.

Kurz darauf verließen Ian und die Söldner den Tisch.

»Wir sollten ein kleines Fässchen Mosch besorgen«, sagte ein Söldner.

»Ja, dann brauchen wir nicht dauernd loszulaufen, um uns einen Becher zu holen – die Bedienung hier ist rar geworden«, sagte ein anderer.

»Tja«, sagte Sydah und blickte vor sich hin, um nicht Asbéert anschauen zu müssen.

»Hmm«, sagte Asbéert verlegen und starrte Löcher in die Luft.

»Will einer von euch noch ein Stück Springbockfleisch«, fragte Tarin, als ihm ein neuer Spieß gebracht wurde.

Sydah winkte ab. »Nein, danke.«

»Danke, Tarin, aber ich bin satt«, sagte Asbéert.

Sydah rieb sich die Schläfen. »Du hör mal Asbéert ...«

»Ja.« Asbéert spitzte die Ohren.

»... ich wollte dir sagen, dass ich ... äh,

manchmal ein wenig unausstehlich bin, das weiß ich ... aber ich, äh ...«

»Willst du gleich mit mir tanzen, Asbéert?« Yil kehrte zurück und ließ sich neben Asbéert nieder.

»Gerne«, antwortete er mit einem Lächeln.

»Ich geh mal nachsehen, wo Ian und seine Kameraden bleiben. Sie wollten doch ein Fässchen Mosch besorgen«, sagte Sydah und stand auf.

»Was ist mit dir los, Bruder?«, fragte Yil.

»Ich bin durstig«, antwortete Sydah verlegen und wollte gerade gehen, als Ian und seine Gefährten mit einem ganzen Fass zurückkehrten. Die Söldner setzten sich wieder an den Tisch und feierten fröhlich weiter.

»Komm, Sydah, ich fülle deinen Becher auf«, sagte Ian.

Sydah nickte und nahm Platz.

»Ahip, Sydah!«, sagte Ian.

»Ahip, Ian!«, sagte Sydah und stieß mit Ian an.

»Ahip, ihr alle!« Sydah wandte sich den Söldnern zu.

Yil sah Asbéert mit ihren glanzvollen, grünen Augen an, der ihren Blick erwartungsvoll erwiderte. »Ich weiß, Asbéert, es klingt verrückt, aber ...«

»Ahip, Yil!«, sagte Sydah. »Ahip, Asbéert!«

Sie stießen zusammen an. Als sich Sydah wieder Ian zuwandte und ihm den Becher gab, damit er ihn auffüllen konnte, fuhr Yil fort: »... ich habe auch eine Frau gesehen, auf dem Hügel vor der Stadt —«

Sydah trank und sah, wie Asbéerts Lächeln verschwand.

»— sie stand unmittelbar hinter dem Zauberer und hatte große Ähnlichkeit mit Adena.«

Asbéert senkte den Kopf und blickte verlegen.

»Sag schon, Asbéert, was weißt du darüber?«

Asbéert hob den Kopf.

»Es ist nicht so einfach zu erklären ...« Asbéert schwieg.

»Ich bin schon eine erwachsene Methyserin, Asbéert, also versuch es einfach!«

»Sicher«, sagte er leise.

»Also, Asbéert, ich höre!«

»Der weißbärtige Zauberer würde mir das sehr übel nehmen, Yil.«

»Ich werde schweigen.«

»Wir sollten heute Abend feiern und fröhlich sein.« Sydah erhob den Becher. »Eines Tages wird der Zauberer uns das Geheimnis verraten.«

»Ich hätte gedacht, dass du auf eine Antwort wartest, Bruder?«

»Das tue ich auch und werde nicht locker lassen, bis ich alles in Erfahrung gebracht habe, was ich wissen will, Schwester.« Sydah nippte an seinem Becher und ergänzte in ruhigem Ton: »Aber nicht heute Abend.«

»Ich danke dir für dein Verständnis, Sydah«, sagte Asbéert.

»Wer sagt, dass ich Verständnis dafür habe, Asbéert?« Sydahs durchdringender Blick traf Asbéert wie einen Dolch.

»Ich wollte dich nicht bedrängen, Asbéert.« Yils Stimme klang sanft.

»Das weiß ich ja.« Asbéert schaute wortlos zur Decke, dann sah er Sydah an, der nun einen gequälten Eindruck machte. »Also gut, ein kleines Geheimnis kann ich euch beiden ja anvertrauen.«

Sydah spitzte die Ohren.

»Der Zauberer vermutet, dass Adena in Wirklichkeit IIaloi ist«, flüsterte Asbéert. »Wenn das stimmt, wäre sie eine Halbalbin – Unsterblichkeit wäre ihr Schicksal.« Asbéert hob die Schultern. »Ob der Zauberer nun ...«

»IIaloi?« Yils Stimme schwoll an.

»Nicht so laut, Yil!«, ermahnte Asbéert.

Sydah war sprachlos.

Ein Diener kam mit einem Tablett. »Möchte jemand noch etwas Breitschwertfisch haben?«, fragte er und hielt das Tablett Yil und Asbéert hin.

Yil winkte ab.

»Nein«, sagte Asbéert nur.

»Hmm, einen Breitschwertfisch habe ich noch nie gegessen«, kam es von Tarin, »den möchte ich mal probieren.«

Der Diener ging um den Tisch herum, zu Tarin.

»Ist alles in Ordnung, Bruder?«

»Nein, ganz und gar nicht.« Sydahs Stimme klang wütend. »Adena hat mir nie gesagt, dass sie eine Halbalbin ist«, sagte Sydah fassungslos, als der Diener verschwunden war. »Ich wollte mit ihr gemeinsam mein Leben verbringen – gemeinsam alt werden – wie hätte ich das tun können, wenn sie eine Unsterbliche war?«

»Noch ist alles ja nur eine Vermutung, Sydah«, versuchte Asbéert ihn zu beruhigen.

Sydah verzog die Mundwinkel.

»Ob nun Adena oder IIaloi, wie auch immer, sie ist im Selmanischen Meer ums Leben gekommen – ich habe es mit eigenen Augen gesehen. Wie kann sie jetzt wieder hier sein?«

Asbéert hob wieder die Schultern. »Ich sagte ja, sie ist eine Halbalbin und somit erlangte sie die Unsterblichkeit. Ob es nun ihr Geist ist, der umherzieht oder ... ich kann es dir nicht sagen ...

wirklich nicht, Sydah.«

»Ich habe Adena sterben sehen.« Sydah wusste immer noch nicht, ob er an Geister glauben sollte. »Ihre Leiche trieb im Meer.«

»Hat man Adenas Leiche und ihren Zauberstock gefunden?«, fragte Asbéert.

»Nein.« Sydah stutzte einen Augenblick. »Das Meer hat sie genommen.«

Asbéert beugte sich ein Stück vor. »Hat es das?«

»Ja, ich hab's gesehen.«

»Der Knochensplitter, den du von dem alten Mann in der Taverne erhalten hast, hat dich vor der schwarzen Magie der Höllenschlange beschützt – ein mächtiger Zauber, wie mir scheint. Ich weiß, dass der weißbärtige Zauberer die Macht hat, solch einen Zauber heraufzubeschwören und –«

Sydah ahnte schon, welchen Namen Asbéert jetzt aussprechen würde.

»– Adena«, sagte Asbéert.

Sydah war trotzdem sprachlos, dann aber sagte er: »Ich werde solange darüber schweigen, bis wir genaueres wissen, Asbéert, darauf kannst du dich verlassen.«

»Das ist gut so.« Asbéert war zufrieden.

»Der arme Tarin ist auf der Suche nach einem Schatz ...«, fing Yil an, doch Asbéert winkte ab.

»Tarin hat seinen Schatz doch gefunden –«, sagte Asbéert und genoss den Augenblick der gespannten Stille, »– euch; Yil und Sydah!« Asbéert grinste, dann fügte er mit ernster Stimme hinzu: »Jetzt müssen wir nur noch eine Lösung finden, wie Tarin seine Seele behalten kann.«

Sydah hörte, wie Tarin schmatzte. Er blickte zur Seite und sah, dass sich Tarin Stück für Stück den Breitschwertfisch in den Mund schob und fleißig kaute und sie belauschte.

Tarin schluckte den Fisch schnell hinunter und sagte: »Tarin ist schweigsam wie ein Grab.« Tarin trank einen Schluck und nickte. »Tarin kann ein Geheimnis für sich behalten – ja, das kann er gut.«

Tarin nickte.

***

Am frühen Morgen ging Sydah zur Stätte der Weissagung. Das kleine Gebetshaus dort auf dem Platz bestand aus glänzend weißem Marmor und hatte auf allen Seiten runde, weiße Säulen. Während Sydah auf einer grauen Marmorbank unter einem Baum saß und auf seine Schwester wartete, aß er ein paar Früchte aus einer Holzschale, die er bei sich trug. Er blickte hinüber zum kleinen Gebetshaus, wo eine dunkelhäutige Frau mit spitzen Ohren vor dem steinernen Abbild des Sternengottes kniete und ein paar Blumen niederlegte. Die Flammen der beiden Gebetskerzen rechts und links neben der Götterstatue verströmten einen zarten Duft. Bevor die Frau die Gebetsstätte verließ, tauchte sie die Finger der rechten Hand in eine Holzschale und verteilte nach einem altem Brauch Barstmilch in alle vier Himmelsrichtungen.

»Aschah Hal, Bruder«, hörte Sydah die Stimme seiner Schwester. Er drehte seinen Kopf zur Seite und nickte Yil zu, schluckte eine Frucht hinunter und stellte die Holzschale beiseite.

»Du siehst ausgeruht aus, Bruder.«

»Die Nacht war zwar kurz, aber ich habe durchgeschlafen.«

»Hast du schon ein Gebet gesprochen?« Yil setzte

225

sich neben ihren Bruder auf die Marmorbank.

»Nein.« Sydah zuckte mit den Schultern. »Das können wir ja nachher zusammen tun«, schlug er vor.

Yil blickte in den leicht diesigen Himmel.

»Hoffentlich gibt es keinen Regen.«

»Hast du heute noch etwas vor?«, fragte er.

»Ich will mit Tarin ausreiten.«

»Vielleicht komme ich mit euch, wenn Tarin nichts dagegen hat.«

»Er würde sich freuen, ganz bestimmt.«

»Aber er reitet mit dir!«, sagte Sydah.

Yil zeigte ein freudiges Lachen.

»Er reitet auf seinem eigenen Barst, Bruder.«

Sydah staunte.

»Der König hat ihm einen jungen Barst geschenkt«, klärte Yil ihn auf.

»Das freut mich für Tarin.«

»Ich werde noch nach Hause reiten, bevor der Zauberer auf die Suche nach Uhumbra geht. Kommst du mit mir, Bruder?«

Sydahs Stimme knirschte vor Anspannung. »Es wäre schön wieder zu Hause zu sein, den heimischen Wind zu hören und zu spüren.«

Yil seufzte. »Ja, das wäre es, Syd?«

»Ich bin kein Soldat, Yil – nein, das werde ich auch niemals sein, jedoch ...« Sydah schwieg.

»Nicht nur Soldaten sind in Briard willkommen. Ein geschickter Schwertkämpfer ist es ebenso«, sagte Yil.

Sydah versuchte Yils schmalen, grünen Augen auszuweichen.

»Willst du Methys für immer verlassen?«, fragte sie.

»Nein, ich will nur eine Zeitlang hierbleiben.«

226

»Kommst du denn nicht mit mir nach Methys, Bruder?«

Sydah blieb stumm.

»Was versprichst du dir eigentlich davon, wenn du den Zauberer begleitest, Syd?«

»Antworten auf meine Fragen.«

Ein Windhauch strich über Yils Gesicht und spielte mit ihren langen Haaren.

»Wäre der Zauberer jetzt hier könnte er uns erzählen, was der Wind gerade zu sagen hat.« Sydah musste lachen.

Yil lächelte zurück.

»Was sind das für Antworten, nach denen du suchst, Bruder?«

Sydahs Miene wurde zunehmend ernst.

»Ich will mehr über unsere Eltern erfahren. Beide hüteten ein Geheimnis, das ihnen den Tod brachte.«

»Wegelagerer haben Mutter und Vater aufgelauert und ermordet«, erwähnte Yil.

»Ja, dass ist, was man uns erzählt hat. Aber könnte es nicht sein, dass unsere Eltern vorsätzlich umgebracht wurden?«

»Du glaubst doch nicht etwa, dass Uta uns angelogen hat?«

Sydah grübelte und fasste einen Entschluss. »Ich werde mit dir kommen, Yil, dann kann ich Uta nach der Wahrheit fragen. Außerdem muss ich ihn bitten, dass er sich weiter um meine Herde und mein Haus kümmert.«

Yil beugte sich vor. »Uta muss auch auf mein Haus weiter aufpassen, und auf meine Hilfe bei der Feldarbeit muss er leider in der nächsten Zeit verzichten.« Yil atmete schwer.

»Ja, es fällt mir auch schwer ... ich werde Methys vermissen ... dennoch hier in Briard wartet eine Aufgabe auf mich, der ich mich nicht entziehen kann«, sagte Sydah.

»Ich werde mein Zuhause auch vermissen«, gab Yil zu. »Aber bei der nächsten Ernte werde ich Uta helfen, Bruder.«

»Das werden wir gemeinsam tun.«

Sydah sah kurz zum Gebetshaus und beobachtete einen alten Mann, der vor dem Eingang stand.

»Und ich will herausfinden, was es mit Vaters Schwert auf sich hat.« Sydah umfasste den silbernen Schwertgriff.

»Was soll denn mit dem Schwert sein?«

»Ich bin mir ...« Sydah sah wieder zum Gebetshaus. Der alte Mann war verschwunden.

»Sag schon, Syd! Was ist mit dem Schwert?«

»Ich habe ein paar eigenartige Erfahrungen mit Gron gemacht. In der Schlacht hatte ich ein seltsames Gefühl – ich dachte für einen Augenblick, dass das Schwert ein Eigenleben führen würde. Ich tötete einen Dämon nach dem anderen. Doch dann schien es mir so – nein es war so, als ob ich und das Schwert eine Einheit gewesen wären. Eigenartig, nicht wahr, Yil?«

»Es ist vielleicht so wie bei Asbéert und seinem Bogen. Sie sind eine Verbindung eingegangen.«

»Hat Uta eigentlich je erzählt, von wem Vater das Schwert bekommen hat oder wer es gemacht hat?«, fragte Sydah.

»Nein.«

»Siehst du, Yil«, sagte Sydah. »Wieder ein Geheimnis, das ich aufklären will.«

Stille trat ein und zog sich in die Länge.

»Und wir müssen noch dafür sorgen, dass Tarin seine Seele behalten kann«, unterbrach Sydah die

Stille.

Yil nickte. »Ich hoffe, dass es uns gelingt.«

»Das wird es, Yil! Das wird es!«

Sydah nahm eine Frucht und reichte die Holzschale seiner Schwester. »Hier, nimm dir eine Frucht! Sie schmecken wirklich gut.«

Yil nahm eine runde, blaue Frucht und biss hinein. »Sie ist lecker«, sagte sie.

»Und dann wäre da noch ...« Sydah nahm noch ein grüne Beere und aß sie auf. »Ich würde gerne noch einmal Adena sehen«, sagte er fest entschlossen. »Ob sie wirklich ein Geist ist?«

Ein Schweigen trat ein.

»Was bin ich doch für ein Narr, Yil. Ich trauere so sehr um das Ende ihres Lebens, dass ich mir jetzt wünsche mit ihrem Geist zu reden. Ich sollte mich an unsere gemeinsame, glückliche Zeit erinnern und die Toten ruhen lassen.«

»Nein, Bruder, du bist kein Narr, und es ist nicht falsch zu trauern.«

Yil nahm eine kleine, ovale Strauchfrucht aus der Schale.

»Die ist gut«, sagte sie. »Ich sollte jetzt gehen. Tarin ist bestimmt schon aufgestanden und wartet auf mich.«

»Ja, ich kann mir schon vorstellen, wie Tarin nach dir sucht und jeden der ihm über den Weg läuft fragt, wo er dich finden kann.« Sydah lachte laut.

»Du bist gemein, Syd.« Yil warf den Kopf zurück und lachte.

Sydah winkte ab. »Tarin kann noch etwas warten. Der Tag hat ja gerade erst begonnen.«

»Ah, hier seid ihr.« Asbéert kam und verbeugte sich leicht vor Sydah – es war eine ironische Geste. »Ich war früher einmal ein Sakainspieler, dann wurde ich ein Schüler des weißbärtigen Zauberers, und nun bin ich ein Trunkenbold und komme, um euch eine Nachricht zu überbringen.«

Sydah wurde rot. »Meine Bemerkung hast du mir wohl noch nicht verziehen?«

Asbéert strahlte, als er Yil ansah, dann wandte er sich wieder Sydah zu. »Nein, Sydah – das werde ich dir auch nie vergessen«, sagte er im höflichen Ton und blickte wieder zu Yil. »Tarin sucht dich schon überall.«

»Ich werde gleich zu ihm gehen.«

»Ich wollte gerade ein Gebet sprechen und dem Sternengott für alles danken«, sagte Asbéert.

»Du kannst bei uns bleiben«, sagte Yil mit leuchtenden Augen.

»Ich werde ins Gebetshaus gehen.« Asbéert wandte sich Sydah zu. »Es ist vergessen, Sydah. Wirklich. Ich wollte dich nur ein wenig herausfordern.«

»Willst du eine Frucht?«, fragte Yil.

Asbéert griff zu. »Danke«, sagte er und ging davon.

Sydah hob die Brauen.

»Unglaublich, das mit Tarin«, fing Sydah an und atmete durch. »Er wurde von dem schwarzen Dämon erschaffen, der auch unter dem Namen Safnag'uhl bekannt ist. Ein Höllenwesen, das mächtiger ist als alles, was die Hölle zu bieten hat. Was wollte Safnag'uhl bloß mit Tarin anfangen?«

»Tarin war sein Spion«, antwortete Yil und nahm sich die vorletzte Beere.

»Das hat Tarin uns erzählt.« Misstrauen lag in Sydahs Stimme.

»Vertrau ihm, bitte«, redete Yil auf ihn ein.

Sydah atmete schwer.

»Ja, das werde ich tun.«

Sydah beobachtete einen kleinen, bunten Vogel, der vor ihnen auf und ab hüpfte.

»Woher hast du das mit dem Knochensplitter gewusst?«, fragte Sydah.

»Am Abend vor der Schlacht habe ich den Knochensplitter zur Hand genommen und gebetet. Der Zauberer kam und fragte mich, woher ich ihn habe. Ich erzählte ihm die Geschichte.«

Der Vogel hüpfte vor Yils Füße und zwitscherte.

»Mitten in der Schlacht hörte ich eine Stimme. Es schien mir so, als würde der Wind sie zu mir tragen. Ich sah zum Hügel und mir war so, als würde der Zauberer nach mir rufen. Ich verließ das Schlachtfeld und ritt zu ihm. Er klärte mich über den Knochensplitter auf und machte sich große Vorwürfe, dass er am Abend zuvor zu erschöpft war und einfach vergessen hatte, mir das alles zu sagen.«

»Auch ein mächtiger Zauberer macht mal Fehler.« Sydah lachte herzlich.

»Magst du noch die Beere?« Yil spähte auf die Schale.

»Du kannst sie haben.«

»Danke.«

Die Schale war leer.

»Woher hast du die leckeren Früchte und Beeren gehabt?«, fragte Yil.

»Vom weißbärtigen Zauberer«, gab Sydah zu, »als Opfergabe für den Sternengott.«

»Syd, wie konntest du nur so etwas tun!« Yil schüttelte fassungslos den Kopf.

»Ganz einfach, ich hatte Hunger.« Sydah errötete. »Sie waren zu Schade, um sie einfach vor dem Altar vergammeln zu lassen.« Sydah war sich sicher, das Richtige getan zu haben.

»Wenn du es sagst, Bruder.« Yil nahm die leere Holzschale. »Dann lass uns wenigstens ins Gebetshaus gehen!«

»Gut, gehen wir«, sagte Sydah, »aber nur für ein kurzes Gebet.«

»Warum?«

»Tarin wartet auf uns.«

Yil nickte zufrieden.

Sydah hob leicht den Kopf und beobachtete die vorüberziehenden Wolken. Adena war tot, doch die Schlacht war gewonnen und das Königreich war gerettet. Obwohl Sydah den Tod seiner Geliebten gerächt hatte, wollte er sich zusammen mit dem Zauberer auf die Suche nach Uhumbra machen, in der Hoffnung Antworten auf seine Fragen zu erhalten – doch das war noch nicht alles, was er sich vorgenommen hatte. Trotz des beschwerlichen Weges, den Sydah vor sich liegen sah, wollte er den Dämon zu Fall bringen, der für all das Leid die Verantwortung trug – Safnag'uhl.

Zeittafel

Das erste Zeitalter

Jahr Null
Beginn des ersten Zeitalters.

1
Entstehung der heiligen Schriften, die von einem weisen, weißbärtigen Zauberer verfasst werden.

10
Priester und Gläubige verehren den Sternengott – den Schöpfer ihrer Welt.

11
Erste Priester verbreiten die Worte der heiligen Schrift.

600
Die ersten Heiler werden bekannt, die mit Kräutern, Wurzeln, Tinkturen und heilender Magie durch die Lande ziehen.

1000
Die ersten Provinzen werden gegründet. Es herrschen aber immer noch viele Kriege und Stammesfehden.

1956
Die Verträge von Gohlin bringen vielen Stämmen den ersehnten Frieden.

Das zweite Zeitalter

2034

Es wird ein Gedenktag für die Verträge von Gohlin eingeführt – denn jetzt herrscht überall Frieden im Land. Ein neues Zeitalter beginnt.

3131

Die Minen von Da'wiin entstehen, die später als Strafkolonie dienen sollen.

3490

Die Priesterschaft gründet den Orden der Ifénsier.

3494

Der Orden der Ifénsier erhält von einem weisen, weißbärtigen Zauberer die heiligen Schriften, um sie aufzubewahren und weiterzuführen.

3495

Der Orden der Ifénsier lässt sich auf der Insel Penthesileá nieder, wo sie eine heilige Stätte zu Ehren der ersten heiligen Schriften gründen.

3500

Die heiligen Schriften erhalten den Namen: Die Schriftrollen von Penthesileá.

3556

IIaloi wird geboren. Als erste Halbalbin erlangt sie die Unsterblichkeit.

3898

Der Dämon Safnag'uhl öffnet eine Höllenpforte, und die ersten Dämonen lassen sich auf Estalor nieder.

3936

Der Rat der Hölle beschließt Estalor zu erobern.

3968

Briard wird gegründet – die erste Stadt auf Estalor.

3974

Das Königreich Orchanta entsteht, und Oen Imaon wird der erste König. Sein Königreich erstreckt sich vom Selmanischen Meer bis zum Niemandsland.

3978

Das Königreich Orchanta nimmt den Kampf mit den Dämonen auf.

Personen-, Orts-, und Sachverzeichnis

Länder und Welten

Aharon
: eine kleine Siedlung, die östlich von Orchanta liegt.

Aradil
: ein kleiner Ort, in dem die meisten Bögen für das Königreich Orchanta hergestellt werden.

Briard
: die Hauptstadt und der Regierungssitz des Königs von Orchanta.

Eschaet
: eine kleine Siedlung, die östlich von Briard liegt, in der Nähe der Seenplatte.

Estalor
: der Name des Planeten auf dem sich das Königreich Orchanta befindet.

Ethyr
: eine alte Ruinenstadt, von der niemand weiß, wer ihre Erbauer waren. Es gibt keine Überlieferungen oder Schriftstücke, die auf Ethyr hinweisen. Die Ruinen tragen den Namen ihres Entdeckers.

Iarseién
: ein heiliger Fluss auf dem die Toten, nach altem Brauch, ihre letzte Reise antreten.

Kuratal
: bekannt durch sein mildes Klima, das allerhand Früchte und Beeren gedeihen lässt.

Methys	eine Siedlung, die in der Nähe des heiligen Berges am Fluss Iarseién liegt.
Niemandsland	ein unerforschtes Gebiet, das nicht zum Königreich gehört.
Orchanta	das erste Königreich. Es erstreckt sich vom Selmanischen Meer bis zum Niemandsland.
Penthesileá	eine kleine Insel im Selmanischen Meer. Hier ist der Orden der Ifénsier ansässig.
Tamarinschlucht	eine Schlucht, die am Selmanischen Meer liegt. Sie endet an einer fünfzig Meter hohen Steilküste.
Uhumbra	eine sagenumwobene Stadt, die angeblich fünfhundert Jahre vor dem ersten Zeitalter erbaut wurde. Dort soll in einem Drachentempel ein steinernes Drachenei und ein göttliches Schwert namens Odeon versteckt sein.

Mitwirkende

Adena	eine Zauberin und Wahrsagerin mit großen, wundervollen Augen. Sie ist zartfühlend, doch ihre Feinde bekommen ihre magischen Fähigkeiten in ganzer Härte zu spüren.
Asbéert	ein junger Aharer, der oft in brauner Kleidung und mit einem Spitzhut unterwegs ist. Er spielt hervorragend Sakain, liebt aharische Rätsel und ist der Schüler des weißbärti-

gen Zauberers. Außerdem ist er ein Meister mit den Briddolchen und dem Bogen.

Cyriel   eine Zauberin und die Nachfolgerin von Adena.

Der Zauberer   ein weiser, weißbärtiger Mann mit schulterlangen, grauen Haaren. Er hat die erste heilige Schrift verfasst, die bekannt wurde als: Die Schriftrollen von Penthesileá. Nur sein Schüler Asbéert kennt seinen richtigen Namen.

Der Wächter von Ethyr ein Wächter der Alten-Welt. Er trägt eine Rüstung, die an Brust, Armen und Beinen aus Metallringen gefertigt und mit einem schwarzen Wappen, unbekannter Herkunft geschmückt ist. Sein grausilbernes Haar steht im Widerspruch zu seiner noch jungen Haut.

Ian   ein stämmiger Mann mit blauen Augen. Er ist Anführer einer kleinen Söldnertruppe und führt sein Breitschwert in tödlicher Präzision. Seine zweite Waffe ist eine Kampfaxt, die er stets am Waffengürtel trägt.

Oen Imaon   der erste König von Orchanta. Der durchtrainierte Mann mit schulterlangem, braunen Haar ist ein Meister im Schwertkampf. Seine bewegliche, lederne Spezialrüstung ist im ganzen Land bekannt.

Sydah Aschaneé	ein junger Methyser mit strahlend blauen Augen. Sein Schwert namens Gron hat er von seinem Vater geerbt. Seine große Leidenschaft neben dem Schwertkampf ist die Malerei. Sydah hat eine besondere Begabung, denn er ist ein Drachenmeister.
Tarin	ein kleines, grünes, seelenloses Wesen mit langen Fingern, kleinem Kopf und rabenschwarzen Glubschaugen. Es wurde im Reich der Finsternis von dem schwarzen Dämon erschaffen.
Tourag	ein Bogenschütze, der im Dienst von König Oen steht. Der Kurzbogen des kleinen, rundlichen Mannes besitzt eine erhebliche Durchschlagskraft. Im Nahkampf benutzt er eine Axt, um seine Feinde zu töten.
Uta	der Ziehvater von Sydah und Yil. Bei Uta und seiner Frau haben Sydah und Yil nach dem Tod ihrer Eltern ein gutes Zuhause gefunden.
Yil Aschaneé	eine hübsche, junge Frau mit schmalen, grünen Augen und langem, blondem Haar. Sie ist Sydahs Schwester und hat zwei besondere Gaben. Sie kann dämonische Kräfte in ihrer Umgebung wahrnehmen und hat übernatürlich scharfe Augen. Ihre Waffe ist ein sichelförmiges Schwert.

Götter und Dämonen

Abaddon	ein dämonischer Engel und Anführer eines dämonischen Heeres, sowie die rechte Hand des schwarzen Dämons.
Der schwarze Dämon	auch unter dem Namen Safnag'uhl (Safnagargaduhl) bekannt. Niemand weiß, von welchem Fleck im Höllenreich er herkommt. Er hat eine dämonische Macht, die stärker ist, als jede andere Macht in der Unterwelt. Die schmale Gestalt hat kristallblaue Augen, in denen trotz aller Grausamkeit eine dämonische Schönheit liegt.
Myr	die grüne Höllenschlange mit ihren dolchartigen Schuppen ist aus einer uralten Sage bekannt.

Völker

Aharer	so heißt das Volk von Aharon.
Alben	ein Waldvolk mit magischen Fähigkeiten – es ist unsterblich.
Methyser	so heißt das Volk von dem Yil und Sydah abstammen.
Orchanter	so heißt das Volk von Orchanta.

Tiere und Pflanzen

Arydan	ein Schwarzdrache mit stechend feuerroten Augen, ist der größte seiner Art und ist das Oberhaupt von den letzten elf Drachen auf Estalor.

Ada	der Name von Yils Barst.
Barst	ein Reittier mit schneeweißem, glattem Fell, das einen grünen, schuppigen Nacken, einen rundlichen Kopf und eine weiße Mähne hat.
Elb	ein heiliger Baum, der auf einer Bergspitze im Niemandsland wächst. Nur auserwählte Zauberer dürfen diesen heiligen Ort betreten.
Höhlenorm	ein horngepanzertes Krustentier mit sechs fetten Beinen mit wulstigen Hornauswüchsen. Mit seinen schnappenden Zangen macht es sich auf die Jagd.
Höllenbarst	ein dämonisches Reittier mit schwarzem, glattem Fell, einem roten, schuppigen Nacken, einer schwarzen Mähne und einem widerlichen Totenschädel. Die leeren Augenhöhlen glühen rötlich, als würde ein Feuer in ihnen brennen.
Leuchtfisch	eine sehr selten gewordene Fischart. Bei stürmischer See fangen seine Schuppen an zu leuchten.
Margut	ein riesiger Laubbaum.
Knort	ein Raubtier, das zwei Meter lang ist und lange Eckzähne hat.
Mosch	ein berauschendes Getränk. Es wird bei Festlichkeiten serviert.
Springbock	wird in Herden gehalten. Sein dickes Fell schützt ihn vor Kälte.
Sturmwind	der Name von Sydahs Barst.

Warjawurzel   die Wurzel des Warjastrauches. Die
                     Pflanze wird in der Umgebung von
                     Methys angebaut und gedünstet ver-
                     zehrt.

Gegenstände und andere Dinge

Briddolch   eine sichelförmige Waffe, die auf
                     beiden Seiten messerscharfe Zacken
                     besitzt.

Elb-Holz-Stab   ein heiliger Stab mit einem Knauf,
                     der vermutlich einen Drachenkopf
                     darstellen soll. Entlang des Stabes
                     befinden sich fremdartige, bildhaf-
                     te Schriftzeichen, und an der Spit-
                     ze des Stabes ist ein schneeweißes
                     Symbol, das sich im Rhythmus eines
                     schlagenden Herzens bewegt.

Zauberstock von Adena die alten, symbolischen Schriftzei-
                     chen längs des Zauberstocks leuch-
                     ten hell auf, wenn er eingesetzt
                     wird. Dabei verstärkt die weiße
                     Spitze des Zauberstocks Adenas Zau-
                     berkräfte.

Gron   das Schwert, das Sydah von seinem
                     Vater geerbt hat – es hat einen
                     silbernen Griff.

Odeon   ein Schwert, das den Namen eines
                     alten Gottes trägt. Laut einer Le-
                     gende soll es sich in einem Dra-
                     chentempel in Uhumbra befinden.

Projektionszauber   bewirkt, dass eine schwebende,
                     durchsichtige Kugel erscheint, in
                     der ein Ort zu sehen ist, den der

	Zauberer gerade beobachten möchte – dieser Zauber stammt noch aus der Alten-Welt.
Sakain	ein bauchiges Musikinstrument, auf dem fünf Saiten gespannt sind, die aus Tierdärmen hergestellt werden.
Wegzauber	wird angewendet, um schneller von einem Ort zu einem anderen zu kommen, allerdings gibt es Nebenwirkungen wie zum Beispiel Übelkeit und manchmal kann es vorkommen, dass das Ziel nicht ganz genau erreicht wird. Zu viele Wegzauber hintereinander können gesundheitliche Schäden verursachen. Bei der Anwendung des Zaubers bewegt sich die Landschaft wie im Flug an einem vorbei.
Verbindungszauber	bewirkt, dass eine Person unbemerkt in den Geist einer anderen Person eindringt und in der Lage ist zu sehen und zu hören, was diese Person gerade wahrnimmt.

Übersetzungen

Ahip!	Prost! Zum Wohl!
Aschah Hal	Freudige Begrüßung.
Aschei!	Scheiße.
Bardega!	Verdammter Misthaufen.
Gnau	Angeber.
Torreg	Maulheld.
Ianau	Ich liebe dich.

Zaubersprache

Etenimor – Urgal! Ein Gegenzauber, um die Auswirkungen der schwarzen Magie aufzuhalten.

Ishane experitu etor Der Zauber öffnet das Tor zur Unterwelt.

Ishane experitu Der Zauber schließt das Tor zur Unterwelt.

Etnimidor Ein Zauber, um schnell zu verschwinden.

Etemidor ita etemidor Ein Zauber, um etwas Rückgängig zu machen. Er funktioniert jedoch nicht immer.

Ianatar Das Zauberwort stellt einen Projektionszauber her.

Ishane isha Shane Der Zauberspruch stellt einen Verbindungszauber zu einer Person her.

Danksagung

Estalor – Rückkehr der Höllenschlange zu schreiben, hat mir große Freude bereitet, obwohl es zuweilen anstrengend war. Am Anfang hatte ich vor eine Kurzgeschichte zu schreiben, doch dann kamen mir so viele Ideen, so dass ich einen Plot für einen Roman entwickelte. Dadurch konnte ich intensiver auf die einzelnen Charaktere und die Beziehungen zueinander eingehen. Die Handlungen in diesem Roman werden zwar zu einem Abschluss gebracht, doch die Geschichte ist für eine Fortsetzung ausgelegt.

Ein ganz besonderen Dank gilt meiner Frau Ursula, die mein Manuskript las und mir mit Rat und Tat zur Seite stand. Auch danke dafür, dass du mich manchmal ertragen hast, wenn meine Stimmung auf dem Tiefpunkt war und ich mich zu sehr in meine Arbeit gestürzt habe.
Auch einen ganz lieben Dank an Annette Eickert, die den Umschlag für dieses Buch gestaltet hat.
Ein herzlicher Dank geht an meine aufmerksame Lektorin Olivia Groß, die das Manuskript akribisch las und wertvolle Verbesserungsvorschläge einbrachte.

An meine Leserinnen und Leser

Liebe Leserinnen, liebe Leser,

Vielen Dank für das Interesse an diesem Buch. Ich hoffe, Ihr hattet Spaß beim Lesen von *Estalor – Rückkehr der Höllenschlange*.

Mich würde es natürlich wieder sehr interessieren, was Euch an der Geschichte gefallen hat – und was nicht.

Wer mit mir in Kontakt treten oder mehr über mich und meine Bücher erfahren möchte, der kann mich gerne auf meiner Homepage besuchen:

www.dangronie.jimdo.com

Mit ganz herzlichen Grüßen

Dan Gronie

Von Dan Gronie

Die Abenteuer von Sebastian Kaspar Addams:
Band 1: Die Reise nach Feuerland
Band 2: Der magische Rubinschädel
Band 3: Das Geheimnis von Eduan

Der zwölfjährige Sebastian Kaspar Addams lebt in London und ist fasziniert von magischen Welten. In den Sommerferien verbringt er mit seinen drei Freunden eine Woche bei seinem Großvater. Im Gartenhaus machen sie eine außergewöhnliche Entdeckung: Sie finden ein mysteriöses Pergament, das sie zu einer magischen Karte führt. Als dann auch noch ein Erdgeist auftaucht und verlangt, dass Kaspar mit ihm kommen soll, beginnt für sie ein fantastisches Abenteuer, das über die Grenzen dieser Welt hinausführt ...

ANDOR:
Band 1: Rätsel der Vergangenheit
Nach einem Unfall hat der Redakteur Bill Clayton sein Gedächtnis verloren. Auf der Suche nach seiner wahren Vergangenheit tauchen stets neue Rätsel auf. Dabei gerät er immer tiefer in ein Netz mysteriöser Ereignisse. Der Geheimdienst beschattet ihn, und ein Fremder will ihn töten. Seine Recherchen führen ihn nach München, wo er seiner Bestimmung folgen und den Kampf gegen außerirdische Mächte aufnehmen muss.